花落雲暮間 3

風文創 222

木嬴 著

風 文創 222

目錄

第二十一章 整頓內院

那帖藥方錦雲瞧過，裡面有什麼藥她一清二楚，一個對香味、藥味敏感的人，只要鼻子一動，就可以迅速判斷出這碗藥裡有些什麼，甚至從氣味的濃淡判斷藥物的多寡，平白多了胡蔓藤的味道，錦雲怎麼可能發現不了？

胡蔓藤有讓人腳膝麻痺、四肢痙攣的效用，還能讓人長惡瘡，服用過量時會導致神經麻痺、昏迷、呼吸困難，最後衰竭而亡。這藥服用一、兩次最多讓人有些頭暈，這樣的小病症一般人都不會放在心上，隨著藥物慢慢積累，發現時沒準兒就為時已晚。

錦雲這回是真生氣了，之前說長紅疹是權宜之計，如今人家下藥讓她長惡瘡，沒準兒到時候就說是病沒治好，復發了！

葉連暮臉色青沈，就像暴風雨來臨前的夜晚一樣，讓人覺得壓抑，一屋子的丫鬟大氣都不敢吭一聲，屋外想湊近瞧熱鬧的丫鬟也不敢靠得太近，但依然在竊竊私語，誰要害大少奶奶呢？心思這般歹毒，要少奶奶變成瘋子，還有少奶奶怎麼會發覺裡面有毒藥？那苦兮兮的藥她們都只聞得出來一個味兒，那就是苦。

葉連暮知道逐雲軒裡存心不良的人很多，可心思歹毒到這個分上的，若再縱容下去就是自尋死路了。

他盯著南香。「妳煎藥的時候可曾離開過？」

南香搖頭，說自己就坐在那裡寸步不離地守著煎藥。

錦雲皺眉。「煎藥期間靠近妳的有哪些人？」

南香細細一回想，離她最近的應該是珠雲，怕她累了，想暫替她一會兒，可南香沒同意；此外就是兩個小丫鬟過來問她這些天都在哪裡，閒聊了兩句，當時她都沒掀藥罐子，只輕輕搧火，除此之外就沒別人了。

錦雲越聽眉頭越皺，明知道下毒的黑手是誰，偏不能抓住人的感覺實在窩火，還有教唆的人到底是誰?!

南香瞅著錦雲，正要問是不是在她煎藥之前就被人下毒了，挽月就沈著眼睛冷冷地看著她。「藥是老夫人讓人抓了送來的，斷然不會出問題，其間也只有妳一個人碰過藥，定是妳下毒害少奶奶！」

南香頓時氣不打一處來，忍不住想跳起來罵她。「我下毒害少奶奶？我為什麼要害少奶奶？少奶奶要是有個三長兩短，我有什麼好處？妳少在這裡惡人先告狀，藥是老夫人讓人抓來的，在逐雲軒裡擱了這麼些天，我們都不在，誰有機會下黑手？」

錦雲讓青竹把藥拿來，她親自檢查了下，餘下的十幾包都沒有事，獨獨是今兒的多了胡蔓藤，這藥是南香隨意拿的，若是想害她，不會只往一包裡下毒，定然是趁南香不注意的時候下手。廚房裡來來往往的人那麼多，她就不信沒人看到！

錦雲站在那裡，哼笑道：「事關我性命，我不會心慈手軟，寧可冤枉一萬，也不會放過一個，誰提供證據，我賞她十兩黃金，要是明早之前查不出來，我不介意把逐雲軒裡裡外外的丫鬟、婆子全換了！」

錦雲說完，轉頭吩咐青竹。「去拿賣身契。」

挽月聽到錦雲的話，臉色唰的一下變了，屋裡屋外的丫鬟也沒一個是好臉色的。

挽月咬著唇瓣看著葉連暮。「少爺，院子裡那麼多丫鬟都是無辜的，您就由著少奶奶這樣作踐奴婢們嗎？」

錦雲好笑地看著挽月。「無辜？這碗藥我若是沒發現喝了下去，躺在床上四肢不能動彈，瘋瘋癲癲的，誰最無辜？若真到那一步，妳覺得妳們只會落得個被賣的下場嗎？」

堂堂右相的女兒被人下毒弄瘋了，只怕逐雲軒上到葉連暮，下到掃地的婆子一個都逃不掉，若不是把牢底坐穿，恐怕也是身首異處的下場；相比較而言，賣了她們已經是最好的結果了，這要是換了其他人家，要麼忍氣吞聲算了，要麼也是活活打死幾個人。

青竹拿了裝賣身契的盒子，另外還有兩個金錠，足足十兩放在那裡，錦雲也不管她們，就坐在那裡喝茶，今夜的逐雲軒屋裡靜得嚇人。

少奶奶瞧著溫順，發起火來照樣懾人，果然是右相的女兒，虎父無犬女啊！

屋外，不少丫鬟、婆子私下交談了，瞧見的人就別瞞著，人家賊心思害人，還連累她們，就該千刀萬剮！

半晌過去，終於有個小丫鬟站了出來，顫巍巍地進屋跪下。「奴婢、奴婢瞧見柳雲姊姊碰過藥……」

葉連暮的眼神能殺人了，不過輕輕一瞥，柳雲就感覺自己如墜冰窖，連跪下求饒都忘記了。

「什麼時候？」錦雲問。

那丫鬟吶吶道：「就是南香姊姊準備煎藥的時候，她把藥包打開準備倒藥罐子裡，覺得藥罐子不夠乾淨，又拿去洗了洗，就是那時候，柳雲姊姊進廚房端糕點，隨手撥弄了兩下藥，奴婢那會兒正在下面添柴火，抬頭正好瞧見，她一邊撥弄藥材，一邊還盯著南香姊姊，奴婢不確定她有沒有往裡面下了藥，但她碰了藥是肯定的……」

錦雲瞅著這個跪在地上年紀約莫十二、三歲的小丫鬟，面容清秀，有些膽怯的模樣。她微微一笑，目露讚賞，說話留三分，但是基本上可以肯定柳雲逃不掉干係了。

錦雲冷冷地看著柳雲，柳雲這下終於反應過來了。「奴、奴婢的確碰過藥，但是奴婢沒有下藥！」

錦雲淡淡地掃了她一眼，然後指著桌上的金子，吩咐青竹。「拿給她，以後她就是逐雲軒二等丫鬟了。」

小丫鬟明顯是怔住了，愣了半天，還是青竹輕喚了她一聲，她才反應過來，心裡閃過一抹狂喜，她是二等丫鬟了？不過就是說了句話，少奶奶就賞賜她十兩黃金？她不是在作夢吧？有了銀子她就可以給大哥娶媳婦了。

小丫鬟眼睛都濕潤了，忙磕頭給錦雲道謝。當小丫鬟出去時，門外許多丫鬟全都羨慕嫉妒地瞅著她，心裡嘀咕地直冒酸水。這金子來得也太快了吧！轉眼就到手裡了，早知道她們也到廚房裡燒火。羨慕完了，這群人就直勾勾盯著屋子裡。

柳雲還在那裡說她是冤枉的，錦雲不打斷她，葉連暮也不說話，任由她在那裡訴苦。挽月站出來說柳雲不是那樣的人，錦雲把茶盞擱下，又用帕子擦拭了下嘴角。

「說完了嗎？妳怎麼說也是逐雲軒一等丫鬟，煎藥最基本的規矩妳應該清楚吧，藥好好地擱在那裡，妳碰它做什麼？若是光明正大，又為何避著南香，我叫南香拿藥罐子來時，妳雙手緊握，面露懼色，妳若是什麼也沒做，妳怕什麼？」

柳雲急得滿頭大汗，背脊隱隱發涼，葉連暮一拍桌子讓她回答，她都嚇得心膽俱碎。

錦雲也不想耗下去了。「妳為何要下毒害我，是妳自己的主意還是背後有人指使的？」

柳雲也是聰慧的，這兩個問題她無論回答哪一個都逃不了一個死字，她乾脆不回答了，只說一句。「奴婢、奴婢沒有下毒……」

都到這個分上了，竟然還死不承認。

錦雲冷笑一聲，瞅著葉連暮，葉連暮一揮手。「拖她去老夫人的屋子，把這些藥罐子都帶上，再去柳雲的屋子裡查查，看還有沒有剩餘的胡蔓藤。」

眾人才走到寧壽院門口，就遇上王嬤嬤。逐雲軒發生的事，早有丫鬟稟告給葉老夫人知道了，當時國公爺也在屋子裡，聽得當即就大怒。

王嬤嬤瞅著柳雲，眸光輕閃了下，輕嘆了一聲，什麼也沒說，只恭謹地行了一禮，便領著錦雲和葉連暮進屋。

錦雲繞過屏風前，狠狠扭了下自己的胳膊，淚眼婆娑地拿著帕子抹眼角進去了，還沒有行禮，葉老夫人就心疼地朝她招手了，錦雲依然做全了禮數才上前。

葉老夫人心疼地給錦雲擦眼淚。「莫哭了，受了什麼委屈，祖母給妳作主。」

錦雲哭得更傷心了。「錦雲和相公在外面住了近一個月也沒事發生，才回來就有人往藥裡下毒，若不是錦雲認得胡蔓藤，只怕早被人害得瘋癲了。」

國公爺皺緊眉頭，臉色肅冷，若真的把錦雲害得瘋癲了，整個國公府都得搭上不成？

國公爺看著葉連暮。「查出來了沒有？」

葉連暮輕搖了下頭，丫鬟沒有在柳雲的屋子裡找到胡蔓藤，錦雲也很納悶，柳雲和挽月住一間屋子，屋子裡翻過了，沒有找到還真奇怪，難道只準備了一回的分量？

事情已經鬧到寧壽院了，要是不把柳雲和她背後的主使者找出來，只怕她會落得個冤枉丫鬟的惡名。

屋子裡，葉老夫人和國公爺親自審問柳雲，柳雲梨花帶雨地抽泣著。「奴婢的確碰了藥，但是絕對沒有下毒害過少奶奶，奴婢服侍少爺有幾年了，少奶奶來了後，先是不許奴婢伺候少爺，還打了奴婢好幾回，如今又來冤枉奴婢下毒害她，不過就是想打發奴婢走罷了，但是也用不著使這樣的手段，求老夫人還奴婢一個清白！」

錦雲聽著，心裡止不住地冷笑，這是倒打一耙了，丫鬟都逮住她了，她還理直氣壯地說不是她做的。錦雲不得不欽佩她，卻也不辯駁，腦袋轉得飛快，柳雲是碰巧去廚房瞧見南香在洗罐子才尋著機會下毒，說明之前她一直把胡蔓藤帶在身上，胡蔓藤有屬於自己獨特的氣味，只要裝過的東西，肯定會有味道。

錦雲嘴角緩緩翹起，看著王嬤嬤。「王嬤嬤，妳去看看柳雲身上還有沒有胡蔓藤。」

王嬤嬤應了一聲就朝柳雲走過去，先是搜查了下她的袖子，什麼也沒有找到，才把手伸向荷包，柳雲臉色大變，但還是穩穩站在那裡，只是額頭上的細密汗珠出賣了她。

之前聽葉連暮要查屋子找胡蔓藤，她根本不急，那是因為她不會傻到把那樣的東西丟在屋子裡，萬一被挽月發現了，她就是送了個把柄給人家！

王嬤嬤拿了她腰間的荷包，荷包裡空蕩蕩的，王嬤嬤往外倒了倒，突然，一粒小指甲片大小的東西掉了出來，王嬤嬤忙撿了起來，親自遞到葉老夫人跟前。「也不知道這是不是胡蔓藤？」

錦雲拿起嗅了嗅，嘴角閃過一絲笑意。「這就是胡蔓藤。柳雲，這下妳有何話說，要不要我找個大夫來親自驗給妳看？」

柳雲嚇得雙腿發軟，背脊濕透，咚一聲跪在青石地板上。

國公爺怒拍桌子。「誰指使妳下毒殘害大少奶奶的！」

柳雲跪在那裡，脫口還是那句沒有下毒的話，可惜，這次她說得再理直氣壯也不成了，她伸手碰過大少奶奶的藥，自己的貼身荷包裡還倒出一點兒的胡蔓藤，她再說沒有下毒的話，鬼才會相信她！

葉大夫人和葉二夫人急急忙忙趕來，繞過屏風還未入座就說話了。「府裡安生了一個月，大少奶奶一回來，就格外熱鬧呢！」

錦雲火氣頓時不打一處來，冷著臉哼道：「是啊，我走到哪兒都格外熱鬧，哪兒熱鬧，哪兒就能見到二嬸，這大晚上的，也不知道是哪個丫鬟匆匆忙忙地去稟告二嬸，讓二嬸都歇不安穩。青竹，去把那個丫鬟打三十板子，發賣了。」

青竹笑著福身。「方才有哪些丫鬟出門，去了哪兒，奴婢都讓人盯著呢，一個也逃不掉。」

兩位夫人的臉色頓時僵硬成冰，錦雲卻恍如未見地看著葉二夫人，乖巧懂事道：「二嬸，您放心好了，逐雲軒以後就是鬧得天翻地覆，錦雲也擔保不會煩擾二嬸一丁點兒的，錦雲會派人盯著呢，只要有丫鬟敢無緣無故去西苑串門，讓二嬸生氣，錦雲就直接打賣了她。」

「妳……」葉二夫人氣得嘴皮直哆嗦。

葉大夫人的臉色也冰冷，雖然錦雲說的是葉二夫人，但是她肯定這話也是說給她聽的。「錦雲，妳二嬸也是關心妳，妳怎麼可以……」

錦雲撥弄了下手裡的繡帕，嘴角閃過一絲冷笑。「關心嗎？二嬸的關心還真的別具一格，嫌我鬧得府裡不安生。對，是我的錯，是我沒能讓丫鬟滿意，沒能讓她背後的人滿意，人家要我小命，我還不能阻止丫鬟下毒害我，二嬸的關心我沒法理解；娘說我做得不對，那丫鬟我不賣便是，不過二嬸這般關心我，我不同樣關心二嬸，是不是太失了晚輩的禮？明兒起，錦雲會儘量做到二嬸早上吃了什麼飯菜、吃了幾口，都鉅細靡遺地瞭解清楚，凡是對錦雲很關心的嬸子，錦雲同樣關心她，到侯國公府肯定很和睦。」

錦雲這一番話說得滿屋子的人都咋舌了，國公爺都抽嘴角了，他方才有種錯覺，好像自己是在朝堂上聽右相在說話。

葉老夫人也在揉額頭，錦雲這丫頭眼睛裡揉不得沙子啊！

兩位夫人氣得臉色發青，眼神陰狠，卻還是咬牙忍了。

葉老夫人擱下茶盞，繼續問柳雲。「誰指使妳下毒？」

柳雲瞥了葉二夫人一眼，又看了葉大夫人一眼，輕抿了下唇瓣，她算是看出來了，大少奶奶根本就不怕她們，也就自己傻乎乎地以為她們能幫著自己。

柳雲嘴角閃過一絲苦笑，殘忍地看著錦雲。「妳有什麼好的，就因為妳有個權傾天下的爹，妳就能胡作非為，仗勢欺人，妳欺負奴婢也就罷了，連少爺都照樣欺負！沒人叫我下毒，是我自己覺得妳配不上我們少爺，只要妳死了，少爺就能另外娶個賢良的大家閨秀，妳給我去死吧！」

柳雲說著，拔了頭上的簪子就朝錦雲衝過去，速度快到讓人措手不及，可惜了，被葉連暮一腳直接給踹飛。

「拖去逐雲軒，當著所有人的面給我狠狠地打！」

錦雲眸底沒有一絲同情，聲音冰冷地道：「相公，覺得我配不上你的丫鬟可不止一個，你在跟前可以救我一命，不在的話，我的命可就懸著了。」

回到逐雲軒後，青竹就回稟錦雲道：「除了去告知葉老夫人的丫鬟外，有四個丫鬟出門了，分別去了四苑，她們的賣身契全在這裡了。」

那四個丫鬟哆嗦著身子跪在地上，夜晚的青石地板很冷，可是她們覺得更冷的還是大少奶奶的眼神，一個勁兒地磕頭求饒。

錦雲站在正屋前，冷冽的眼神掃了四個丫鬟一眼。「有人下毒害我，事情沒有查清楚之前，院子裡的丫鬟都有嫌疑，妳們四個卻急著去通知幾位夫人，到底誰才是妳們的主子？在我的院子裡幹活，賣身契也捏在我手裡，是不是因為前幾次我縱容了妳們，妳們就有恃無恐了？拖出去。」

幾個粗壯的婆子拉著四個丫鬟下去，錦雲看著滿院的丫鬟、婆子。「我知道各個院子裡可能有妳們的親戚，我不阻止妳們往來，但誰要是像這四個丫鬟一樣，把逐雲軒的動靜急著送上門去領賞，會有什麼下場妳們心裡想必也清楚。我瞭解妳們手頭緊和想辦法掙錢的心，但也該明白誰才是妳們的主子，什麼錢能掙，什麼錢離它遠點兒！我再說最後一次，明天起，我會重新擬訂逐雲軒的規矩，連妳們的月錢也會重新訂，出了逐雲軒，依照國公府的規矩辦事，在逐雲軒裡，一切都要聽我和少爺的，一旦讓我發現有吃裡扒外的，我絕不姑息！」

錦雲才回屋坐下，張嬤嬤便皺著眉頭看著她。「少奶奶要改丫鬟的月例，這不妥吧？」

錦雲瞅了張嬤嬤一眼，笑道：「我斷了丫鬟的財路，不補貼點兒，怎麼說得過去？我要讓她們明白，好好為我辦事，我不會虧待她們，今天我在老夫人屋子裡說的不是空話，我是認真的，以後四苑有任何風吹草動，我都要知道。」

張嬤嬤愣然了一下，她知道錦雲不是喜歡管閒事的人，今天能讓她說這話，看來是真的被惹怒了，稍後，錦雲給了她一千兩銀子用來收買丫鬟。

等張嬤嬤出去了，錦雲揉著脖子讓青竹拿紙筆來，寫了幾條規矩，然後擬訂丫鬟的月例。

逐雲軒的三等丫鬟只比國公府二等丫鬟少兩錢銀子，二等丫鬟比國公府的一等丫鬟少五錢銀子，至於錦雲的幾個貼身丫鬟，向來都是做多給得多，又是教她們識字，又是教她們調香、製藥丸，可比擦桌子、執扇子有趣得多。

錦雲給她們每人五兩銀子的月錢，每季兩套衣服跟國公府一樣，但是另外補給一疋布料。若讓錦雲滿意，過年發紅包獎勵，至於平素打賞什麼的，這就隨意了。

這樣的待遇，讓幾個丫鬟都喜得跳了起來，又跪下來給錦雲道謝，錦雲沒好氣地瞪著她們幾個。「好似我以前虧待妳們似的。」

幾個丫鬟吐了吐舌頭，俏皮地笑著，各自下去幹活了。

錦雲無聊地在屋子裡待著，想著雲暮閣應該關門了，肯定會跟葉連暮回報情況，於是她便去了書房。

錦雲推門進去時，趙擴正把手裡的帳冊和一個木匣子送到葉連暮跟前，臉上全是笑意。當他向錦雲行禮，錦雲打趣他。「趙大掌櫃滿面紅光，心情很不錯。」

趙擴撓著額頭，臉頰更紅。「屬下這不是看少爺和少奶奶的鋪子日進萬金，心裡高興。」

葉連暮翻看了下帳冊，倒抽了一口氣。「五十五萬兩？有這麼多？」

錦雲也咋舌了，趙擴重重點了下頭。「光是木牌就送出去十六枚，銀質的木牌也有三份，金的目前沒有，玉的只有雲漪公主一份，再加上低於一萬兩的，五十五萬兩不算多，屬下算了算，除去前期的支出和成本，差不多能盈利二十五萬兩。」

錦雲滿意地笑道：「還是富人的銀子好掙，只要有好東西，不怕她們不掏銀子，這兩、三天的收入應該占大部分，往後就會慢慢地減下來，但是一個月最少也會有七、八萬兩的收入，肥皂、牙膏、牙刷那些賣得多，要多生產。」

錦雲還有洗面乳和沐浴精等物品都沒有擺上架，由於窯廠的玻璃瓶根本供不應求，就先緊著製作香水，現在有銀子了，便讓趙擴再買個大窯廠。

趙擴點頭記下，葉連暮看著木匣子裡擺放的五十五萬兩銀票，最後遞給了錦雲。「這銀票妳收著吧。」

錦雲白了他一眼。「你忘記我說的了？要把鋪子開遍大朔。不過今兒在鋪子裡，我瞧見雲漪公主對這些東西頗為喜愛，看來這些東西想進入北烈也不會太困難，等北烈商人來找你商議的時候，就是鋪子開到北烈的時候了。」

錦雲把木匣子裡的銀票一分為二。「一半拿去開鋪子，另外一半在京都開錢莊，以後咱們的錢就存錢莊裡，我連名字都想好了，叫『有間錢莊』，你可別又給我改了。」

葉連暮抽著嘴角盯著她。「妳什麼時候想開錢莊的？」

錦雲一聳肩膀。「就是今兒跟皇上他們在醉香樓吃飯的時候，我覺得銀子太多放在身邊不安全，雖然你與皇上是兄弟，感情好，可是將來皇上的兒子呢？對你是不是推心置腹，這可不敢保證，雞蛋放兩個籃子裡，錢莊的事就無須太多人知道了，你明白？」

葉連暮點點頭。「開完了錢莊，妳還想開什麼？」

錦雲白了他一眼。「開什麼還不都是為了開心啊！」

趙擴掩嘴輕咳了一聲。「少奶奶，下午的時候，不少掌櫃的給屬下遞了請帖，其中就有安府大少爺。少奶奶，您看？」

錦雲愣然了下，安府也想來摻和一腳？不過也是，做生意自然是哪裡有錢往哪裡鑽了。

她瞅著葉連暮，葉連暮摸著鼻子。「妳拿主意吧。」

錦雲橫了他一眼。「我怎麼好拿主意嘛，之前都說好了壟斷的，就不能心軟，不過就怕以後大家都知道雲暮閣是我們的，回頭肯定說我瞞著他們了，要不，我們把玻璃獨家賣點給安府？」

錦雲還打算把玻璃雕刻各種樣式，這些都得慢慢來，畢竟現在的玻璃還不夠他們自己用，但是再添個窯廠就寬裕了。

葉連暮點點頭。「就這樣辦吧。」

趙擴閃身出去了，葉連暮覷著錦雲，半晌後冒出一句。「去試試彈簧床？」

錦雲滿臉飛霞，翻了個白眼就轉身出了書房，葉連暮眼角含笑地跟著她回房了。

錦雲靠在床上翻著書，青竹和谷竹兩個嘖嘖讚嘆道：「這床比之前那個好靠多了，這彎彎的就跟背一樣。」

錦雲淡笑不語，兩個丫鬟見葉連暮沐浴完回來，互望一眼，嘴角帶笑地去吹熄遠處的蠟燭，把屏風挪開一點兒，然後掩嘴出去了。

錦雲看著書，披散的頭髮垂在胸前，被她隨手勾到耳後，清眸夾瞋。「我臉上沒髒東西也沒花。」

葉連暮坐到錦雲身邊，把她的書放床頭櫃上，緊緊盯著她。

錦雲的心撲通亂跳，努力把手往回抽。「你、你想幹麼？」

葉連暮妖冶的鳳眸星火閃現，低頭在錦雲的嬌唇上輕吻了一下，沙啞著嗓子道：「娘子，我們今晚圓房好不好？」

這些天共枕在一張床上，他們經常親吻，但每回葉連暮都記得自己的承諾，等錦雲及笄了再圓房，錦雲自然知道他忍得辛苦，自己也有些動搖了，現在他又這麼含情脈脈地徵詢她的意見，錦雲很想告訴他自己同意了，但，還是搖頭了。

「今天身子還不方便。」

葉連暮先是愣了一下，然後臉上一喜，隨即又慢慢黑了下來，高興的是錦雲沒再提「言而無信」四個字，黑的是今天太不湊巧了。他捏捏錦雲的臉，起身脫衣服，然後走到另外一邊掀了被子躺進去，背對著她。

錦雲忍不住噗哧一聲笑出來，推了他一下。「至於嗎？」

葉連暮回頭惡狠狠地瞪了錦雲一眼，捏著她的鼻子，磨牙道：「怎麼不至於？我娶個媳婦回來兩個月了還沒有圓房，比為夫晚幾天成親的都快生孩子了！」

錦雲滿腦袋黑線，扒拉下葉連暮的手。「那你怎麼不說我大哥、二哥比你還大，還沒有訂親呢！」

葉連暮頓時語塞，錦雲揉著鼻子。「一屋子的醋味兒，酸死了，你去把窗戶開了。」

他掀了被子真去，隨即想起什麼來，惡狠狠瞪著錦雲，胳膊一攬就把她死死壓住了。

「妳再說一遍！」

錦雲鼓著腮幫子。「你讓我說我就說，那我豈不是太沒面子了？我數三下，你不走，你可別後悔。」

葉連暮眉頭一皺，她已經在數一、二、三了，他依然壓著錦雲。

錦雲豁出去了，伸出手緊緊地抱著葉連暮，親上他的脖子，一雙手四下亂摸，在他胸口上畫圈圈，惹得某男一陣陣倒抽氣，緊緊握著錦雲的手不許她亂動。

錦雲笑得雙眼瞇起，巧笑嫣然，也不掙扎，把大腿一抬，在葉連暮的大腿上蹭了一下，他的呼吸又粗重了三分，錦雲笑得有些憋不住了。「學著點啊，以後我不方便的時候千萬別惹我。」

他哪裡還敢惹錦雲啊，差點就慾火焚身了，可是又很不甘心。

葉連暮瞅著錦雲微敞開的衣襟，那雪白的雙峰，他毫不猶豫伸手重重捏了一下，錦雲的臉頓時氣炸了。

葉連暮總算扳回了一局，正心裡得意呢，就見錦雲撲過來報仇。

外面，青竹和谷竹兩個蹲在地上貼著牆角偷聽，心想換了新床，少爺那樣子擺明就是想圓房，她們打賭今天肯定圓房成功。

結果在外面聽著聽著，裡面就打起來了，兩個丫鬟頓時淚流滿面，一個月的月錢就這樣沒了……輸給南香了！

兩個丫鬟準備回去睡覺時，突然屋子裡砰的一聲傳來，她們的心一顫，就聽屋子裡傳來葉連暮擔憂的聲音。「怎麼了，有沒有撞疼？」

錦雲捂著額頭，氣呼呼地捶打葉連暮。「都是你，都是你，我頭都撞暈了，肯定青了！」

葉連暮瞅著她額頭上那瘀紅，哭笑不得，這怎麼能全怪他呢？「我去給妳拿藥。」

錦雲抹了點藥，然後瞪了他一眼就溜被窩裡去了。

葉連暮很安分地睡自己那邊，眼睛緊緊盯著她。「腦袋還暈嗎？」

錦雲直勾勾盯著葉連暮，半晌冒出一句話。「女孩子成親後流的眼淚，就是她成親前選夫君時腦子裡進的水，不知道我當初腦子裡被塞了多少水？」

葉連暮有些汗顏了，細細回想，貌似錦雲流淚的時候不多，但也哭過。「像妳今天自己掐出來的也算？」

錦雲抽了下嘴角，默默把眼睛閉上。「你別搭理我，我頭疼。」

葉連暮輕輕地把她攬在懷裡，輕笑道：「妳那麼聰明，腦袋裡肯定沒有裝水。」回答他的是一聲輕吟，軟軟的，讓葉連暮方才歇下去的慾火再次被點燃了，心裡像是被錦雲拿了根鵝毛有一下、沒一下地撓著，讓他苦著張臉。「娘子，妳什麼時候能好？」

葉連暮低頭，錦雲已經靠著他睡熟了，嘴角掛著滿足的笑意，他捏了捏錦雲的鼻子，緊緊抱著她，也睡下了。

翌日天還未亮，葉連暮就起床了，錦雲也被吵醒，打著哈欠瞅著他穿官袍。

錦雲哼了下鼻子。「做官真沒勁，天未亮就得上朝。」

葉連暮坐到床邊，拍拍錦雲的臉，別人家的夫人都巴不得夫君步步高陞，她怎麼就全然不同呢？他看得出來，她是覺得上朝太早很辛苦。

葉連暮輕聲道：「明天就不用起早了。」

錦雲的瞌睡蟲立馬跑了一半，眨巴一雙眼睛。「過生辰朝廷會給你放假？」

「不放假也可以請假，只要不耽誤正事就可以了，今天好好想想送什麼給我好。」

錦雲白了他一眼。「我還真想不出來，我給你繡方帕子，算了，我還是給你做個荷包吧！」

葉連暮狠狠捏了下她的鼻子。「這未免也太輕了吧？」

「禮輕情意重！」錦雲瞪眼道。「你要是喜歡珠寶和美人，我送你一堆。」

「我還是喜歡荷包。」

這一天，錦雲就在逐雲軒裡繡荷包，特地選雙面繡，不過繡到一半就後悔了，幹麼繡雙面的，繡在裡面又看不見，她的手都繡得僵硬了。

好在錦雲一針一線地慢慢繡好了，繡的是祥雲白鶴，左看看、右看看都無比滿意，可當作生辰禮就很寒酸了，她也不好意思送出手，想一想，最好是在荷包裡放點什麼東西才好，不過她琢磨了一下午也沒想出來放什麼好，便把荷包收了起來，轉而翻起逐雲軒的帳冊來，又把林嬤嬤叫來說了幾句話。

今兒這一天過得很平靜，即便錦雲把逐雲軒丫鬟的月例提高了很多，也沒人來說什麼。逐雲軒的丫鬟不敢向外說啊，少奶奶昨天才發過脾氣，逐雲軒裡一連賣了六個丫鬟呢！再說，漲月例是好事，回頭府裡那些夫人肯定會數落少奶奶的，指不定就是少奶奶自己掏腰包了，她們又不是沒心沒肺的人，少奶奶待她們好，她們還會把少奶奶往火坑裡推嗎？

這樣的效果錦雲很滿意，只是她還是覺得有些彆扭，忙碌了整整一個月，突然一下子閒了下來，渾身有些不對勁，總要找點事做做。「除了繡荷包，還有什麼能打發時間？」

「繡帕子？」

錦雲暈了。「繡荷包和繡帕子有區別嗎？別提看書寫字、作畫彈琴，換別的。」

張嬤嬤端著燕窩粥進來，白了一眼。「回頭少奶奶生了孩子，就不會覺得閒得無聊了。」

南香立馬點頭。「就是，可以逗小少爺、小小姐玩，肯定有趣！」

錦雲一雙眼皮都快翻沒了，左思右想後，覺得打發時間還是非麻將莫屬。她說做就做，畫好圖紙便讓暗衛拿去辦，才剛交代完，葉連暮就回來了，她忙吩咐青竹準備沐浴用水，那身官袍看著真不順眼，她喜歡看他穿著錦袍的樣了。

青竹和谷竹兩個咬耳朵，掩嘴輕笑，錦雲聽不清楚，但是葉連暮耳聰目明啊！只聽谷竹笑道：「少爺出門一天，少奶奶要死不活地幹什麼都沒勁，少爺一回來，少奶奶立馬生龍活虎了。」

葉連暮嘴角緩緩翹起，眸底閃過溫柔的笑意。

錦雲斜眼睨視著他。這人有毛病吧？喝個茶也傻笑。

葉連暮喝完茶，起身去了書房，張嬤嬤跟在後頭，輕咳了一聲。他回頭，張嬤嬤行禮，然後回頭張望了一下，才道：「少爺，你趕緊跟少奶奶生個小少爺吧，奴婢瞧少奶奶的架勢，只怕遲早要溜出去玩，你這當官了不在家，可沒人攔得住……」

葉連暮還以為張嬤嬤要跟他說什麼事，沒想到居然是說這事，連張嬤嬤都忍不住來提醒他了，可見錦雲有多閒。

錦雲一本書都看完了，也不見葉連暮回來睡覺，正想去催他，青竹急急忙忙地進來道：「少奶奶，少爺吐血暈倒在書房裡了。」

錦雲連忙把手裡的書丟了，邁步就出了屋子，林嬤嬤站在門口瞅著錦雲。「少奶奶，少爺暈倒的事要不要告訴老夫人一聲？」

錦雲擺擺手。「天色太晚了，不用告訴老夫人了，妳們都下去歇著吧。」

趙章扶著葉連暮過來。「少奶奶，少爺吐完血休息三個多時辰就沒事了，您別擔心。」

她能不擔心嗎？一個正常的人怎麼可能會吐血暈倒，錦雲想起葉連暮每個月都會吐幾次血的事，皺眉問趙章。「之前他吐血怎麼沒告訴我？」

趙章想了想，少奶奶嫁給少爺後，少爺雖然還是每個月吐血，但是次數似乎少了些，每個月只吐一回，前些時候少奶奶忙著處理雲暮閣的事，少爺吐血，他沒敢去打擾她，再就是這回了。

趙章該說的說了，便退了出去。

錦雲讓青竹打了熱水來給葉連暮擦汗，然後細細給他把脈，這一回，她明顯察覺到他脈象的不同，叫青竹拿銀針來，錦雲解了他的衣服給他施針，可是葉連暮沒有醒，睡得死沈死沈，錦雲懷疑就是把他扔湖裡去，他也沒有什麼反應。

錦雲讓青竹熬了藥端來，親自給葉連暮餵下去。

青竹見她神色焦灼，勸道：「少爺不會有事的，少奶奶您也歇下吧？」

錦雲輕點了下頭。「妳們也都下去歇著吧。」

伺候完錦雲後，青竹等人才退下去，錦雲看著葉連暮安靜的睡容，刀削的臉上帶著一絲蒼白，眉如墨畫，唇如點赤，鼻梁挺拔，整張臉說不出來的絕美。

錦雲捏著他的鼻子，她不知道自己心裡何時有了他，之前她一直以為自己離開他依然可以活得恣意，不會被牽絆；可是方才，青竹衝進來告訴她葉連暮吐血暈倒了，錦雲腦海裡霎時間閃過的只有一個想法，他要是死了她該怎麼辦？感覺那是一種天塌地陷的恐懼。

枕在葉連暮的肩上，她緊握著他的手，她不會讓他有事的，她不允許他死在自己面前！

隔日一大清早，張嬤嬤就送長壽麵來了，等葉連暮吃完，錦雲就把繡好的荷包給他。

「喏，我親手繡的，下次我過生辰的時候你也要給我準備一份。」

青竹站在一旁直撫額，少奶奶真說得出口，送個小荷包還不忘叮囑少爺送她生辰禮，有了這荷包，回頭少爺不知會送她什麼稀罕東西呢！

葉連暮真拿錦雲沒辦法，接過荷包，狠狠誇了兩句。「等妳過生辰，我送妳串糖人。」

吃完長壽麵後，葉連暮先是去了書房，把沒寫好的奏摺寫完，讓趙章送皇宮去，自己便打著玉扇出府了。

錦雲則是去了寧壽院，進屋就聽見葉雲瑤問：「祖母，妳昨兒睡彈簧床舒不舒服？」

葉老夫人嗔笑道：「睡著不舒服，也敢賣二千兩銀子？」

陪著老夫人說了會兒話後，葉大夫人就不悅道：「我怎麼聽有丫鬟在說逐雲軒三等丫鬟的月例是一兩五錢銀子？連我院子裡的丫鬟都恨不得去逐雲軒當丫鬟了，這事是真是假？」

葉三夫人和葉四夫人還沒聽說這事，當即瞪圓了眼睛，就連葉老夫人也盯著錦雲了。

錦雲一笑。「是錦雲給她們漲了月錢，還不是擔心誰給她們銀子，心就向著誰嘛，我昨天又斷了丫鬟們的財路，得給她們點甜頭不是？給幾位嬸子省錢了，幾位嬸子該高興才是啊！」

幾位夫人臉色頓時鐵青，偏錦雲一副不用謝的表情。「我不多拿公中一分，多付的銀子，錦雲拿自己的月例補上。」

葉二夫人冷著眼神，眸底閃過惡毒。「果真是豪氣，我們幾個做嬸子的比不得，這回不但四苑的丫鬟削尖了腦袋想往逐雲軒鑽了，只怕寧壽院的丫鬟也想給大少奶奶做丫鬟吧？」

葉二夫人說著，眼睛往夏荷身上瞄，夏荷立馬給老夫人跪下。「奴婢沒有想去逐雲軒，奴婢只想一輩子伺候老夫人。」

葉老夫人擺擺手，掃了在場幾位夫人一眼。「國公府依照規矩發月錢，送到錦雲手裡就由她作主，妳們幾個要是想學，國公府隨妳們意，以後手不要伸那麼遠，管好自己的事。」

幾位夫人暗自氣惱不已，看著錦雲的眼神就像丟冰刀子一樣。

葉老夫人直接吩咐大夫人拿三百兩給錦雲，然後問錦雲。「暮兒人呢，去哪兒了？」

錦雲忙回道：「相公去醉香樓了，安遠侯世子他們給他慶祝生辰。」

葉老夫人點點頭。「回去準備些醒酒湯。」

錦雲不解，王嬤嬤便笑道：「還是奴婢準備吧，一會兒給少奶奶送去。」

這是篤定他會喝醉了，錦雲忙道：「我這就回去預備著。」

再說醉香樓，果真是輪流灌酒，這是他們這群好友的習慣，誰過生辰都得請大家吃一頓，然後喝醉了，大家送他回去。

葉連暮已經連喝了幾十杯酒，是出自安府最烈的酒，他腦袋有些暈乎乎的，看人都是左右兩個。

桓禮舉起酒杯，輕咳一聲。「連暮兄，嫂夫人送你什麼生辰禮物啊，拿出來給我們瞧瞧？」

葉連暮早喝醉了，站起來拍著腰間的荷包。「看見沒有？這個就是我娘子送的。」

屋子裡七、八個人齊齊地盯著葉連暮的荷包，桓禮瞪圓了眼睛。「就一個荷包？」

葉連暮重重地點了下頭，也不用人家叫他喝酒了，自己就往嘴裡倒。「娘子說禮輕情意重……」

葉容軒撫額，那女人未免也太小氣了吧，就送一個荷包？雲暮閣生意那麼好，送個大件的怎麼了？看吧，連累連暮表哥丟臉了吧！話雖這麼說，他還是伸手把葉連暮腰間的荷包扯了下來，打開看了看。

裡面是一張百兩的銀票，銀票裡夾著一張紙條，葉容軒瞅著猛灌酒的葉連暮，忍不住打開看了看，頓時嘴角猛抽。

紙條上寫著——

「我左思右想，還是覺得只送一個荷包太輕了，所以我又給你加了一百兩的銀票，我跟你說啊，是你不許我出門，我才買不了禮物，只好你自己看著喜歡的買了，你要是順路的話，我要吃醉香樓的燒雞、福滿樓的醉鴨、柳記的花生酥……」

洋洋灑灑寫了十幾樣吃的，幾乎把八條鬧街全給涵蓋了，誰會這樣順路啊？

桓宣輕笑了一聲，桓禮翻了個大白眼，現在錦雲在他眼裡就是個吃貨了，夫君過生辰，還奴役夫君去買這買那的，這還是女人嗎？

只是最後一句看不懂，桓禮皺眉。「『現在回答你上一個問題的答案，一天。』什麼意思？」

趙琤瞥了葉連暮一眼，然後笑道：「人家夫妻間的事，你能知道才怪呢，再說，他們之間好多事你們都不知道，想當初啊，連暮兄被踩得多慘啊，跑腿買東西算什麼？」

葉容軒臉上閃過一絲詭異的笑，湊到葉連暮旁邊。「表哥啊，這是表嫂給你的字條，最後一句什麼意思啊？」

這些人湊熱鬧過生辰完全是為了灌醉人看笑話的，不過誰都有輪到的時候，所以沒人有心理壓力，你要是不灌醉他，下回他照樣灌醉你！

葉連暮揉揉眼，才把紙條看清楚，越看越皺眉。「真是她寫的，只有她寫信會加……標點，用白話。燒雞，你去買；醉鴨，你去買；花生酥，你去買……一天？什麼意思？」

桓宣被問得哭笑不得，他們還想知道什麼意思呢！好了，一屋子裡的人全被他指使出去買東西了，夏侯沂喊了店小二來，讓他去跑腿。

葉連暮糾結了好一會兒，也沒想出來「一天」是什麼意思，一屋子人觥籌交錯。

一個時辰後，葉連暮舉著酒杯，搖搖晃晃地倒嘴裡，臨到嘴邊卻擱下了，把酒杯一放。

「我想起來了！」

一桌子人喝得七歪八倒的，全都看著他。「什麼一天啊？」

葉連暮搖了搖腦袋，轉身要回去了，搖頭擺手。「不喝了，我要回去了。」

葉容軒不讓。「之前我們都喝得趴了，你可不能耍賴啊！一會兒喝完了，我們送你回去就是了，不會把你丟大街上的。」

趙章站在屋子裡，瞅著葉連暮那醉酒的樣子，眉頭皺著。這樣子回去，指不定少奶奶就直接把他扔院子裡了，少爺還是乖乖地待在這裡吧？

趙章扶著他。「爺，少奶奶不喜歡酒味兒，你酒醒了再回去吧？」

葉連暮估計忘記屋子裡還有別人了。「回去、回去圓、圓房……」

噗！一口酒噴老遠，一屋子人差點笑岔氣。

「圓房？我沒聽錯吧？他剛剛說的是不是圓房兩個字？」

桓禮重重一點頭。「應該沒錯，他成親都兩個多月了，還沒圓房？」

趙章臉那個窘紅啊！少爺，這下臉可丟大了。

趙章輕咳一聲。「我家少奶奶還沒有及笄，少爺是想等少奶奶及笄再圓房的……」

葉容軒指著葉連暮。「他這樣子像是願意等嗎？恨不得飛回去了好不好！」

趙章無話可說，瞅著那酒罈，真暈了，這酒也太烈了，少爺斬釘截鐵說自己喝三罈子不會醉，最後竟然……回頭肯定被笑話的！

趙章扶著葉連暮出門，身後是大笑聲，笑得直捂肚子的都有。

錦雲坐在屋子裡畫圖，因柳雲一事大肆整頓了逐雲軒的人事之後，如今屋子裡全是她的人，她做什麼也不用顧忌了，正翻看著雲暮閣送來的首飾圖紙，足足有十份。

錦雲每份看完都皺眉，把不滿意的地方都做修改，讓人重新繪製了再送來。

珠雲打著簾子進來。「少奶奶，少爺回來了，還給您買了一堆吃的回來。」

錦雲擱下筆，就見趙章紅著臉扶著葉連暮進屋，帶來一屋子的酒味，葉連暮嘴巴張著，可是一句話也說不出來。

錦雲眨著眼睛。「他怎麼了？」

青竹幫著趙章把葉連暮扶到床上睡下，趙章這才把啞穴給解了，回錦雲道：「屬下是怕少爺發酒瘋，亂說話，才點了少爺的啞穴。屬下出去了。」

錦雲掩著鼻子，這酒味可真濃，於是吩咐谷竹去拿解酒丸，她親自餵葉連暮。

葉連暮張嘴就說了兩個字。「圓房……」

錦雲手一抖，藥丸就掉床上去了，她嘴角忍不住一抽再抽，難怪趙章都忍不住點了他的啞穴，他不會一路喊著圓房回來的吧？她有種被雷劈的感覺。

錦雲撿起解酒丸給葉連暮服下，拿帕子替他敷著額頭，見他沒有吐，就放心地坐到桌子旁。

南香把吃食打開。「少奶奶，全是妳最愛吃的呢，還溫著。少爺對少奶奶真好，少奶奶就給少爺準備了一個荷包，少爺還買了一堆吃的回來給少奶奶，連醉酒了都想圓房，少奶……奴婢出去幹活了。」

錦雲的眼睛輕輕一斜，南香忙閉了嘴，彷彿被狗追似地出了門。錦雲揉著太陽穴，拿起花生酥就啃起來，活像咬某男的肉。

葉連暮醉了整整三個時辰，醒來時，屋子裡都點了蠟燭，他要起來喝水，錦雲看他的臉色，應該是清醒了，便道：「你去洗洗吧，渾身都是酒味兒。」

葉連暮也難受，先去洗了澡。他在澡桶裡想起來「一天」的事，匆匆忙忙洗完就奔了出來，錦雲已經打著哈欠要睡著了。

這哪行啊！好不容易鬆了口，回頭再反悔了，他還得再等呢，雖然她過不了幾天就及笄了，可他等不及了。

他剛湊過來，錦雲就皺了鼻子。「還有酒味兒，你喝了多少啊？」

要是早看了荷包，葉連暮肯定不會誇海口著他們的道了。「三罈。」

錦雲斜眼睨視著葉連暮。「喝醉了，你沒亂說話吧？」

「沒亂說吧。」

錦雲氣結，不用懷疑了，這人肯定亂說了，她一拉被子，倒頭就睡。

葉連暮把被子往下面扯，錦雲瞪圓了眼睛。「你明天還要監考呢，趕緊睡覺。」她喊完，又對他眨了眨眼。「明天能帶我去嗎？抓作弊，我肯定比你有經驗。」

葉連暮酒醒了一大半，看著錦雲的眼睛，美麗得像湖水般清澈明亮，似一對通體澄明的寶石，閃著熠熠光華，還有那嬌豔欲滴的唇瓣，一張一合，像極了含苞待放的花朵。

葉連暮哪裡聽得見錦雲問什麼，直接吻了上去。

雖然不是第一次親吻了，可還是覺得心跳加快，臉很快就染上紅暈，錦雲推搡他，可是雙手力氣太小，更像是掙扎了兩下就隨他了，很快地她就雙眼迷離，渾身癱軟了，漸漸回吻了起來。

錦雲的回應鼓舞了葉連暮，讓他原本溫潤的吻變得狂暴了起來，吻得她渾身無力，嘴裡全是酒味，似乎也跟著醉了。

慢慢地，葉連暮邊吻著，邊欺身把錦雲壓住，他手肘撐著床，免得壓壞了她，另外一隻手去扯她的衣襟，把手伸了進去，冰涼的觸感讓錦雲有了三分清明。

葉連暮親吻著錦雲的眉眼，忍得辛苦。「給我，好嗎？」

他能堅守承諾，整整忍受了兩個月，錦雲心裡不是沒有感覺的，輕點了下頭，他頓時鬆了口氣，眼裡迸出灼灼火花。

那一瞬間，錦雲被怔住了，直到耳際傳來酥麻難耐的感覺。

很快地兩人便裸裎相對了，葉連暮雖然見過她的冰肌玉骨，可如此靠近這還是第一次。

長年習武長著老繭的手撫摸過她的皮膚，讓錦雲忍不住渾身顫慄，下意識地把身體蜷縮在一起，可惜葉連暮根本就不給她機會。

「娘子，妳真美。」

錦雲滿臉紅暈，葉連暮低頭俯身貼近她耳際，他很喜歡錦雲那圓潤的耳垂，而那恰好是她的敏感之處，一碰就渾身顫慄。

錦雲腿一動，葉連暮就忍不住倒抽氣了。「娘子，妳準備好了沒有，我實在是忍不住了。」

汗水從葉連暮的鼻尖滴落在錦雲雪白的雙峰上，下一秒，錦雲啊的一聲傳來，疼得她眼淚都掉出來了。「你出去，我疼、疼……」

錦雲是第一次，葉連暮同樣是，箱底書兩人都看了不少，可是真輪到自己就慌了。

葉連暮不敢動，可是自己不動又難受，只能忍著，眼睛眨也不眨地盯著錦雲的臉，等她臉色稍緩，他就再忍不住了，像一匹脫韁野馬，狂奔在草原上。

屋外，南香和珠雲兩個人滿臉通紅，心裡高興少爺和少奶奶終於圓房了，可是她們都是還未出嫁的女兒身，這樣偷聽也太為難她們了，一張臉紅得可以滴血了。

「今天的月亮真大……」

「是呢，月亮很大。唉，妳說少奶奶會不會懷孕啊？」

「我也想逗小少爺玩，那軟軟的小手，胖乎乎多可愛啊，可是我也想要小小姐，怎麼辦？」

「妳說少奶奶先懷小少爺還是小小姐呢？」

「少奶奶肯定想一次生兩個啊……」

房內，葉連暮食髓知味，若不是顧及錦雲的身子，只怕一晚上都不想睡。

撫摸著錦雲的鎖骨，葉連暮另外一隻手伸到她的肚子上。「先給為夫生個女兒吧，像妳一樣聰明的。」

錦雲一把抓住他的手，很不客氣地白了他幾眼，安全期哪那麼容易懷上啊！不過不排除這樣的可能性就是了，錦雲還擔心懷上了怎麼辦呢。

「我沒打算現在就生孩子。」

葉連暮微皺眉頭。「妳不想在家帶孩子，想出去玩？」

錦雲嘴角猛抽，這人想哪裡去了。「你不覺得我還小嗎？」

葉連暮顯然沒聽懂，伸手捏捏。「是小了一點兒，可是有奶娘啊，不會餓著孩子……」

「你嫌小就離我遠點兒！」

錦雲一腳踹了過去，猝不及防之下，葉連暮華麗地被踹下床去。

錦雲自己也倒抽了一口氣，拿被子捂住胸口，氣死她了，被他啃成那樣，還嫌棄小，真想踹死他！

葉連暮站起身來，見錦雲忙把腦袋往旁邊扭。他扯著嘴角，傻子也知道他說錯話了，可是有至於發這麼大脾氣嗎？方才多可愛啊！

「我沒嫌棄小。」

錦雲重重哼了一聲，蒙著腦袋。葉連暮真擔心她把自己給捂死了，拿她沒辦法，只得誘惑道：「明天還想不想跟我去考場了？」

葉連暮躺在床上，抓了被子一角蓋住自己，閉眼道：「不想去那就算了。」

錦雲磨著牙，翻了個身不理會他，閉著眼睛兀自生氣，心想著不去就不去，又不是只考這一回。可她越想越氣，早知道就憋死他算了，讓她再養個三、五年，準能養大的。錦雲正想著時，就察覺到一隻胳膊橫伸過來。

「好了，別鬧了，為夫真沒嫌棄妳小了，我不是怕妳擔心孩子沒吃的嗎？」

錦雲沒好氣道：「你兒子、女兒就是頓頓吃黃金，我也能養活他們！」

「……」葉連暮無言。

錦雲斜了一眼。「你那什麼表情？」

葉連暮滿腦袋黑線。「為夫只是覺得娘子妳未雨綢繆，原來開錢莊是為了給孩子們吃黃金，很有遠見。」

錦雲翻了個大白眼。「熄蠟燭睡覺了。」

葉連暮手一抬，蠟燭就滅得只剩下兩盞了，他挨著錦雲，眸底閃著火光。「娘子，黃金有了，孩子還沒呢。」

然後撲了過來，又是一陣糾纏。

第二十二章 文舉期間

葉連暮神清氣爽地穿著官袍去了官署，而錦雲要死不活地躺在床上，動一下身子骨兒都跟散了架一樣。某個地方隱隱作疼，青竹幾個丫鬟進來看錦雲的眼神都帶著笑，張嬤嬤更過分，端了烏骨雞湯來不算，還把之前的藥煎了端來，說了一堆早點兒生孩子的話，錦雲聽得額頭青筋一突一突的，轉頭就吩咐青竹準備水，另外備好馬車。

準備洗澡水好說，可是準備馬車做什麼？

青竹問錦雲。「少奶奶要去哪兒？」

錦雲一肚子火呢！「我能去哪兒，我去找妳們未來小少爺他爹算帳，他說了帶我出門的，他言而無信！」

錦雲說要去考場看看的事，青竹是知道的，可是那會兒少爺不是沒有答應嗎？難道昨兒晚上她們不知道的時候答應了？青竹想有這個可能，便轉身去吩咐了。

沐浴一番過後，錦雲感覺身上好受多了，沒想到，一轉眼就見趙章拿了一摞帳冊過來。

錦雲瞇著眼睛。「這什麼意思啊？」

趙章恭謹地把帳冊遞上。「這是爺今天早上出門前吩咐屬下拿給少奶奶的，少爺說他這幾天很忙，沒空看帳冊，讓少奶奶幫著看看，哦……主要就是怕少奶奶出門，拿來給少奶奶打發時間用的……」

錦雲一瞪眼，趙章就如實招認了，才說完，就後悔了。

少爺，這可不關屬下的事，屬下一向很誠實……

錦雲隨手翻了兩下帳冊，吩咐青竹道：「先拿下去，我晚上再看。馬車準備好了嗎？」

張嬤嬤卻拿了兩份帖子來，臉色有些難看。「少奶奶，這是安府幾天前送來的帖子，門房剛剛才送來，也不知道有沒有耽誤了事。」

錦雲忙接過一看，是安府二小姐安若溪請她去賞花的帖子，還真不湊巧，正好是雲暮閣開張那天。

錦雲便道：「一會兒順路我去趟安府吧！青竹，幫我想想送些什麼禮物。」

青竹想了想道：「香水、香膏什麼的，安府買了不少，拿了銀牌的，肯定不缺，要不把還沒有賣的洗面乳準備幾套？」

錦雲點頭。「妳去準備吧。」

趙章站在一旁鬆了一口氣，這請帖送來的太是時候了，便退出正屋。

錦雲又看了下另外一份請帖，是夏侯安兒邀她騎馬的，帖子下面還有清容郡主和趙玉欣的名字，看來是約好的。

錦雲想了想，吩咐谷竹道：「準備禮物，後天去靖寧侯府騎馬。」

谷竹愕然怔了下。「騎馬？少奶奶妳會騎馬嗎？」

「不會可以學。」

錦雲讓張嬤嬤去稟告了葉老夫人一聲，然後便帶著青竹和南香出門了，不過她沒有直接去安府，還是先去了官署，反正順路啊！

葉連暮坐在那裡監督入場時，就聽到下人稟告。「葉大人，祁國公府來人了。」

一口茶差點嗆著了，葉連暮抬頭就見到那熟悉到不能再熟悉的馬車，還真來了啊？

錦雲掀了簾子就見到長長的隊伍等著接受檢查，書僮、小廝幫著拎東西的也一起排隊。

錦雲下了馬車，葉連暮忙走了過來，可她卻直接無視他繼續邁步向前，前面正是蘇蒙和蘇猛兩位兄長。

蘇猛摸了摸鼻子，他一直站在這裡，結果葉連暮坐在那裡翹著二郎腿，他看得很不爽，但是現在舒坦了，錦雲不搭理他啊，完完全全地無視啊！

錦雲知道蘇猛考武舉，但是沒想到他也參加文舉。「二哥，你也來考？」

蘇猛故意拔高了聲音。「二妹啊，二哥還以為妳是來看妹夫呢，原來是來送我們進考場的，有二妹妹相送，二哥這次一定好好考。」

蘇蒙在一旁抖肩膀，葉連暮一臉青黑，隨即又笑了，示意身後的官兵。「一會兒把他身上的這件衣服給我沒收了，不許帶小抄，同樣不許衣服上有字！」

蘇猛看著錦袍上那幾個字，眼角狠狠地抖了一下。「不是吧，我還不至於連這幾個字都不會寫吧？」

葉連暮不苟言笑地來了一句。「一會兒給我仔細檢查他胳膊、腿上有沒有小抄。」

錦雲掃了葉連暮一眼，公報私仇。

看了看蘇猛，他身形跟葉連暮差不多，錦雲便吩咐青竹。「給二少爺拿套衣服來。」

青竹點點頭，就去馬車上拿了套衣服下來，葉連暮一看，臉色又青了，那是做給他的！這女人今天不是成心聯合蘇猛來氣死他的吧？

葉連暮手一揮，把衣服搶了過來。「我要仔細檢查檢查。」

錦雲恨不得一腳踹過去，指著那邊幾個人道：「你該去檢查他們才是，一聽說你要檢查胳膊、大腿就趕緊跑了，還不快去！」

葉連暮沒動，倒是他身後站著的兩個官兵立馬揮手讓人去抓了，很快就把人給抓了回來。「葉大人，他們兩人身上果然有小抄！」

蘇猛無話可說，他們在這裡說著話，錦雲都能抓著兩個作弊的，這也太……

蘇蒙忍不住誇讚了一句。「三妹妹眼睛真好。」

錦雲撓了下額頭。「不是我看見的，是丫鬟看見的。」

青竹很謙虛，臉紅道：「是少奶奶說的，作弊可以把小抄寫在胳膊和腿上，還有腰帶、筆筒、髮簪裡，就連鞋底夾層都可以藏，最厲害的是寫在白紙上，噴水就能看見，奴婢就仔細觀察了一下，還真的是呢！」

蘇蒙和蘇猛兩個面面相覷，一旁的官兵嘴角猛抽，葉大少爺要是參加科舉，即便大字不識，有葉大少奶奶這高超的作弊學問，考個三甲絕對不是問題。

青竹顯擺似地說完，一旁長長的隊伍瘋了，四、五個男子捂著肚子跑了，官兵忙下去逮人。

葉連暮揉著太陽穴，她說的是真的，抓作弊她比自己有經驗。

科舉舞弊時常有之，但是被抓到的很少，丫鬟才說了兩句話，他們就嚇得不敢考了，還真是讓人哭笑不得，官兵搜出來他們作弊的小抄，葉連暮翻開看了看，臉色就變了。

青竹還只是說了一半呢！葉連暮把手裡的紙條疊起來，把趙章喊過來，低聲吩咐了幾句，趙章點點頭，騎馬便走了。

輪到蘇猛和蘇蒙兩個檢查身體，兩位右相府少爺，尋常人哪個敢去搜查啊，就是搜出來也不敢吭聲，但是今天不同，葉連暮親自坐鎮，還點名了要扒光了搜，也只能聽吩咐辦事了，蘇猛很無語。

錦雲和青竹自然不能留下，早早便走了，倒是葉連暮仔細看了看兩人的食盒，兩份一樣大，裡面裝有雞鴨魚肉，糕點也有，四小盤子，足足有八種，精緻玲瓏就不用說了。

葉連暮扯了下嘴角。「這就是你們帶的食物？」

蘇猛望天，這不明擺著嗎？

「去替這兩位少爺買燒餅來，一人各十五份。」葉連暮吩咐官兵道。

蘇蒙瞥了葉連暮一眼，眸底很疑惑，葉連暮很大度地道：「一併帶進去，回頭吃一個給我一百兩。」

「……」蘇猛無言。

兩人拿著燒餅進去了，葉連暮挨個兒檢查，誰準備吃的不夠，或是他認為堅持不了九天的，就給人家燒餅，還是那句話，不吃就算了，回頭吃一個付一百兩。

葉大少爺送燒餅，還是現烤的，誰敢不拿啊！只是他們心裡都不以為然，這些富家少爺平時連鮑魚、燕窩都不喜歡吃，誰看得上燒餅啊，肯定不會吃的。

錦雲才走進安府二門，安若漣、安若溪姊妹兩人就迎了上來。

「表姊怎麼今兒才來啊，足足晚了兩天呢！」

錦雲不好意思道：「之前我不在國公府，不知道妳給我送請帖了，我今兒早上才看到的，這不就連趕著來嗎？」

安若漣拉著錦雲的手笑道：「前兒沒來也好，花根本就沒賞成，雲暮閣開張，賞花賞到一半，我們都趕著去買東西了，準備重下帖子呢。」

兩人圍著錦雲去安老夫人院子，一路上就談著話，先是聊了一會兒賞花的事，最後就談論雲暮閣了。整個京都，雲暮閣估計是最新的話題了，賣的又都是她們喜歡的東西，忍不住就想提一提。

屋子裡，安大夫人和安二夫人都坐著，一瞧見錦雲，安二夫人就拉著錦雲開始打量了。「一段時間沒見，臉色又好了不少，給舅母說說，國公府裡可有人欺負妳？」

錦雲攬著安二夫人的胳膊，還沒說話呢，南香就忍不住先掩嘴笑了。「舅夫人不放心我們少奶奶嗎？凡是欺負少奶奶的都沒什麼好果子吃。」

安大夫人也忍不住笑了。「我瞧著也是。」

安老夫人招呼錦雲上前，一陣噓寒問暖，又問了問錦雲的近況，錦雲都一一回答了，青竹才把禮物送上。

很漂亮的盒子，足足有六份，安若溪疑惑地看著錦雲。「表姊，這裡面裝的是什麼啊？」

錦雲笑道：「這是雲暮閣新推出的產品，還沒有開始賣，我拿了幾盒回來。」

安若溪抱起一個就坐到一旁，安大夫人瞪著她。「也不先謝謝妳表姊再看，就這麼等不及了？」

安若溪一點兒也不怕她娘，努了嘴，給錦雲行了一禮。

錦雲笑道：「大舅母這麼客氣做什麼，她這麼喜歡我高興還來不及呢。」

安若溪拆開就看到一打小瓶子，驚喜道：「花露水、洗髮露、沐浴露，全套都有呢！我要不要去洗個澡？」

錦雲差點噴茶，安老夫人也忍不住瞋瞪了安若溪一眼，對著安大夫人道：「趕緊教她，眼看著就要十五歲了，這樣子，我都怕她嫁不出去。」

安二夫人卻是笑道：「我就喜歡她這活潑性子，要不是若漣身上有胎記，又比她先出世，我真懷疑跟大嫂抱錯了孩子。」

安大夫人也是點頭，她也曾這樣懷疑過，安二夫人性格活潑，女兒若漣卻安靜得很，性子沈些，可若溪偏活潑得不行。

安老夫人無奈搖頭。「還不是她們兩個小的時候，妳們兩個互相搶著抱，就成這樣了。」

安若溪立馬點頭，很無辜地道：「我就知道不是我的錯，祖母都說了。表姊，我忍不住了，我先去試試效果。」

錦雲嘴角猛抽，這性子急的，之前瞧著不是挺好的嗎？

安若漣湊到安老夫人一旁，把錦盒打開，瞧見裡面有個碧綠色的小瓶子，是安若溪沒有的，有些好奇地問錦雲。「這是什麼？」

錦雲笑回道：「這個是綠油精，抹在太陽穴可以提神的。」

那邊兩位夫人也忍不住好奇，安二夫人親自試了試。「這樣的好東西雲暮閣怎麼不早點兒拿出來賣呢？還有這花露水，我聽說官署裡有很多蚊子，拿去考場上用正合適。」

安大夫人舉著綠油精。「這個更好，提神醒腦，這會兒時辰也來不及了，不然就給景渢送一瓶去。」

安府不愧是做生意的，很快就想到了用途上，錦雲白嘆不如啊！

外面小廝進來，安二夫人忙問道：「進考場了？」

小廝忙點頭。「進考場了，少爺進去前葉大人還給了少爺十塊燒餅呢。」

「燒餅？葉大人送的？」安二夫人聽得雲裡霧裡。

小廝連著點頭。「不是送的，吃一塊要付一百兩銀子呢。」

錦雲扯著嘴角。「你說的葉大人是？」

「祁國公府葉大少爺。」

錦雲撫額，訕笑不已。

安老夫人便問安二夫人準備了些什麼吃的，安二夫人忙回道：「醉香樓的燒雞、福滿樓的醉鴨、柳記的花生酥……還有廚房做的幾樣小點心和小菜，絕對夠吃九天了。」

安老夫人忍不住笑了。「是夠吃九天了，往年肯定可以撐九天，只是這幾天格外悶熱，那些吃食根本存不了九天，妳還是等著付銀子吧。」

安二夫人拍著額頭道：「是我考慮不周了，幸好有葉大少爺。」

錦雲汗涔涔地坐在那裡，腦袋靈活地轉著，這銀子掙得也太容易了吧！低成本高收益，還可以收人情。科舉是多少學子一輩子的大事，若吃九天的冷食，腸胃根本就支撐不住，要是食物壞了，吃的人拉肚子，那可真是要命。

錦雲眼睛落在花露水和綠油精上，要不，再送去點兒？

另一廂的考場裡，葉連暮的雙腿架到桌子上，猛搖扇子，不是搧風，是趕蚊子，一旁的官員連著賠罪。「是下官準備得不周到，害葉大人受苦了，下官這就去準備熏草。」

葉連暮掃過去一眼。「你打算把蚊子熏過去咬他們？」

官員滿頭大汗，哪敢反駁一句，這位是誰啊，皇上的表兄啊！說不定他一句話，皇上就差人來把今年的科舉試題給換了。官員心裡還哆嗦呢，那麼多人作弊被抓，要是審問出誰洩漏了試題，頭頂上的烏紗帽肯定是保不住了。

葉連暮已經用扇子打暈六隻蚊子了，心裡納悶，蚊子竟然還這麼多，逐雲軒為什麼就沒有？

一名官兵跑過來。「葉大人，葉大少奶奶派人給您送了兩箱東西來。」

葉連暮微微挑眉，她怎麼給他送東西來？這不合規矩啊，他糾結了兩秒，還是讓官兵把東西抬進來，其餘幾位監考官都圍了過來，考場之內送東西，這事可大可小，還是依照規矩來。

葉連暮也坦然。「打開看看裡面裝的是什麼。」

官兵領命就開了箱子，看著那些精美的瓶子，有官員問：「這是什麼東西？」

他們不懂，葉連暮懂啊，忍不住抽了下嘴角，隨手拿了一瓶花露水灑在地上，想了想道：「這是皇上送的，每個考生各送一瓶，告訴他們，皇上對他們寄予厚望，讓他們不要辜負皇上的殷殷期望。」

葉連暮告訴官兵怎麼用，然後讓他們分派下去，聽到一聲一聲的皇恩浩蕩。葉連暮忍不住翻了個白眼，已經在盤算回頭得敲皇上多少兩銀子合適了，不然錦雲那裡沒法交代。

那些官員都忍不住皺眉了，明明是大少奶奶派人送的啊，怎麼又變成皇上送的了？不過這花露水和綠油精可真好用，味道香就不說了，還沒蚊子敢靠近。

一個時辰後，花露水和綠油精出現在皇宮的御書房，就擺在葉容痕的面前。

葉容痕眉頭皺著。「史官給朕記上一筆，說朕英明就是因為這兩個瓶子？」

常安重重地點頭。「皇上，您不知道，還從來沒有哪位皇上像您一樣如此體恤那些莘莘學子呢，怕他們被蚊子咬而影響答題，特地派人送去這兩瓶給他們解除後顧之憂，史官稱讚您也是應該的。」

葉容痕掃了常安一眼，常安立馬恭謹起來了，別人不知道，他知道啊！這是葉大少爺做的。

「葉大少爺對皇上真好，無論是太后還是右相，抑或是李大將軍都想拉攏這些學子，如今皇上如此厚待他們，除了那些心懷不軌的，奴才想絕大部分人的心應該是向著皇上您的。」

葉容痕認同地點點頭，可是下一秒常安就想哭了。

「可是葉大少爺說了，這是葉大少奶奶要他賣的，他以皇上的名義送人了，這筆錢要由皇上出，每一瓶五兩銀子，問您是付他錢還是從您的分額裡扣。」

五兩？葉容痕險些吐血。「這一瓶要五兩？」

常安輕咳了一聲，比起一個燒餅賣一百兩，這一瓶子賣五兩委實不算貴了。

只見葉容痕擺擺手。「朕哪來的現銀給他，讓他從分額裡扣。」

常安點頭記下，然後道：「奴才聽說雲暮閣的生意好得讓京都大小官員眼紅呢，只是兩位王爺已經入了股，他們只有看的分了。內務府昨天去採買碰了壁，到奴才這裡訴苦來了，以前內務府那班人去哪兒採買都收錢收到手軟，被人客客氣氣捧著，可是雲暮閣買東西要排隊，要麼就出雙倍價格另外給客人連夜趕工，幾位後妃都等不及要梳妝檯和床，就連太后都發怒了，奴才可頂不住啊，現在怎麼辦啊，皇上？」

葉容痕揉著太陽穴。「雲暮閣不做皇宮的生意是她的主意，朕也沒辦法，就讓她們等著吧，實在不行，就讓她們去找七王爺，別來煩朕。」

常安憋屈著一張臉。「奴才找過七王爺了，七王爺根本就不管，他說要忙著印刷的事，正是關鍵時候，誰敢打擾他扭斷誰的脖子。」

葉容痕的頭更痛了。「十王爺呢？」

常安差點跪地上去，找誰也不能找十王爺啊！他跟七王爺提的時候，十王爺就在一旁，為了讓他別管這事，他還特別遣人把十王爺帶離開了。

此時，小公公進來稟告。「皇上，蘇貴妃和沐賢妃求見。」

常安一個眼神遞過去。皇上，您瞧，這都等不及來找您了，不對頭的兩人還一起來了。

葉容痕皺了下眉頭。「讓她們進來。」

兩人上前行禮，蘇貴妃忍不住先開口了。「皇上，臣妾心裡有氣，京都一介平民也敢藐視皇家威嚴，應該給予重懲，以儆效尤。」

一旁的沐賢妃也同意。

葉容痕掃了她們兩個一眼。「雲暮閣的事朕已經聽常安說了，人家有自己做生意的規矩，只要不違法亂紀，朕如何懲治他們？」

蘇貴妃很不樂意地道：「皇上，內務府代表的是皇家，從來只有別人巴結的，哪有親自去談生意還被人拒之門外的，給他們一個皇商的名頭那是看得起他們，他們竟然給臉不要臉，沒把朝廷也沒把皇上放在眼裡，不該懲治嗎？」

常安在一旁聽著，心道：人家壓根兒就不稀罕好不好，人家東西好，不做皇商，她不還是要買嗎？

外面一個俐落的身影走進來，正是葉容頃，皺著眉頭。「內務府買東西這麼芝麻點大的事也來麻煩王兄，要是皇祖母知道了，小心一人賞十大板子。」

蘇貴妃與十王爺早就因為烏龜的事結下梁子，現在又威脅她，她臉色很不豫。

葉容頃的臉就更臭了，心想，都是右相的女兒，怎麼差別就這麼大呢？看看表嫂，多能幹啊，把雲暮閣開得那麼大，坐在家裡收銀子，還很大方地一揮手就把穩穩賺錢的印刷生意給了朝廷，而她呢？除了把王兄的皇宮弄得雞飛狗跳，就是拈酸吃醋，說起拈酸吃醋，葉容頃更覺得錦雲好了，要是當初王兄真娶了表嫂，現在皇宮裡會是什麼樣子呢？肯定把太后鬥趴了！

葉容頃站到葉容痕身邊。「王兄，一會兒我去內務府狠狠打他們板子。王兄啊，你真不睡彈簧床？你要的話我一會兒給你帶一張回來。」

葉容頃說著，小脖子一昂。

常安頓時忍不住咧嘴笑了，這是成心氣貴妃呢！她要就不成，皇上要，十王爺立馬就送來。

葉容痕輕點了下頭。「龍床是象徵不能換，買張放在偏殿吧。」

葉容頃重重點頭，昂著脖子、挺直腰背從蘇貴妃跟前走過去，臨走前還丟下一句。「別著急，床肯定是有的，不過內務府再不下訂單，只能排到……半個月後了。」

當葉容頃要走出御書房時，險些被公公給撞到，公公疾呼。「皇上，邊關急報！」

葉容頃揉揉胳膊，回頭看著葉容痕，等他看完急報傳書後，忍不住問道：「要打仗嗎？」

葉容痕把傳書放下，輕點了下頭。

一旁兩位妃子見狀，福身道：「皇上有要事處理，臣妾先行告退。」

隨後，葉容痕讓人傳兵部官員和幾位將軍來御書房議事，而葉容頃就去了內務府，狠狠打了他們一頓板子，才坐上馬車出宮。

錦雲在安府玩得不亦樂乎，吃過午飯便和安若溪等人逛花園，安大夫人和安二夫人則坐在涼亭裡喝茶，見她們都玩瘋了。

安大夫人擔心道：「真是不成樣子，一點都不穩重，她們兩個倒也罷了，錦雲可是嫁了人的身子，肚子裡有沒有孩子都不清楚，這麼瘋跑，有個萬一扭著、傷著了可怎麼是好，一會兒得好好說說她。」

安二夫人給安大夫人拿了塊糕點，笑道：「這倒不至於吧，要真有那個苗頭，丫鬟應該會勸著，才成親兩個多月呢，哪有那麼快，不過小心點總是好的。」

安二夫人說著，回頭吩咐丫鬟去喊錦雲等人過來喝茶，待錦雲她們過來，便瞅著錦雲的肚子，問：「還沒動靜嗎？」

錦雲頓時哭笑不得。「二舅母，哪有那麼快啊，昨天才……啊，不會那麼快的。」

她險些要把自己舌頭給咬了，差點說溜嘴，好在兩位夫人沒往那上面想。

正巧此時有位嬤嬤領著一個中年掌櫃進來，行禮道：「兩位夫人，奴才和雲暮閣掌櫃的說上話了，只是生意沒談妥。」

安二夫人挑了下眉頭。「怎麼會呢，雲暮閣不打算把生意做遍大朔？」

掌櫃的搖了搖頭。「雲暮閣掌櫃的回了明話，生意會做大，但是不打算和旁人合作了，已經有好幾位參股的了。」

安二夫人很失望，安大夫人亦然。

掌櫃把一大塊玻璃遞上。「不過雲暮閣打算賣這個給我們，這筆生意奴才不敢接下，還請兩位夫人拿個主意。」

安若溪拿起玻璃團，皺眉問道：「這是什麼？」

掌櫃的恭謹回道：「這是未加工的玻璃，雲暮閣的玻璃櫃檯就是用這個做的。」

安若溪忍不住嘖嘖讚道：「也不知道是怎麼弄的，那櫃檯一看就知道賣什麼。娘，最好把我們的櫃檯也換成那樣的，尤其是賣首飾的鋪子，只是這一團東西能幹什麼呢？聽說玻璃很容易碎的。」

錦雲笑道：「玉石能幹什麼，玻璃就能幹什麼。」

安二夫人眼睛一亮。「這筆生意可做，只是這玻璃怎麼賣的？跟玉一樣賣？」

掌櫃的扯了下嘴角。「一兩銀子十斤，不還價。」

「……」安二夫人無言。

安若溪瞅著手裡的玻璃，忍不住道：「我還以為會很貴呢，原來這麼便宜啊？」

安二夫人當即吩咐道：「這筆生意做了，有多少咱都要。」

掌櫃的搖頭。「估計不大可能，奴才已儘量把數量往高了談，這塊玻璃，奴才拿去讓人製作。」

待掌櫃的走後，安大夫人疑惑道：「一兩銀子十斤，雲暮閣把價喊出來，想買的人只怕會哄搶，為什麼要賣給安府？」

安二夫人也納悶呢！「的確很奇怪，安府也沒做什麼額外的事啊？」

安二夫人望著錦雲，她們知道雲暮閣與兩位王爺有關係，而與兩位王爺搭得上話，她們又認識的人只有錦雲和葉連暮了。

「是不是妳在兩位王爺面前說的好話？」

錦雲訕笑著撓了下額頭。「這都被舅母看出來了，我不過就是提了一句，我想主要原因肯定還是安府的信譽好。」

安大夫人笑道：「雲暮閣生意紅火，哪裡瞧得上這麼點兒？肯定是給妳面子才答應的，前些時候妳的酒水方子，安府還沒好好謝謝妳呢。」

安若溪在一旁點頭如搗蒜。「表姊，妳不知道，我爹、大伯還有祖父一喝酒就誇妳，看見沒有，我耳朵長繭就是因為這個原因。」

安若漣忍不住拍了安若溪一下。「妳少賣乖了，小心回頭我跟祖父告妳狀。」

錦雲卻皺眉板起臉。「我說我在家怎麼腳下輕飄飄的，原來是兩位舅舅和祖父誇的？」

眾人又說了一會兒話，錦雲便告辭回府了。

錦雲在回府的馬車裡還在想，真羨慕安府一家，兩個表妹玩得無拘無束，要是當初安老太爺真把她接回安府……估計也就沒她什麼事了。

忽然馬車震了下，錦雲抬頭就見到葉連暮掀簾子進來。

錦雲納悶。「你不是要監考九天嗎？怎麼回來了？」

「皇上方才找我進宮商議邊關的事，順帶就過來瞧瞧。」

「不會耽誤事嗎？」

葉連暮握著錦雲的手，笑道：「為夫不是主考官，有主考官坐鎮，不會有事的，皇上有別的事交給為夫。」

錦雲皺了下眉頭，科舉這樣的大事也能臨時把人給調出來嗎？這是什麼了不起的大事非得他去辦不可。「什麼事？」

葉連暮有些難以啟齒，比起辦這事，他寧願監考。「南舜邊境新駐紮了六萬兵馬，對我大朔虎視眈眈，只怕現在已經打起來了，妳也知道國庫的情況，之前旱災還是向安府借的糧食……」

不等葉連暮說完，錦雲就懂了。「皇上要你再去借糧？」

葉連暮沈重地點了下頭。

錦雲翻了個白眼，靠著車身。「這回跟上次不一樣，上回我能理直氣壯幫著安府要塊免死金牌是一時氣極了胡亂開口的，現在我都嫁給你了，我好意思胳膊肘子不向著外祖父向著你嗎？要借你自己去借，別打我的主意，這段時間我是不打算再去安府了。」

葉連暮就猜到會是這樣，只是露了下眼神，她就把路給堵死了。

錦雲真心想撞牆，堂堂一個王朝竟然窮到國庫無糧，這也太窮了吧！

「這一場仗打下來，還不知道要多久，靠借糧食能打贏嗎？」

葉連暮伸手捏捏錦雲的臉，笑道：「只靠借糧這一場仗也不必打了，必輸無疑。岳父上回讓為夫借糧，是成心刁難，其實國庫還有五十萬石糧食，只是岳父說那是軍糧，不到萬不得已，絕不能動，這事知道的人不多，為夫也是……無意中得知的。」

錦雲忍不住瞪了葉連暮一眼。無意中得知？這也能給他無意中得知才怪，是查出來的直說就是了！不過歷朝歷代都會先儲備軍糧在那裡，即便是乾旱和水澇，不到萬不得已絕對不能動用的，若是把國庫全部掏空了，到時候敵國來犯，死傷人數可就不止乾旱和水澇奪去的人命了。

「我爹那不算刁難你，本來糧食就不能動，現在要打仗了，還不能動嗎？」

說起這事葉連暮就皺眉頭。「岳父遠在凌陽城，還上了奏摺，那五十萬石糧食不到萬不得已、動搖國本的地步絕不能碰，先讓我去借。」

葉連暮想到那奏摺呈到他們眼前的時候，葉容痕的臉都青了，邊關急報才送到他手裡，右相從凌陽城的奏摺也送來了，說的還正是南舜的事。

這表明了什麼？右相得知邊關的情報比他至少快十天！

葉連暮真懷疑有沒有什麼事是右相不知道的，也正因為這道奏摺來得及時，葉容痕不得不慎重思考右相這麼做有何意圖了，不管怎麼說，能借到糧食總是好的，更多的儲備糧代表更多的底氣。

錦雲瞅著葉連暮的神情，笑道：「你直說你懷疑我爹安插眼線在南舜就是了，看來不僅南舜，只怕北烈也有我爹的眼線。」

在皇上生辰這天，錦雲坐上馬車，不是去皇宮祝壽，而是去靖寧侯府應夏侯安兒、趙玉欣和清容郡主的騎馬邀請。

見到錦雲的馬，清容郡主的兩眼放光。「這就是去年狩獵，皇上賞賜的貢馬追風？不是說牠脾氣很暴躁，不許女人靠近的嗎？」

錦雲訝異了，這匹馬暴躁嗎？她覺得牠脾氣好得很啊！

趙構見錦雲投過來詢問的眼神，扯起嘴角，他能說這匹馬脾氣很臭嗎？因為少爺馴服了牠，心裡一直不服氣，所以看少奶奶把少爺往地下狠狠地踩，很喜歡少奶奶嗎？換成旁人敢騎追風，不甩他三丈遠才怪。

趙構輕咳了一聲。「許是追風喜歡少奶奶吧。」

清容郡主不信，往前走了兩步，結果追風往前走一步，狠狠地甩了下頭，嚇得清容郡主躲到錦雲身後了，氣呼呼地指著追風，推搡錦雲。「妳幫我教訓教訓牠。」

錦雲邁步走到追風跟前，輕輕摸著牠的頭，追風很乖地任由錦雲碰牠。

清容郡主氣得直跺腳。這匹臭馬，本郡主哪裡讓牠看不上眼了，太過分了！

夏侯安兒掩嘴直笑。「沒辦法啊，錦雲姊姊是葉大少爺的嫡妻，也算是牠主子了，牠要是敢朝錦雲姊姊發脾氣，回頭葉大少爺還不狠狠抽牠啊，牠不敢。」

清容郡主想想也是，也就不生氣了，轉頭讓丫鬟扶著她上馬，那邊的青竹也扶著錦雲上馬，看著她們幾個一揚馬鞭就跑遠了，錦雲還慢吞吞的，追風去哪兒，她都不催一聲。

錦雲才走沒幾十步，她們幾個都跑一圈回來了，坐在馬背上道：「妳也跑啊，我們下了賭注的，最差的那個要送我們一人一件禮物，妳再不跑就穩輸了。」

「……」錦雲無言，頓時有些哭笑不得，她怎麼沒想到？比賽這樣的事肯定會有賭注的啊！

錦雲捋著追風的鬃毛道：「你追上她們，回頭你要什麼我都給你，就是娶老婆也行啊！」

錦雲說著，想到追風不許女人靠近牠，估計也不許母馬靠近的，正要改口時，追風已經跑起來了，青竹和趙構兩個滿臉黑線，少爺誘惑追風是給牠酒喝，而且還是上等好酒，少奶奶就用娶老婆誘惑牠，一次就成功了！

錦雲很快就追上了清容郡主她們幾個，並且超過了她們。

清容郡主坐在馬背上說：「她這不是不會騎馬嗎？她作弊，我們用的都是尋常的馬，她的是千里馬，不算不算。」

毫無疑問，錦雲贏了，不過也只比她們快一步。

墊底的夏侯安兒下了馬便道：「說好的，比完賽後去雲暮閣挑首飾的，我輸妳們一人一支簪子，我記著呢。」

錦雲捂嘴笑。「我還以為我輸定了呢，沒想到竟然贏了。」

清容郡主嘴巴一噘，嗔怨地看著錦雲。「妳都贏了還成心打擊人呢！不過厲害的不是妳，我要是有追風這樣的好馬，一定能甩掉妳們兩圈。」

清容郡主說著，四下望望，然後湊到錦雲的耳邊，推搡了她一下。「之前妳不是說給追風娶老婆嗎？我哥有匹馬，也是千里馬，正好還是母的，性情溫婉賢良，萬里挑一……」

錦雲無言了，嘴角一抽一抽的，她懂清容郡主的意思，不過還是故意曲解了，茫然地看著她。「妳要把妳的馬嫁給我家追風，聘禮怎麼算？」

夏侯安兒和趙玉欣兩個直望天，額頭全是黑線，不過方才追風跑得那麼快，要是能有匹小追風的話，也挺好的。

夏侯安兒也豁出去了，抓著錦雲的胳膊猛搖。「也算上我家的雪絨。」

趙玉欣也不落人後，她雖然沒有特定的馬，可是府裡有啊，當下也道：「也算上我一個。」

「這怎麼行呢，追風就一匹，怎麼能娶三個老婆？」

清容郡主翻白眼。「這算什麼，我爹還有好幾個妾室呢，我不介意追風多幾個小妾的……」

青竹斜眼睨視了清容郡主好幾眼，她竟然拿自己的爹和馬做比較，錦雲也汗顏了。

「那回頭妳們把馬牽出來，要是追風喜歡就全娶回來。」

清容郡主用胳膊肘子推搡了錦雲一下。「馬是我哥的，我作不了主啊，我就想問問生的小馬算誰的？」

「……」錦雲無言。

清容郡主擺明了就是想把溫王世子的馬借過來，跟追風生匹小馬歸她，這如意算盤打得也太響了吧？

錦雲無辜地瞅著清容郡主。「嫁雞隨雞，嫁狗隨狗，嫁馬隨馬？」

清容郡主忍不住跺腳了，她都說得這麼直白，錦雲還裝不懂，就不能入贅嗎？

靖寧侯府離雲暮閣不算太遠，兩刻鐘不到馬車就在雲暮閣前停下了。雲暮閣一如既往，生意很好，來來往往的客人絡繹不絕。

清容郡主下了馬車，回頭看著醉香樓，把車夫叫來，低聲吩咐了他幾句，然後車夫就進了醉香樓。

溫王世子和另外兩位男子在樓上飲酒，談論的是邊關戰事，突然門被叩響，裡面的小廝就去開門了。

小廝認得車夫，不由得皺眉。「你不是跟著郡主嗎？怎麼來這兒了，有什麼事？」

車夫忙回道：「郡主想借世子爺的馬用用，就在樓下等著。」

溫王世子知道清容郡主去靖寧侯府賽馬的事，估計是輸了要討回面子，沒有多想就答應了，讓店小二領著車夫去牽馬。

錦雲她們幾個本要一起進雲暮閣，但清容郡主說要先買點別的東西，讓她們先進去。

等車夫把白霽牽來，清容郡主的眼睛笑得都瞇了起來，她親暱地摸著白霽的頭，湊到牠耳邊嘀咕。「瞧見沒有，那就是追風，長得風流倜儻，相貌堂堂，整個京都找不到一匹能跟牠匹敵的馬了，妳努力把牠給我帶回王府去，然後生匹小白霽或是小追風，知道不？」

在雲暮閣閒逛了一會兒，走到一處櫃檯，趙玉欣忍不住低呼道：「一支木頭簪子賣二千兩銀子？」

隨後進來的清容郡主道：「我上次就瞧見了，雲暮閣其餘的簪子、首飾大部分都賣光了，唯獨這七支簪子沒人買。」

錦雲看著那木簪，笑道：「其實整個二樓，買這木簪是最划算的，這不是一般的木頭，是用百年龍血木最硬的部分雕刻而成，除去木頭的原本香味兒，再用必栗香和各種藥材泡製了整整一個月，長年戴著有辟邪除惡、百毒不侵的效用；非但如此，還能止血，若是在野外遇到毒蛇被咬傷，沒有藥物醫治的情況，將此木頭用開水煮一煮或是削成片碾成粉嚥下去，或許能保住一條命。」

止血？保命？清容郡主瞪圓了眼睛。「這木頭簪子還能止血？」

錦雲輕點頭，一旁的小夥計便拿出一把精緻的小刀在胳膊上輕輕一劃，鮮血頓時流了出來，小夥計拿出小錦盒，掏出一塊小木片，放在流血的地方，不一會兒，鮮血就止住了。

小夥計道：「這木片是雕刻木簪時留下的，浸泡木簪時也放在一起。」

清容郡主看著小廝的胳膊，再看看那支木簪，嘴巴越張越大，有些相信錦雲說的百毒不侵了，一旁不少大家閨秀都圍了過來，小廝用木片止血的場景她們一覽無遺，都在竊竊私語著。

清容郡主想了想，這簪子很適合哥哥，可以送一支給他，只是這簪子也太貴了點，她一咬牙，吩咐小夥計道：「把這支簪子拿給我瞧瞧。」

小夥計把簪子連著盒子拿出來，清容郡主打開聞了聞，頓時覺得通體舒暢，香味不是很濃，有種若有還無的感覺，聞著很舒服。

「這支簪子我要了，給我包起來。」

小夥計連著點頭，輕輕一笑，拿起另外一個小錦盒。「小姐是第一個買木簪子的，表明妳很識貨，這裡有一條用同樣材質製成的項墜，是送給小姐的。」

清容郡主心下一喜，忙接過錦盒，打開一看，裡面是一條銀質項鍊，下面鑲嵌著墨綠木頭，是花生造型，很漂亮，握在手上感覺比玉還輕，只這條項鍊就值四百兩銀子了。

清容郡主越看越是喜歡，後面有幾位想買卻猶豫不決的貴夫人都後悔不已，早說有贈品，她們肯定就買了啊！

夏侯安兒拉著錦雲往前走，買了不少頭飾，她瞅著戒指、手鍊，當即就拍櫃檯了，迫不及待道：「這個，給我拿這個。」

清容郡主過來拉夏侯安兒，指著一旁。「妳看看這是什麼東西？」

夏侯安兒盯著櫃檯裡那物件，眉頭微挑，見它旁邊有木牌子介紹。「麻將？打發時間家用品？什麼東西？」

錦雲聽到麻將二字，當即就走了過去，目露憤色。怎麼回事？她讓人製一副麻將送小院給她，等了兩天沒有消息，結果竟然擺櫃檯裡賣了！

錦雲回頭望著青竹，青竹很無辜地撓著額頭，不是擱這裡賣嗎？

青竹以為錦雲把圖紙交給她，是讓她派人送別院，她還特地叮囑人做好幾套呢！

趙玉欣撇頭看著小夥計。「怎麼打發時間？」

小夥計一臉苦惱之色，他也不知道啊！東西送來，他就擺上了。

錦雲撫額，她本來是打算自己閒來無事跟丫鬟們玩，所以玩法沒有寫出來，她暗瞪了青竹一眼，青竹抿著唇瓣，二話不說就吩咐夥計把麻將打包。

清容郡主瞅著錦雲。「妳知道怎麼玩？」

「聽十王爺提起過，很好玩，閒得沒事可以和府裡姊妹、丫鬟玩玩，至於玩法……」

「玩法，稍後雲暮閣會親自送到府上。」趙擴的聲音傳來，他的額頭都是汗珠，沒想到竟然出現這樣的失誤，好在是遇上了少奶奶，不然人家買回去豈不是要砸了雲暮閣招牌？

不過東西擺出來沒人買，就跟之前的木簪一樣，還得有人帶頭啊！

夏侯安兒好奇地問：「真那麼好玩嗎？」

錦雲轉頭看著趙擴。「能在這裡玩嗎？」

雲暮閣就是少奶奶您的，您說在這裡玩，我有幾個膽子說不許啊？趙擴大汗，於是忙請錦雲幾個進二樓內屋。內屋裡有差人伺候，桌椅都是備齊的，聽錦雲吩咐要方形桌子，趙擴當即就吩咐夥計拿來。

夥計不知道錦雲身分，不過掌櫃對她這麼恭謹，他們自然就分外殷勤了。

沒一會兒就把桌椅準備好了，錦雲、夏侯安兒、趙玉欣、清容郡主四個人上了桌。

錦雲先是把規則說了一遍，然後兩圈下來，三人都懂了，除了她們三個，還有四下圍著不少於二十多個大家閨秀或丫鬟都明白了，看得津津有味。

玩了兩圈，清容郡主就吩咐夥計了。「給我拿一套。」

夏侯安兒和趙玉欣也想起來了，忙吩咐夥計，四下站著的大家閨秀紛紛哄搶起來，錦雲聳了下肩膀，繼續搓麻將。

青竹守在錦雲一側，忍不住提醒道：「少奶奶，該吃午飯了。」

錦雲把北風打出去，看看時辰，早比平時晚了大半個時辰，她肚子也餓了，望著她們三個。

清容郡主也餓啊，可是她喜歡玩麻將，便很霸氣道：「餓一頓，不會死吧？」

「……」錦雲無言。

青竹一個大白眼翻著，轉身出門，去了對面醉香樓，買了六道菜端過來。

二樓正對著醉香樓，窗戶開著，裡面玩什麼，對面都瞧得見。

坐在醉香樓內的溫王世子皺著眉頭，納悶著雲暮閣怎麼會允許她們幾個到內屋用飯？

溫王世子一行人用完飯後就下了樓，遠遠就瞧見自己的馬繫在那裡，便吩咐小廝去牽馬，小廝去了，可惜空著手回來，溫王世子眉頭皺著。「馬呢？」

小廝苦著張臉。「馬不肯回來了。」

溫王世子眉頭一挑，猜測是妹妹調皮給他的馬灌了什麼迷魂湯，一時沒放在心上，逕自邁步走了。

至於錦雲一行人，越玩越起勁，一轉眼又過去半個時辰了，青竹見祁國公府上的其他小姐都回去了，擔心錦雲回去會受罰，硬是逼著趙擴進來，很委婉地表示，雲暮閣要會客，讓她們四個把屋子挪出來。

夏侯安兒幾個人的臉大紅，忙站了起來。

錦雲狠狠剜了趙擴一眼，也不好再待下去了，讓他把麻將裝好，然後就出了雲暮閣。

夏侯安兒意猶未盡地道：「我們回家都練練手，下次再一起搓兩圈如何？」

清容郡主二話不說，連著點頭。「等科舉過後就是狩獵了，到時候我們都去，晚上無聊我們就玩這個。」

趙玉欣狠狠點頭。「下次就不會是錦雲姊姊一個人贏了，我都輸了十兩銀子呢。」

錦雲很豪氣，想贏她，放馬過來。

她們各自上了馬車，清容郡主早把小白霽抛到腦後，上了馬車就回溫王府。

趙構騎著馬到錦雲的車旁，掩嘴重重一咳，待錦雲掀了簾子，他才道：「少奶奶，清容郡主的馬一定要跟著追風，怎麼辦？」

錦雲把腦袋往外探了探，就見到一匹雪白的馬和追風玩得不亦樂乎，她忍不住撫了下額頭，也不知道怎麼辦，怎麼突然蹦出這一匹馬了？

「直接帶回府吧，等郡主派人來牽回去。」

回到祁國公府後，錦雲先回逐雲軒喝了杯茶，然後才去寧壽院給葉老夫人請安，還沒進門，就聽見屋子裡嘩啦嘩啦搓麻將的聲音，還有說話聲。

錦雲繞過屏風進屋，就見幾位夫人陪著葉老夫人打麻將，葉老夫人身側站著葉觀瑤，正迫不及待道：「祖母，打這張。」

錦雲挑了下眉頭，好像來的有些不是時候，不過還是上前請安，葉老夫人看了錦雲一眼，笑道：「回來了？」

葉雲瑤笑嘻嘻道：「祖母，大嫂會打麻將呢，清容郡主和靖寧侯、安遠侯府上的小姐全都輸給大嫂了，就連麻將規矩也是大嫂先說了我們才知道。」

葉二夫人隨手打出去一張牌，冷冷看了錦雲一眼，譏諷道：「妳們大嫂和十王爺走得近，得了雲暮閣不少好處，哪是妳們能比的？」

葉大夫人想到之前雲暮閣送來給錦雲的東西，臉色也不豫，只是沒那麼明顯，看了眼葉老夫人才道：「大少爺與皇上和十王爺交好是好事，可是十王爺畢竟年紀小，這麼占他便宜，可有些說不過去了。」

葉老夫人抬眸望了錦雲一眼，眉頭微蹙。

「後天就是妳十五歲生辰了，妳打算怎麼過？」

錦雲驀然怔住，她沒想到葉老夫人會把話題轉到她生辰上，但很快就回過神來，溫婉笑道：「跟相公一樣。」

轉眼就到錦雲生辰之日了，一早才起來，葉老夫人就差了王嬤嬤送長壽麵來。

吃過長壽麵後，錦雲便去給葉老夫人請安，葉老夫人送了她一只手鐲，幾位夫人也送禮給她，至於幾位小姐，意思意思送了她些針線，錦雲都一一謝過了。

從寧壽院回去，才進逐雲軒院門，丫鬟便上前福身行禮。「少奶奶，安府兩位小姐來了。」

錦雲面上一喜，邁步就朝院內走，走到一半，丫鬟就領著安若漣和安若溪兩人來了，安若溪嘴甜，吉利話說了一大串，後來還是被安若漣給打斷了。話都被說完了，她還說什麼？

錦雲忙迎接她們兩人進逐雲軒，一路上有說有笑，她們一進屋就把禮物送上，全部是雲暮閣出來的首飾和香膏，錦雲連著道謝。

安若溪嗔怪地瞪著錦雲。「道謝做什麼，太生分了，再有一個多月我就及笄了，到時候表姊送我一份大禮就是了。」

錦雲輕笑點頭，吩咐丫鬟上好茶。幾人就在屋子裡閒聊著，聊著聊著就上了麻將桌，由於三人湊不齊，就找了會打麻將的青竹陪著玩。

錦雲這才知道，京都已經颳起麻將風，應該說雲暮閣出什麼，京都就颳什麼風，現大家都不是邀請賞花，而是邀請打麻將了！

錦雲忍不住撫額，果然是國粹，到哪裡都受歡迎啊，幾圈下來，安若漣聊起了南舜戰事。

錦雲打麻將的手頓了下，望著安若漣。「朝廷提出借糧了？」

安若漣搖了搖頭，她知道錦雲是聰明人，來之前祖父和父親又特地叮囑了，不然她怎麼會說起朝堂上的事？

「那倒沒有，只是表姊也知道，安府生意做這麼大，朝廷裡肯定是有人。聽說前幾日皇上就要求表姊夫向安府借糧，只是遲遲不見表姊夫登門，祖父也納悶了。這不，我們兩個來給妳慶祝生辰，就讓我們問問，表姊夫這些天忙著監考科舉，沒跟表姊說這事嗎？」

「前兩日相公跟我說起過這事，妳如實跟我說，安府能借多少糧食？」

安若漣回道：「祖父說湊湊能借二十萬石，這已經是極限了，朝廷要五十萬石糧食或再多，安府是絕對拿不出來的。」

安府不當錦雲是外人，這才如實相告，知道錦雲為難，所以乾脆把底限直接告訴她，這糧還是東拼西湊才有的。

錦雲輕點了下頭，安若溪就打岔道：「朝廷都還沒有開口，急什麼？我們先搓麻將啦！」

幾人笑笑，又開始玩麻將了，玩到一半，安若溪好奇地瞅著錦雲。「表姊過生辰太不湊巧了，表姊夫都沒法回來。」

錦雲心道：不回來好，一個糖人送她，簡直就是丟人！

不過錦雲還沒來得及說話，外頭的珠雲已經笑得合不攏嘴地走進來，雙手反背著，站到錦雲身側，輕咳一聲。「少奶奶，少爺派人給您送禮物來了！」

錦雲一挑眉，看著珠雲雙手背著，扯了下嘴角，若是錦盒裝，根本無須藏起來，不會真是糖人吧？

安若溪早忍不住了，催促珠雲拿出來，珠雲把手伸到錦雲面前，將那糖人湊近，幾人眼睛都直了，那糖人不是別人，正是錦雲！

安若溪羨慕地瞅著錦雲。「表姊夫監考科舉，還不忘給表姊送禮物，太體貼了。」

錦雲臉頰緋紅，拿過糖人，不滿道：「這讓我怎麼吃，感覺吃自己，萬一牙長蟲子了怎麼辦？」

「……」安若漣無言。

安若溪咋舌。表姊也太挑剔了吧？好好的氣氛全給她毀了。

青竹撫額，幸好少爺不在，不然還不得氣得吐血，這可比少奶奶送荷包好多了。

正要說兩句，錦雲已經把糖人塞嘴裡了，安若溪傻眼了。

她還真吃啊，多漂亮的糖人，真捨得入口……

第二十三章　武舉開考

這一天，科舉結束。錦雲吃過早飯後，就去寧壽院請安。

葉老夫人吩咐葉大夫人。「考場裡吃了八、九天冷食，一會兒祈兒他們回來，多準備些好吃的。」

「早兩日就預備上了，也不知道他們幾個情況如何了，往年可是聽說有人從考場上被抬著出來的。」葉大夫人笑道。

葉二夫人端著茶盞，悠然啜著。「放心吧，被抬出來的人，不是弱不禁風就是餓暈，祁兒和銘兒斷然不會出現這樣的情況。」

「聽說大哥給了二哥六個燒餅呢，也不知道二哥有沒有吃？」葉雲瑤好奇。

葉二夫人淡淡掃了錦雲一眼，哼了下鼻子。「妳二哥怎麼可能會吃燒餅呢，他要是吃了，豈不是說妳大伯母準備不充分嗎？大嫂，妳說是吧！」

葉大夫人輕笑了一聲，心裡也對葉連暮此舉不以為意，她準備了足夠十天的吃食，要是被幾個燒餅打了臉，回頭老爺對她也不會有什麼好臉色了。

「明天就是武舉了吧？可惜暮兒奪不了武狀元。」葉二夫人露出看似惋惜的表情。

葉老夫人對著一旁的錦雲，直接說：「錦雲，今兒科舉結束，暮兒作為監考官也同出考場，妳帶些吃的去給暮兒吧。」

錦雲應了聲，隨即吩咐丫鬟準備，再帶著青竹和南香乘上馬車，最後在正街停下。下了馬車後，錦雲帶著丫鬟們閒逛起來，街上一如既往熙熙攘攘，吆喝聲此起彼伏。

官署門前守著一堆人，有大家閨秀、小家碧玉，把官署圍得水泄不通。

錦雲遠遠站著，沒一會兒，官署大門就開了，一群書生邁步出來，有憔悴、有意氣風發、有沮喪、有懊惱……

小半刻鐘過去，錦雲才瞧見蘇猛和蘇蒙邁步出來，和他們並肩而立的正是葉連暮。

葉連暮遠遠就瞧見了錦雲，臉上一喜，轉頭對蘇猛道：「記得把銀票送國公府，沒事了，你們兩個可以走了。」

錦雲斜睨了蘇猛和蘇蒙兩眼。「你們真吃燒餅了？」

蘇猛尷尬地臉一紅，掩嘴輕咳一聲。「燒餅味道不錯……二妹婿啊，一家人，用得著吃你兩個燒餅還須付銀……」

「不是兩個，是十五個！」

蘇猛嘴角猛抽，有他這樣賺錢的嗎？剛剛交卷時，多少人朝他行禮作揖啊，粗略數了一下，少說也吃了他兩、三百個燒餅吧，一個一百兩銀子，少說也有兩、三萬兩銀子入帳了，多少人當一輩子官也掙不了這麼多錢啊！

蘇猛是沒想到這九天，一天比一天熱，那些吃食沒幾天就變了味道，糕點撐了兩天，餘下三天就靠吃燒餅過日子，吃完一個後，他還在想怎麼不多給他買兩個……

蘇蒙站一旁也微微臉紅，拉著蘇猛道：「要不是二妹婿，這回你我得餓暈在考場上，這銀子該付。」

蘇猛扯著嘴角。「我沒說不付啊，只是他這心也太黑了吧，一個一百兩銀子啊，賣燒餅的得不眠不休工作幾年才能掙到？」

葉連暮剜了蘇猛一眼。「我有塞你嘴裡嗎？」

心黑啊！明明都是妹婿，看看皇上多大方，一人送了兩瓶子雲暮閣的商品，分文不取，而他送幾個燒餅還要錢，皇上掙名聲，他掙錢。

四、五名書生走過來，朝葉連暮作揖。「多謝葉大人的燒餅，隨後我們就將銀票送到府上。」

錦雲用胳膊肘子推了葉連暮一下。「另外一筆呢？」

葉連暮抖了下眼角。「妳沒聽說？」

錦雲氣呼呼，這廝可真會送人情，她狠狠瞪了葉連暮兩眼。

那幾個書生可認得錦雲，因為錦雲的丫鬟幾句話，考場少了好多人，那些作弊的人肯定對這次科舉都是十拿九穩，每年進士就那麼多名額，那些人剔除之後，他們機會就大增了，因此他們打心底對錦雲欽佩不已。這會兒見錦雲瞪葉連暮，不知道是真生氣還是打情罵俏，他們忙告退了。

葉蓮暮攬著她朝馬車走去，錦雲扭著胳膊道：「你還穿著官服呢，動手動腳，也不怕丟臉，葉大人！」

葉蓮暮扯著臉皮。「為夫又沒對別人動手動腳，丟什麼臉！為夫送妳的禮物喜歡嗎？」

錦雲瞪了他一眼。「比我還小氣，好歹荷包是我親手繡的！」

葉蓮暮啞然失笑，捏著錦雲鼻子。「妳平時挺聰明，怎麼不多想想呢，捏糖人的沒見過妳，怎麼捏出來？」

錦雲挑眉。「你捏的？難怪那麼醜。」

葉蓮暮無話可說了，他官署監考，百無聊賴，就讓人預備了材料，親自捏糖人，私底下不知道讓多少人笑話呢，她還嫌棄不漂亮?!

兩人上了馬車，趙章重重咳嗽了一聲。「少爺，皇上一早就派人傳了話來，讓您出了官署即刻進宮。」

葉蓮暮正摟著錦雲要親上去，聽到趙章的話，他眉頭一皺，臉上就閃過一抹不悅之色，在錦雲唇上狠狠親了一下。「為夫給妳要銀子去。」

錦雲狠狠擦著嘴角。「我來就是要告訴你，安府最多能籌集到二十萬石糧食，這是極限了。」

葉蓮暮應下後，轉頭就進宮面聖了。

當他邁步要踏入御書房時，結果被公公給擋住。

「葉大人，皇上不在御書房，您先去偏殿等候。」

葉連暮眼睛一斜。「皇上在哪兒？讓他趕緊過來，我沒空等他。」

「你忙什麼，怎麼會沒空等朕？」葉容痕正邁步過來，眉頭一皺，很是不悅地瞪了葉連暮兩眼。

葉連暮掃了他兩眼。「我是來要債，你見哪個要債的好脾氣？」

常安兩眼望天，葉容痕揉著發疼的太陽穴，邁步進御書房。

葉連暮眼睛掃了常安兩眼，常安要哭了。「皇上真沒多少錢了……」

後頭的葉容頃邁步跟進來就聽到這一句，眼睛睜得圓圓的。「王兄，你怎麼會沒錢呢，雲暮閣前兩天沒給你送銀子去嗎？」

「這麼快就分紅了？」

葉容頃重重一點頭。「王兄沒拿到嗎？七王兄也拿到了啊，這兩天七王兄天天請客呢！」

葉容頃現在底氣足了，他作夢也沒想到會有人把五張一萬兩的銀票交到他手上，這還是幾天收入而已，還是扣除他從雲暮閣買了一堆東西後的銀票呢！

葉容痕用質問的眼神盯著葉連暮。

葉連暮這幾天待官署裡，雖然沒有經手管理雲暮閣，不過沒給葉容痕送銀票的事他一清二楚。「皇上與兩位王爺的情況不同，雲暮閣的盈利全部用來開分鋪了，皇上也入股分鋪了，這投資自然要算上。」

葉容痕給常安使了個眼色，常安真要哭出來了，七王爺和十王爺沒投一分錢就拿了幾萬兩銀子分紅，皇上投了銀子，反而沒有，這叫什麼事啊？不過常安也明白，葉連暮少誰也絕不會少了皇上的，可一碼歸一碼，那幾萬兩銀票還是得拿啊！這下皇上的小金庫真精光了，他真想問一句，能打個折嗎？

錦雲從官署回去，在街上逛了一圈才回祁國公府，不過她前腳還沒有踏進國公府，就被門口守衛告知葉老夫人找她，錦雲一頭霧水，急急忙忙地就趕去了寧壽院。

錦雲一進門就嚇了一跳，國公爺和其餘四位老爺個個都皺著眉頭。

錦雲皺著眉頭，上前挨個兒行了禮，才問道：「出什麼事了嗎？」

葉老夫人沒說話，指著屋子中央一個大箱子，錦雲好奇地走過去打開一看，立時倒抽了一口氣，滿滿一箱子的東西，有銀票、金條，還有玉石、畫卷……

錦雲挑眉。「這些是？」

葉大老爺坐那裡，肅冷著眉頭，正要說話時，總管大人從外頭邁步進來，手裡拿著幾張銀票，行禮道：「江州錢溯送來八百兩銀票，說是吃了少爺八塊燒餅……」

錦雲汗顏了，眼睛一瞥，見國公爺和葉大老爺的臉皮也在抖，忍不住撫額。

這兩位爺此時心想，明天是不是該告假不去上朝，這要被同僚問起來，他們臉皮往哪裡擱？

外面又有小廝進來。「同州程文送來六百兩銀票的……欠條……」

一屋子人齊齊盯著小廝，小廝硬著頭皮說：「他說等有了銀子一定及時送來……」

連欠條都送來了，錦雲望著天花板，哭笑不得。

葉二夫人看著那一大箱子，臉色輪番變化，就這麼一會兒，光是銀票就該有二萬多兩了吧？

葉二老爺看著國公爺。「父親，暮兒送燒餅雖然是當著眾人面送，可一百兩銀子買一塊燒餅也太貴了，這銀子國公府不能收。」

葉大老爺揉著額頭。「只送銀票來也就算了，這些古玩字畫，明擺著就是賄賂了。」

國公爺看著錦雲。「祈兒不是說暮兒跟妳一塊兒回來，他人呢？」

「相公才上馬車，就被皇上給召進宮了。」

才說了一句話，外面又有人送了四百兩銀票來，葉老夫人都無奈地笑了。「活了一輩子，還是第一次見來錢這麼快的，他才做官幾天啊……」

葉四夫人胃裡泛酸。「還是大少爺生財有道，做官才幾天，掙得比我們老爺十幾年掙的還要多。」

錦雲站在那裡，揉著太陽穴，就聽國公爺吩咐道：「一會兒回來，妳勸勸他，這些錢還是還回去吧，免得落人話柄，他要是不聽，就讓他去書房見我。」

此時，外面一陣腳步聲傳來，大家望去，還以為又有誰送銀票來，誰知是葉連暮進來了，錦雲頓時鬆了口氣，回來的正是時候！

葉連暮回來得很不巧，這麼多銀票擺著，國公爺和葉大老爺輪番數落他的不是，無外乎就是做得太過分了，他又不缺銀子用，用不著把自己的名聲弄得這麼臭。

葉連暮扯了下嘴角。「今年的天氣比往年科舉要炎熱得多，不少人的食物根本就撐不過去，若不是我給他們添了些燒餅，只怕不少人餓得連答卷的力氣都沒有，此次的燒餅算是給他們，也給將來應考的學子們一個警醒，沒你們想得那麼嚴重。」

葉大夫人皺眉，神色冷淡。「這麼說，這些東西你是打算留下了？」

葉大夫人是一萬個不願意，因為這東西是給逐雲軒的，而不是國公府，若是給國公府就另當別論了。

葉連暮掃了葉大夫人一眼，眉頭一皺。「二弟、三弟吃了燒餅沒有？」

錦雲站在一旁，忍不住掩嘴直笑，葉大夫人臉色一僵，葉二夫人臉色也青了。

葉三夫人用帕子掩著嘴笑。「這回大嫂和二嫂準備得不夠充分，那些燒餅他們都吃了，按著大少爺的要求，該掏六百兩銀子呢！」

葉連暮一聳肩，葉二夫人氣得直咬牙。「不過就是六個燒餅，銘兒可是你三弟，你不會連這都算得這麼清楚吧？」

錦雲翻了個白眼，這些鐵公雞，想從她們手裡拿錢出來就跟要她們命似的。

葉連暮淡淡揚眉，不看葉二夫人，直接問國公爺。「祖父，您覺得這錢我該不該拿？」

國公爺把茶盞擱下，輕抬眉頭，點頭道：「該拿，六個燒餅能管一天半了，十年寒窗苦讀就為了這一朝科舉，卻因準備不當，餓著肚子有失素日水準，別說六百兩，就是六千兩也要得！」

國公爺都說該拿了，兩位夫人還敢說什麼，就算有千百個不甘願，也得往外掏銀子，只好吩咐丫鬟取了銀票來。

葉連暮沒有接，直接丟大箱子裡，轉頭吩咐總管道：「這兩日無論是誰送銀票或是古玩字畫來，全部記錄在冊，不許有一絲遺漏，兩天後拿給我。」

葉大老爺微微蹙眉。「你還真打算留下這些東西？」

葉連暮看著父親，錦雲走到他身側，笑著回道：「爹，您放心吧，錦雲和相公還不缺錢花，犯不著給人話柄，錦雲可不想出門買東西隨口就被人譏諷兩句，不過這些東西肯定不會還回去了，都會用在它們該用的地方。」

他們不要，也不還回去，用在它們該用的地方，什麼叫該用的地方？

葉二夫人心疼那六百兩銀子，她都能做好幾身新衣裳、買好幾套新頭飾了，若是這樣，幹麼不還給她？只是這話她不好說出來，不過她的女兒葉觀瑤可以啊！

只見葉觀瑤茫然地看著錦雲和葉連暮。「既然大哥和大嫂不要，那何必讓大伯母和娘白白花六百兩銀子，給我好了。」

錦雲暗翻了個大白眼，扭頭看著葉連暮。

葉連暮妖冶的鳳眸閃過笑意。「要真覺得白花了，那就拿回去吧。」

葉觀瑤心上一喜，使了個眼色讓丫鬟去拿銀票了，葉二夫人見葉連暮那神情，總覺得有什麼地方不對勁，葉二老爺眉頭也蹙著，但誰也沒說什麼。

見葉二夫人都拿銀票了，葉姒瑤乾脆也吩咐丫鬟拿錢，便宜別人不如便宜自己！

葉連暮見沒什麼事了，拉著錦雲給國公爺和葉老夫人行過禮後，便出去了。

一出了寧壽院，他就把懷裡的銀票給了錦雲，整整四萬兩！

錦雲翻看著這些他從皇上手中拿來的銀票，笑問道：「你那些燒餅賣來的銀子打算做什麼？」

葉連暮狠狠捏了下她的鼻子。「妳明知道還問我，給書社起個響亮的名字。」

錦雲狠狠地拍打他的手，齜牙咧嘴道：「叫『有間書社』怎麼樣？」

「已經有間錢莊了。」

「那就叫希望書社啊，給平民百姓一個希望。喏，這四萬兩銀票，算你捐的吧。」

錦雲爽快地把銀票給了葉連暮，既然打算在京都開間免費的圖書館，這是好事，反正這些錢也是坑來的，花出去錦雲一點都不心疼。

葉連暮握著她的手，笑道：「為夫已經捐幾百個燒餅了。」

錦雲嘴角猛抽，打趣他道：「要不我們開間燒餅鋪吧？」

「開在書社旁邊？」
「……就這麼辦，最好還是賣你燒餅的那人做的才好。」
葉連暮捏著錦雲的手，笑得寵溺，算是認同了，只是這銀票，他想了一想，吩咐青竹道：「這四萬兩銀票，其中一萬兩是少奶奶捐的，另外三萬兩是葉容痕捐的，讓總管記下。」
說完，葉連暮就對錦雲道：「最大的鋒頭還是讓皇上出吧，回頭妳要什麼，我找皇上要。」
錦雲撫額，這人算是對皇上好，還是成心坑皇上啊？她讓人送考場去的那些東西成本也就幾千兩銀子，已經坑了一筆回來，轉眼又以皇上的名義花出去。不過錦雲不會手軟的，怎麼樣也不能虧本啊！
「開春要種不少藥材，讓皇上賞賜一塊大一點的地吧？」
青竹行過禮後，把銀票遞到總管手上，清脆地道：「這一萬兩銀子是我們少奶奶給的，另外三萬兩是葉容痕給的，全部記清楚。」
葉容痕？突然聽到這個名字，不少人都一怔，隨即反應過來，這不是皇上的名字嗎？總管都渾身打顫了，他哪敢寫皇上的名諱，不過屋子裡的人都瞧出些端倪了，大少奶奶非但不要賣燒餅得來的銀票，還自掏了一萬兩，就連皇上也給了三萬兩，這錢用來做什麼？
葉大老爺想到錦雲說的用在它們該用的地方，皇上也掏錢了，肯定是利國利民的好事，他望了國公爺一眼。「暮兒這是要做什麼，連著錦雲和皇上也送錢來？」

國公爺神色莫名，此次科舉，皇上可是籠絡了人心，這又送了三萬兩銀票來，還是用自己的名義，應該不是小事；國公爺想到葉大夫人和葉二夫人捨不得銀票還把錢要了回去，而錦雲隨手一花就是萬兩銀票，這一對比，他都慚愧，一擺手，吩咐總管道：「從帳房拿三千兩，記上。」

葉大夫人和葉二夫人不傻，心裡滿是疑惑，卻還是讓丫鬟把六百兩銀票還了回去。此時，外面小廝急忙進來稟告。「國公爺，七王爺和十王爺來了。」

國公爺身子一怔，他知道十王爺和七王爺跟葉連暮感情好，可從正門進來的次數屈指可數，這正正經經進來還是頭一回，忙出門迎接，只是還沒有走兩步，葉容頃就進來了，一屋子的人忙起身行禮。

葉容頃連著擺手。「不用客氣，我就是來看看連暮表哥燒餅賣得如何？」

葉容軒瞪了葉容頃一眼，見國公爺投來詢問的眼神，笑道：「十王弟說笑的，聽王兄說賣燒餅的錢是用來蓋書社，點名了讓我和十王弟來捐點兒，我們這不就來了嗎？」

說著，身後的小廝把銀票遞上，七王爺捐了一萬兩，十王爺捐了五千兩，總管的手徹底抖了，這叫一點兒嗎？七王爺還好說，就連十王爺也捐了五千兩，總管懷疑他是不是把錢全部捐了。

葉容頃來得可不低調，一路上騎馬，意氣風發，遇到了三王爺和四王爺，直截了當地把捐錢的事說了，很大聲且張揚，然後整個京都都知道，很快就會有一間闊綽的書社建立起來，還是看書不用花錢的，無論貴賤都可以去。

原本葉容頃是打算捐五百兩的，可是三王爺一問，好了，葉容頃當即漲了十倍，還笑嘻嘻地問：「三王兄打算捐多少？七王兄打算捐一萬兩呢，在排行榜上應該能排到前十了，之後捐款人的名字全部雕刻出來，捐幾百兩銀子太丟堂堂王爺的臉了，我就是喝稀飯也要把面子撐起來！」

葉容軒差點從馬背上摔下來，可是葉容頃話都說出口了，他能不拿嗎？再說了，他都捐五千兩了，他也沒臉不捐一萬兩；可是三王爺和四王爺的臉色就難看了，按權勢地位，七王爺和十王爺都沒法與他們相比，可他們都捐了幾千兩，他們能少拿嗎？不過葉容軒和葉容頃最近發財的事他們都知道，跟他們比只能吐血，最後只能訕笑說掏三千兩。

就這樣，一陣風颳遍京都，上門送錢的人差點把祁國公府的門檻給踩爛了，有些人是心甘情願，有些人則是跟風抑或是被逼無奈，因為捐款人的名字全部會公諸於世，這可是關乎名聲的大好事，套句葉容頃的話，就是喝稀飯也得把臉面撐起來，不管如何，總歸是把銀子送來了。

總管小心翼翼地把每一筆記清楚了，算了算，差不多有十五、六萬兩銀子，別說開一間書社，就是開五、六家也足夠了！

葉容頃跟國公爺他們沒什麼話好說，閒聊了兩句，就直奔逐雲軒了，一進門就嚷嚷著。

「連暮表哥，往後賣燒餅，你喊我一起吧……人呢？妳不是說在屋裡嗎，人呢？」

葉容頃問著珠雲，珠雲滿臉緋紅，她沒料到十王爺直接就闖屋內了，她方才明明見到少爺和少奶奶坐在小榻上說話的，沒見到出門啊，難不成……在床上？

小別勝新婚，葉連暮原本就是想親親錦雲的，沒承想一時把持不住就把她抱上了床，正吻得雙眼矇矓，就聽見葉容頃闖進來了，幸好有屏風擋著，不然臉就丟大了！

錦雲一張臉爆充血了，狠狠掐著某男的腰間，疼得葉連暮忍不住低呼出聲。

葉容頃轉身要去書房找葉連暮，結果耳尖聽到了，邁步過來，珠雲忙擋住，朝他搖頭。

錦雲推開葉連暮把腰帶束好，對著鏡子整理一番，然後才出來。

葉連暮慾求不滿地跟在後頭，狠狠地瞪了葉容頃兩眼，結果葉容頃反而教訓起他來了。

「連暮表哥，你不是白日宣淫吧？」

錦雲一個踉蹌差點栽地上去，葉連暮的耳根子也難得紅了，板起臉來。「你小孩子懂什麼，冒冒失失闖進來有急事？」

葉容頃昂著脖子。「誰是小孩子了？我不小了！白日宣淫我早懂了好不好，七王兄告訴我的！」

見葉容頃理直氣壯，葉連暮恨不得把隨後進屋的葉容軒暴打一頓，既然他什麼都教，怎會偏偏忘記風月閣的事，而讓葉容頃在那裡出糗。

葉容軒一臉委屈，他跟葉容頃說白日宣淫的時候還沒發生風月閣的事呢，再說，他也沒說什麼啊，是十王弟自己在書上看到，總結前朝是如何滅亡時寫了這麼一句，他不懂就來問他，他可是很保守地告訴他，還舉了個例子：就是王兄不在御書房處理朝政，跑到后妃宮裡喝茶聊天，最後睏了，就在那裡睡了一覺，這樣就是「白日宣淫」。

「你表哥被蟲子咬了，我給他上藥呢！」錦雲真怕了葉容頃，丟了一句解釋，趕緊吩咐青竹上茶，然後邁步出了正屋。

葉連暮眯起眼睛看著葉容頃，葉容頃腳步往後挪，撒腿就跑，結果被人一把抓住了，葉容頃求饒，保證以後不敢橫衝直撞地闖進來，葉連暮這才鬆了臉色，放了他。

在逐雲軒閒坐了一會兒，葉容軒拽著葉容頃走，半道兒上問：「連暮表哥臉色很差，你惹著他了？」

葉容頃翻了個白眼。「被狗咬了，你能高興得起來？」

「……被狗咬了？怎麼會被狗咬呢，咬傷哪裡，怎麼不叫太醫來？你唬我的吧？」

「誰唬你了，我去找他的時候，表嫂正在給他抹藥呢，咬的是脖子啊，你都看不見嗎？」

「……難怪方才說話，他一直捂著脖子呢，原來是被咬了。」葉容軒皺著眉頭，隨即賊笑，四下望望，就見到送他們出門的趙章臉色陰陰的。

把他們少奶奶當狗，他們能有好臉色才怪呢。

葉容軒重重一咳嗽，拍著葉容頃的肩膀，語重心長道：「一會兒回宮，讓王兄多找兩個太醫來給連暮表哥治病，我可是聽說被狗咬了，不及時治療，會發瘋的，記清楚了沒有？」

葉容頃皺著眉頭，想了想點點頭，趙章撫額道：「七王爺，太醫的事我會如實稟告少爺的……」

葉容軒臉色一變，當即笑道：「十王弟，我是開玩笑的，那不是狗咬的，十有八九是你表嫂咬的……沒毒……」

趙章恨不得把葉容軒踹出府了，越說越離譜。

葉容頃皺著眉頭看著自家王兄。「好好的，她咬表哥的脖子做什麼？」

葉容軒望天。「打不過你表哥，氣急敗壞就用牙齒咬唄。十王弟，咬人你最有經驗了，回頭記得跟她說，萬一把牙齒咬崩了——」

還沒說完，葉容軒就往前一踉蹌，差點摔倒，葉容頃繃緊著個臉。「咬人怎麼了？打不過別人只能用牙齒，有什麼好笑的，仗著有力氣欺負人的才最可恥！尤其是欺負小孩和女人的最最可恥了！」

趙章跟在後面，幸災樂禍地看著葉容軒，哪壺不開提哪壺啊！十王爺五歲時跟七王爺打架把牙齒給咬掉了，堪稱奇恥大辱，誰提跟誰翻臉，他這是找罪受啊，不過貌似把少爺也一起罵了？

葉容軒站穩了身子，他沒想到葉容頃竟然伸腳絆他，要是摔趴下，他七王爺的臉面往哪裡擱啊，這小子，咬人還有理了？

葉容軒想到那次被咬了，葉容頃還逼他把他牙齒給弄好，就一腦門的黑線。「不想做弱者用牙齒咬人，就好好學武！」

葉容頃剜了他一眼。「你少得意，我遲早把你打趴下，狠狠地踩你，踩扁你。」

看著葉容頃走遠了，葉容軒跟在後頭，想到什麼，突然臉色一變，忙追上。「一碼歸一碼啊，你可不許在皇祖母面前說我壞話，把我往火坑裡推啊……」

葉容頃重重哼了下鼻子。「你再提我咬壞牙齒的事，我讓京都上下都知道你要出家當和尚的事！」

「你這是誣衊！」

「誰誣衊你了，是誰說娶個不喜歡的女人還不如出家當和尚來得舒坦的？」

「……是我說的，可我沒說真出家啊！」

「你有喜歡的女人嗎？」

「……沒有！」

葉容頃立時笑起來，沒有就好，皇祖母給他指婚，他就得去當和尚。

葉容軒看他笑的樣子，渾身直起雞皮疙瘩。「我明天帶你參加武舉！」

葉容頃的雙眼立馬亮了起來，之前的不愉快一掃而空，轉而問道：「聽說賭坊都下注了，七王兄你買誰贏？」

葉容軒苦惱道：「要是連暮表哥參加的話，我準買他贏，現在看來，依照實力，武狀元應該是右相府二少爺，買他贏的人太多了，幾乎是一面倒，現在賭坊不賭第一，改賭第二了……」

葉容頃皺著眉頭。「第二買誰呢？」

「文無第一，武無第二！」

第二天一早，錦雲渾身像是散了架，活像是被車給輾過了一樣，看著精神奕奕的葉連暮，她恨不得上去咬兩口才好，這廝根本就不知道「節制」兩個字怎麼寫！

葉連暮心滿意足地把玩著她的秀髮。「累成這樣，今天就不去比試場了吧？」

「離我遠點兒！」某女咬牙。

出了祁國公府，趙構就把追風牽來，葉連暮一見追風，眉頭就皺了。「怎麼追風無精打采的？」

趙構瞥了追風一眼，看著四下都是人，真不知該怎麼回答。自從追風把溫王世子的馬拐了回來，第二天白霽就被接回去了，這幾天追風一直就這樣，他真想跟少奶奶說一聲，趕緊把白霽再接回來。

錦雲不懂馬，根本看不出來追風有什麼不對勁的地方，她由青竹扶著就坐上馬車了，至於葉連暮則是騎著追風一路護送，他以為追風是許久沒有跑了，所以無精打采的。

比試場離得有些遠，馬車晃盪了近大半個時辰才抵達。

馬車一停下，錦雲掀了車簾張望，葉連暮轉過頭正要跟她說話時，突然追風就跟發了狂一樣奔跑起來，錦雲還以為出了什麼事，忙掀了簾子下馬車。

追風跟著葉連暮也有一年了，這還是第一次見牠不受控制亂跑，心裡正疑惑呢，對面的溫王世子也一頭霧水，拚命拽著韁繩。

眼看著兩匹馬就要撞上了，多少人都驚叫出聲，結果兩匹馬最後都停了下來，親暱地互蹭著腦袋，葉連暮滿臉黑線，拽著韁繩要走，結果追風根本不聽他的話。

兩個大男人坐在馬背上你看著我，我看著你，四下全是大笑聲，兩人恨不得鑽地洞了。

追風什麼時候跟白霽勾搭上的？

葉連暮從馬背上下來，回頭望著錦雲。

溫王世子回頭看著清容郡主。「妳給我解釋下，白霽這是怎麼回事？」

錦雲訕然不語。追風啊，什麼時候發情不行，偏大庭廣眾之下的，多丟臉啊！

青竹掩嘴一咳嗽。「上回在靖寧侯府上賽馬，追風根本不跑，少奶奶許諾牠要是贏得比賽就給追風娶個媳婦。」

清容郡主撓著額頭，咕噥道：「追風跑得多快啊，我就作主把白霽許給追風了……」

溫王世子的腦殼都隱隱作疼了，有她們這樣養馬的嗎？還娶媳婦！

他無話可說了，看著白霽和追風兩隻站在一起，溫王世子有種欲哭無淚的感覺。「妳就這樣把我的白霽送人了？」

清容郡主可不敢說讓追風入贅的話，直望著錦雲，可錦雲臉皮厚，全然當作沒看見。

夏侯沂打著玉扇一路笑過來。「這兩匹馬……兩情相悅、情投意合了？」

錦雲白了他一眼，清容郡主忍不住道：「雪絨也是追風的，安兒把雪絨嫁給追風了，還是做小妾呢。」

夏侯沂回頭看著妹妹夏侯安兒，夏侯安兒一張臉紅得能滴血了，一旁的靖寧侯夫人也狠狠地剜了女兒一眼，怎麼能做妾呢，即便是馬，那也不行！

夏侯安兒昂著脖子道：「不是做妾，是平妻！」

清容郡主就跟夏侯安兒爭起來了，溫王妃和靖寧侯夫人的臉，青紅紫輪流著變換，各自把女兒給拽了回來。

錦雲無言。這都叫什麼事啊，是馬又不是人，至於分得這麼清楚嗎？

夏侯沂和溫王世子兩個互望一眼，對於自己騎了幾年的馬，很有感情啊，這麼就送人了也太捨不得了，尤其是夏侯沂，他的雪絨竟然給人做妾，做主子的也丟臉啊！

葉連暮對白霽和雪絨這兩匹馬掃了一眼，點了點頭。「還算不錯，既然追風喜歡，一會兒就跟著追風回去吧。」

溫王世子眉頭一皺。「那我騎什麼？」

夏侯沂也道：「哪能這麼便宜了你的追風？」

葉連暮淡淡地回望過去。「又不是你們嫁女兒，用得著三媒六聘嗎？」

「那是我們的馬！」溫王世子和夏侯沂異口同聲地道。

清容郡主和夏侯安兒兩個不由自主地縮了下脖子，兩人想哭了，尤其是清容郡主，最後一咬牙，站出來道：「反正要下聘，不能白白便宜了追風。」

錦雲扯著嘴角，走過去道：「聘禮的事，咱們慢慢商量，兩套雲暮閣最精緻的頭飾，再加兩瓶香水怎麼樣？」

「一人兩套?!」清容郡主睜圓了眼睛問道。

錦雲重重一點頭，然後看著夏侯安兒，夏侯安兒輕噘了下嘴。「妳會不會太虧了？我們原本只是想要匹小追風而已，沒想讓我哥沒了雪絨的。」

「反正事情已演變至此，回去挨兩句罵就是了，白霽出嫁了還是可以再接回來的嘛！」清容郡主說道。

夏侯安兒想想也是，也就同意錦雲的聘禮了，錦雲抖著眉毛望著追風，追風得瑟地甩著尾巴。

夏侯安兒和清容郡主興奮地跑到各自娘親身邊，把聘禮的事一說，溫王妃和靖寧侯夫人兩個瞪圓了眼睛。「差不多五千兩銀子的聘禮？」

這哪裡是娶馬啊，足夠娶個小家碧玉回來了！

溫王妃皺眉訓斥清容郡主。「妳張口要的吧？」

清容郡主鼓著腮幫子。「我哪有啊，是錦雲姊姊自己提的，女兒也嚇了一跳，一會兒比試完，我們就去雲暮閣挑首飾了。」

靖寧侯夫人眉頭依然皺緊，兩匹馬一萬兩銀子，葉大少奶奶真是大手筆啊！

突然溫王妃想到什麼，扯著嘴角問：「這是聘禮，我們不用準備嫁妝吧？」

此時，錦雲和葉連暮兩人在比試場旁備好的看臺坐了下來，葉連暮黑呼著臉色，緊緊捏著錦雲的手。

錦雲齜牙咧嘴地說：「我又不是故意的，誰讓你的馬不聽我的話了，我只能誘惑牠了，反正娶了也就娶了，白霽和雪絨我都喜歡……」

葉連暮睨著錦雲，狠狠地瞪著隔壁的溫王世子和夏侯沂。「你們再瞪著我，我活宰了那兩匹馬！」

溫王世子大怒。「我沒宰了追風已經很給你面子了！」

錦雲忙擺手。「和氣生財，不就幾匹馬嘛，乾脆都不要了，我給你們養著好了，保證吃好喝好地供著牠們……」

桓禮坐在一旁笑抽風了，桓宣也忍俊不禁。

葉連暮一腦門的黑線，端起茶啜著。「妳以後離追風遠一點。」

錦雲磨牙。「遠點兒就遠點兒，以後我離追風多遠，你就離我多遠。」

葉連暮一口茶噴老遠，乾脆站了起來，直接朝正要入座的葉容痕走了過去。

「皇上，前些時候不是進貢了幾匹上等汗血寶馬嗎，送我一匹吧……」

葉容痕還沒坐下，疑惑地看著他。「你不是有追風嗎？」

葉連暮扯著嘴角。「現在沒有了。」

葉容痕微怔，他可是知道葉連暮有多喜歡追風的。「追風死了？」

葉容頃湊過來。「追風沒死，不過現在成表嫂的了。」

「她能騎追風？」葉容痕不相信，他知道錦雲不會騎馬的事，再者，追風性子烈，怎麼可能會讓錦雲騎呢？

葉連暮翻著白眼。「讓她騎了一回，就把溫王世子和靖寧侯世子的馬給拐了回來，我可不想以後出門後面還跟著兩匹馬。」

葉容痕先是一怔，隨即反應過來，搖頭人笑。「這回的汗血馬性子比追風還烈，你要是能馴服，朕就賞賜給你了。」

馴馬，葉連暮不怕，就怕馬不夠好，他想著回去就把汗血馬牽回來。

葉連暮坐回原位，狠狠地剜了錦雲兩眼。「追風雖然給妳了，妳可別把追風養得跟豬一樣。」

錦雲露齒一笑。「我保證把追風養得比你還好！」

葉連暮吐血，這女人不氣死他心裡不舒坦是不是？

那邊公鴨嗓子傳來。「北烈戰王爺和雲漪公主到！」

眾人望去，只見莫雲戰和雲漪公主走過來，男的器宇軒昂，女的英姿颯爽，極其養眼。

兩人上前給葉容痕行禮，葉容痕見雲漪公主一身騎馬裝，眉頭微挑。「雲漪公主也想比試一番？」

雲漪公主輕點了下頭。「許久沒有騎過馬了，有些手癢，不過雲漪自知無法與那些男子們相比，一會兒想找人比試賽馬，還請皇上准許。」

李皇后坐在葉容痕身側，今天來的后妃只有她一個，當下笑道：「公主這麼點小要求，皇上哪裡會不答應？」

葉容痕笑道：「准了。」

莫雲戰和雲漪公主一坐下，雲漪公主的眼睛就瞄著錦雲，那邊永國公府大夫人便笑道：「公主是想和葉大少奶奶比試騎馬嗎？我可是聽說她馬術超群，連葉大少爺的追風都被她馴服了。」

「果真這麼厲害？那我可要試試了。」雲漪公主眉頭一抬，於是站起來。「皇上，現在武舉還沒有開始，不如讓我和葉大少奶奶，再另外找幾個大家閨秀比試一番，當作開場助興如何？」

錦雲一聽雲漪公主的話，頓時身子一凜，四個字脫口而出。「我不參加。」

雲漪公主氣煞了，她跟人挑戰，還從來沒誰敢拒絕，錦雲已經三番兩次地拒絕她了。

雲漪公主不悅道：「葉大少奶奶膽怯了？」

錦雲頭疼，她沒想過跟她爭輸贏啊！

那邊蘇錦容已經站了出來，陸續有上官琬、夏侯安兒、趙玉欣以及清容郡主……凡騎術不錯的女眷，都站了出來。

夏侯安兒給錦雲打氣道：「別怕她，追風不會輸的。」

她不是怕輸，是身體不適好不好！錦雲瞪著葉連暮。

葉連暮先是覺得無辜，隨即反應過來，正要開口，李皇后便笑道：「雲漪公主幾次想與妳比試，妳可是推託好幾回了，這次就不要拒絕了，雲漪公主難得來大朔一趟，別讓她帶著遺憾回北烈才是。」

錦雲還能說什麼？只好站了出來。

當夏侯安兒幾位小姐去換衣服時，錦雲又原樣坐回原位。

葉連暮望著她，錦雲沒好氣道：「我又沒有騎馬裝。」

他點點頭，笑道：「不換也好，輸了還能找個理由。」

錦雲真想用怒火噴死他，氣呼呼地跺著腳走了，留下葉連暮在那裡揉太陽穴。

她沒有騎馬裝，但不代表沒有別的衣服，走到一旁吩咐谷竹。「把我的男裝拿來。」

谷竹輕搖頭，吶吶回道：「馬車裡沒有男裝，奴婢拿去洗了……」

錦雲看著谷竹那無辜知錯的表情，也不好苛責她什麼，她也沒想到雲漪公主突然發難，非得要跟她比試。

算了，就穿這身吧！他說得也對，輸了還能怪衣服不合適……

換好衣服後，大家就到比賽處，騎到馬背上，錦雲左邊是雲漪公主，右邊是清容郡主。

雲漪公主想到錦雲上馬還要人扶，皺眉。「妳不會騎馬？」

「騎過兩回。」

雲漪公主的興趣頓時少了一半，她就想跟錦雲比試比試，不知道為什麼，就想贏錦雲一回，可是這一回，雲漪公主還沒比試，就有種勝之不武的感覺了。

騎在馬背上，大家都如蓄勢待發的箭一樣，等著銅鑼敲響，就甩馬鞭，橫衝向前。

錦雲也想看看，追風能不能贏過她們，哪知道銅鑼敲響了，她們都跑遠了，追風還站在那裡，悠哉地甩著尾巴。

看臺上一眾人傻眼了。「她怎麼還不跑？」

有人眼尖，看出來了。「她沒拿馬鞭！」

連馬鞭都不拿，這也叫賽馬？

錦雲也急了，她不想直接就輸在起跑線上啊！

「追風，你個臭馬，別以為我給你娶了白霽，你就有恃無恐了，信不信我不讓白霽進門？」

追風揚起馬蹄，要把錦雲扔下來，幸好她抓緊了韁繩，可這一下子，不知道驚壞了多少人，尤其是葉連暮，眉頭皺著，納悶追風怎麼回事？

錦雲屈服了，輕聲軟語道：「我給你娶白霽，一會兒就把白霽給你領回去，但是現在，你倒是趕緊給我跑啊，輸得太慘，別說要白霽了，就連你，我都不要了。」

追風搖了搖尾巴，錦雲繼續勸說，說了好一番，還尊稱牠大哥，要請牠喝酒，追風一昂脖子，長長嘶鳴了一聲，撒開馬蹄，就往前跑，然後一路上就聽到一個叫聲。

「跑慢點啊啊啊——」

追風一路狂奔。

葉連暮總算看到錦雲是怎麼騎馬的了，真擔心她握不住韁繩被馬甩出去，讓趙章去緊盯著。

看著追風追上那些人，然後甩掉那些人，一路狂奔，速度之快，葉連暮都沒見過。上官琬原本還笑話錦雲輸定了，結果追風一揚蹄，就追上了她們，還把她們甩得遠遠的，一路直奔終點。

三圈過後，追風還在跑，葉連暮趕緊吹口哨，追風這才停下來，馱著錦雲慢慢走過來。

葉連暮趕緊過去把她抱下來，看著錦雲那張蒼白的臉，他既是心疼又是無奈。「妳還不如不跑呢。」

錦雲拍打他。「你這什麼狗屁的馬，一喊牠大哥、請牠喝酒就不要命地跑，嚇死我了。」

葉連暮望著追風，眉頭稍皺，他知道追風不是因為喝酒不要命地跑，難道是……因為喊牠大哥了？

「你要當大哥？」

追風一揚馬蹄，長長嘶鳴了一聲，表示很受用，錦雲無語地翻了個白眼。「你連當小弟的資格都沒有！」

追風看著錦雲的眼睛有怒火，趙章趕緊牽著追風下去。

錦雲磨牙。「你這是馬嗎？愛酒、愛美人不算，還愛權勢！」

葉連暮瞪著她。「妳還敢說！追風跟著我好好的，從沒跟我要過母馬。」

「有其主必有其馬！」

「……」

錦雲回到位子上坐下，端起茶盞猛灌，那邊的雲漪公主讚道：「追風果然是匹好馬！」

上官琬笑道：「的確是匹難得一見的絕品良駒，只是葉大少奶奶的騎術似乎……」

葉容痕把茶盞擱下，笑望了錦雲那邊一眼，問道：「妳這騎術，說妳贏也難服眾，但追風的確贏了，要不朕賞牠點飼料以作獎勵？」

錦雲差點吐血，沒她，追風會跑嗎？她也知道這一局不會算她贏的，於是起身道：「那我代追風謝皇上賞賜了。」

葉容痕瞧錦雲那憋屈的樣子，眸底全是笑意，一揮手，那邊鑼鼓再次敲響，武舉正式開始了。

武舉比試跟文試不同，武舉考的是馬射、步射、平射、馬槍、負重、摔跤等等，一關一闖來，不過考武舉的人比科舉應試的人少了一半，畢竟文人只有科舉一條路，但是會武藝的不同，隨時可以投軍，建立軍功，步步高陞。

武舉分兩場，外場和內場，外場考弓馬技勇，內場考策論武經，畢竟選的是武狀元，並非只用武力就能斷定一切，武狀元要的是將帥之才。

騎射九矢中三，步射九矢中五，達到要求的才算合格，一步步淘汰。

錦雲坐在那裡看得是津津有味，看到蘇猛九支箭連中靶心，忍不住推了葉連暮一下。

「是你厲害還是我哥厲害？」

葉連暮嘴角微微一翹。「為夫能讓靶上只有一支箭。」

錦雲翻了下白眼。「能讓靶上只有一支箭很多人都能做到，我要是運氣好也能……你說的是，用箭把前一支箭給射掉的那種？」

葉連暮正要點頭，錦雲又來了一句。「不是吹牛？」

他的臉頓時黑了下來，錦雲沒看見，兀自嘟囔。「他又考文試還考武試，要是兩個狀元都是他……」

葉連暮看錦雲想得出神，忍不住打斷她。「妳二哥比妳爹差遠了。」

錦雲驀然盯著他。「什麼意思，怎麼聽著好像我爹是文、武狀元似的？」

葉連暮納悶地看著她。「妳不知道岳父大人是文、武狀元出身？」

錦雲撓著額頭，眼睛亂瞟。「我爹他也會武功？真沒看出來……」

葉連暮差點從椅子上摔下去，要是右相不會武功，憑他管教那些將軍，心氣高的，早把他打趴下了，還容得他活到現在？這女人不該她知道的，她都知道，該她知道的，卻偏偏不知道，難道這些事都沒人告訴她嗎？

錦雲扯著嘴角，哭笑不得，這可不怪她，她是真不知道，她以為右相是個純粹的文官，沒想到還是個武狀元，難怪他手底下有大朔三分之一的兵權，太后一黨爭了這麼久，都沒能把右相的牆腳給挖了，原來癥結在這裡。

「沒想到我爹還是武狀元出身，難怪能震懾那些將軍了，你和皇上想要從我爹手裡奪兵權，只怕很難。」

坐在一旁的桓宣，目光從比試臺挪到錦雲身上，眸底微閃。這女人還真不同，明知道連暮兄和皇上想要絆倒右相，她還能把話說得這般雲淡風輕，好似與她無關一般。若是右相倒臺了，她會如何？

葉連暮望了錦雲一眼，看著遠方。豈止是難，查過才知道，那些將軍受過右相多大的恩惠，想要他們背叛右相，比殺了他們還要難，也難怪這些年，太后和李大將軍想挖牆腳都沒能成功。

兩人繼續觀看比試，很快的，錦雲就見到程立和柳毅上場了，這兩人果然厲害，幾百斤的石墩，單手就舉了起來，就連葉容痕都大喝一聲好。

兩個時辰後，蘇猛外場比試第一，再加上他是右相府出身，虎父無犬子，基本上，武狀元確定是他了。

戶部尚書蘇大人朝葉容痕恭喜道：「恭賀皇上覓得良將。」來觀看的大臣都淡笑不語，皇上不滿右相，想除掉他，滿朝皆知，如今右相的兒子又奪得武魁，再加上右相還有個文采出眾的大兒子，若是一舉摘下文、武狀元頭銜，鋒頭可想而知，皇上會高興才怪。

葉容痕的面容有些僵硬，雖然早就知道蘇猛武藝高超，奪魁也算是意料之中，可惜，他是右相的兒子，不然定會重用他！

葉容痕把手裡的茶盞擱下，眼睛掃到葉連暮身上，笑道：「葉愛卿武藝不錯，不知和今科武舉第一比起來，誰更勝一籌？」

蘇猛站在下面，眉頭微挑了一下，心想自己得個第二不就好了，偏偏爹要他獲得第一，皇上怎麼可能會高興？現在好了，皇上主動要滅他威風了，不過對手如果是他的話……

蘇猛咧嘴一笑，對錦雲道：「二妹妹，妳可給二妹夫準備內傷藥了？」

錦雲一口茶喝在嘴裡，聽到蘇猛的話，突然一嗆，連著咳嗽起來，白了他一眼，然後對著葉連暮道：「相公，他差點害我嗆死，打他！」

一整個看臺的人都瞪直了眼睛，隨即又挑了下眉頭，畢竟蘇猛不是葉大少奶奶的同胞兄長，難怪不用給他留面子……只是大庭廣眾之下偏頗自家夫君，她就不擔心回娘家被右相罵嗎？

葉連暮含笑地看了錦雲一眼。「我替妳好好教訓一下他。」

說完，腳一點地面，眨眼間就到了蘇猛身側，很規矩地寒暄了兩句，大概就是不會手下留情之類的。

還用留情嗎？一個挑釁在先，還以為葉連暮會顧忌蘇猛是他妻子的兄弟，手下留情，給他這狀元留分顏面，誰想連蘇猛的妹妹都放話要打他，葉連暮能不盡力？

鼓聲隆隆，拳腳相向，錦雲坐在那裡看著，不用看她也知道結果是怎樣的，肯定打平啊！

皇上要的是壓住右相的氣焰，葉連暮不能輸是肯定的，但也不能贏，贏了就是風頭浪尖，右相肯定會出手的，只有打平手才是最好的結局，到時候，右相若是重用自己的兒子蘇猛，那與他相差無幾的葉連暮，皇上也可以理直氣壯地任用，就算是臨時授予他將軍銜也能鎮住文武百官。今天，無論是誰獲得武狀元，葉連暮都會上場，這也是為什麼他沒有穿官服來的原因。

三百招之後，李大將軍站起來笑道：「我瞧葉大人與蘇二少爺是旗鼓相當，不分伯仲，再打下去也無意義了。」

那邊比試臺上，葉連暮和蘇猛也罷手了。

葉容痕滿意地笑道：「今科武狀元非你莫屬！」

蘇猛行禮道謝，這可是皇上親封的武狀元，不過貌似應該還有內場測試吧？還沒有比，皇上就親封了武狀元，這是留了後手對付父親的吧？

葉連暮邁步走回來，莫雲戰站了起來，笑道：「看到他們在下面比鬥，本王的手也癢了，不知可否切磋一下？」

這話是對著葉連暮說的，今天是大朔武舉的日子，他不能打擊武狀元的威風，再說，蘇猛不會是他的對手，葉容痕也不會讓他們對上，只有葉連暮，莫雲戰總覺得他對自己是個威脅，方才根本就沒看出他實力來，他要親手試探一番。

葉容痕望著葉連暮，葉連暮妖冶的鳳眸裡閃過一絲笑意。「請。」

錦雲一眨不眨地看著比試臺，她雖然不懂武功，可也看得出來，這次比武比剛才要驚險得多，莫雲戰出入戰場，出手狠辣，招招直逼要害，不過葉連暮總能化險為夷。

葉連暮和蘇猛比試，兩人對結果心知肚明，所以比試臺只損壞了一點點，但是這次，才打了一半，比試臺就塌了。

沒了比試臺，兩人就在地上打鬥，百招過後，兩人都罷手了，他們兩個是真的旗鼓相當，不分伯仲！

文武百官都有些詫異，真沒看出來葉大少爺的武功竟然這麼好，竟能跟北烈戰王爺打個平手！他在比試場上那股氣勢渾然就是一位天生的將軍，跟平日坐在那裡昏昏欲睡的樣子完全是兩個極端，難怪敢去捋右相的虎鬚。

「好武藝！」莫雲戰真心讚道，只是眸底閃過一絲寒芒，他還從未逢過敵手，逼他使出全力的僅此一人。

葉連暮也客氣了兩句，回到位子上坐下，看見錦雲眸底的崇拜之色，他腳底有些輕飄飄的。「為夫的武藝可還算入得了眼？」

錦雲沒好氣地看著他。「好又怎麼樣，你又不會教我。」

葉連暮裝沒聽見，端起茶盞啜著，錦雲磨牙。

武舉考官開始宣讀成績，然後誇讚了他們一下，就聽公鴨嗓門喊。「皇上回宮！」

眾人起身恭送葉容痕之後，都要準備回去了。錦雲剛走到馬車處，夏侯安兒和清容郡主就來找了，她們幾個約好的，比試過後去雲暮閣挑聘禮。

趙玉欣就沒去了，她大哥的是匹公馬，侯府裡其餘的母馬配不上追風，別說做妾了，她都不敢提啊！

挑完頭飾後，錦雲就把雪絨和白霽牽回來了，而葉連暮則去皇宮挑了一匹汗血寶馬回來。

這匹汗血寶馬一揚馬蹄，就跑得無影無蹤了，之後，錦雲給牠取名叫無影。

第二十四章 十萬兩銀

這一日，錦雲在屋子裡用早飯，張嬤嬤掀了簾子進來，稟告道：「少奶奶，老爺從凌陽城回來了，長公主的靈柩會擺在郡主府七天才下葬。」

錦雲把筷子放下，點頭道：「我知道了。」

用完早飯後，錦雲去了寧壽院，葉老夫人以為錦雲不大喜歡去參加宴會之類的，怕她連祭拜也不去，直接道：「一會兒妳與大夫人一起去郡主府，給長公主上炷香。」

錦雲應下，葉姒瑤挨著葉老夫人坐下，看著錦雲道：「大嫂，大哥把追風給了妳，自己又找皇上要了匹汗血寶馬，那雪絨和白霽，妳就給我一匹吧？」

昨天才花了近一萬兩銀子娶回來的，她今天就要？

錦雲斷然搖頭，葉大夫人便不高興了。「有一匹馬不就行了，妳出門也不會騎三匹馬吧？」

「一匹給姒瑤，另外一匹就給觀瑤了吧，府裡就她們兩個騎術最好，也可以教妳。」葉二夫人更直接。

錦雲心裡很不樂意，憑什麼她要回來的馬要白白送她們？她怎麼可能會答應呢！只是葉老夫人也望著她，似乎覺得她的馬太多了。

錦雲回看了老夫人，搖頭道：「清容郡主把白霽給我的時候，叮囑我要好好照顧牠，她隨時會來檢查的，我若是給了姒瑤，不好跟她交代。」

葉二夫人臉色微冷，若不是她弄幾匹馬回來炫耀，女兒葉觀瑤也不會吵鬧著要買馬，可差一點的馬又拿不出來，千里馬遇不上不說，最少也是千兩，她哪有那個閒錢買馬！

「怎麼不好交代，還不都是讓馬伕豢養，妳不會是捨不得吧？」

錦雲氣得心口直起伏，真當她是軟柿子？

她眼睛一瞥就見到葉觀瑤邁步進來，眼珠子一轉，笑著走了過去。「觀瑤頭上的玉蘭簪子真漂亮，是雲暮閣的吧！大嫂喜歡，妳送我了吧？」

葉觀瑤莫名其妙地看著錦雲，身子往旁邊一躲，氣得瞪著她。「這是我才買的，大嫂那麼有錢，自己不會去買嗎？」

錦雲微聳了下肩膀，回頭看著葉二夫人，笑道：「二嬸，我找觀瑤要支簪子她都捨不得，白霽和雪絨我是花了近一萬兩才牽回來的，妳覺得我會傻到受不住人家兩句話，轉眼就送人嗎？」

葉二夫人的臉色頓時鐵青，葉觀瑤也才明白是怎麼回事，氣得直扭帕子。

葉老夫人皺緊眉頭。「一萬兩銀子買了兩匹馬？」

葉二夫人哼道：「人家有錢，國公府上下十幾匹馬也不及她一匹馬來得貴，現在京都上下誰不知道葉大少奶奶有錢，一個人養三匹千里馬，逼得暮兒找皇上要馬！」

葉大夫人看著錦雲，皺眉道：「我知道妳陪嫁多，可是昨天妳才捐了一萬兩，今天又花了一萬兩，前些天買木簪又是四千，還有之前的……嫁進來才三個月，妳都花了不下三萬兩了，往後的日子長，即便妳是右相的女兒，我想也不會給妳這麼多陪嫁，妳的錢都是從哪裡來的，暮兒這些年的積蓄都被妳花完了吧？」

葉大夫人就跟審問犯人一樣，錦雲這花錢的架勢讓她既妒忌又生氣，錦雲雖然是她的兒媳婦，可到底不是親的，沒幾天瑞寧郡主就要嫁進門了，到時候下人就會把她們兩個相提並論，就是葉老夫人的心裡也得有所權衡，到底誰才更合適打理內宅。

錦雲的確是葉連暮的正妻，將來可能會成為當家主母，可惜她持家無道，葉大夫人不信以她這樣花錢的速度，葉老夫人敢把內宅事務交到她手裡去！

葉大夫人瞥了葉老夫人一眼，葉老夫人眉頭蹙了，她心裡也有這樣的擔憂，不由得看著錦雲。「暮兒這些年的積蓄都給妳了？」

錦雲無辜地眨巴了下眼睛。「昨天那一萬兩是相公吩咐青竹拿給總管的，不關我的事啊，我沒找相公拿過一個銅板。」

葉大夫人不信，右相府又不止她一個女兒，即便是蘇貴妃也沒她這樣出手闊綽。

葉姒瑤盯著錦雲。「大嫂，妳可別撒謊，那天我聽蘇府四小姐說，妳陪嫁雖多，可都是死東西，箱底錢不超過二萬兩銀子，那些田產妳嫁過來之前，府裡也對過數，若不是大哥的錢，那是哪來的？」

錦雲好笑地看著她，她的錢從哪裡來的用得著跟她們報備嗎？管得未免太寬了。

「我說我撿了個荷包，裡面塞了十萬兩銀票，妳信嗎？」

此時，外面丫鬟進來稟告道：「馬車準備妥當了。」

錦雲神色一鬆，來得太及時了，葉老夫人擺擺手。「去吧。」

葉大夫人與錦雲離開了，而葉姒瑤她們都沒有去，畢竟去郡主府是祭拜又不是去玩，她們當然都不願意了。

葉二夫人嘴角一勾。「這事得好好查查，暮兒不是一直想絆倒右相嗎？從錦雲手裡沒準兒就能找到右相收受賄賂的證據……」

葉老夫人冷冷看了葉二夫人一眼，想罵一聲沒腦子，要說朝堂上想絆倒右相的，頭一個就是太后了，她都找不到右相貪墨的證據，暮兒能找到？從錦雲這裡下手，還讓暮兒去，暮兒成什麼人了？

葉老夫人吩咐王嬤嬤道：「一會兒大少爺回來，讓他來見我。」

外面小廝走進來，行禮道：「老夫人，七王爺和十王爺來了，大少爺和他們一起的，總管讓奴才來找您，說是書社選定了位置，正好是國公府的店鋪。讓奴才來問問您，能不能賣？」

葉老夫人眉頭微微一皺。「去請他們過來。」

葉連暮忙啊，白天忙著處理政務，晚上回來還得翻帳冊，加上他賣燒餅弄出的希望書社，總管一天要找他七、八回，葉連暮頭一疼，就跟葉容痕訴苦了，然後某兩個倒楣又閒得發慌的王爺就被抓來處理這事了。

一路從皇宮出來，兩位王爺騎在馬背上就選定了位置，一打聽，正好是祁國公府的，這不順路一起辦了，免得隔三差五地來。

總管領著葉容軒和葉容頃進來，葉連暮自然得跟著。

葉老夫人問葉連暮。「要買哪一處的鋪子？」

「東街口那處最大的鋪子。」

葉老夫人好多年沒有逛過街了，想了好一會兒才想起來，葉三夫人在一旁提醒道：「那鋪子生意不錯，每年能盈利四、五千兩。」

葉二夫人冷笑。「還不夠錦雲買兩匹馬的。」

葉觀瑤看著葉連暮，臉上是一抹無邪的笑。「大哥，大嫂說她隨便亂花銀子是因為撿了個荷包，裡面裝了十萬兩，真的假的？」

葉連暮正在喝茶，聽到這話，猛地一咳。葉容頃坐在那裡，也忍不住抽嘴角，那女人錢太多了，找不到出處，就找這破理由嗎？

葉容頃眼珠子一轉，點頭道：「是啊，撿的，本王爺親眼看到的，就沒見她那麼無恥的，撿了雲暮閣老闆的荷包死都不還，原來裡面裝的是十萬兩銀票啊……」

葉容頃的眼睛往葉連暮腰間的荷包上瞟過去，不知道裡面裝了多少，沒準兒真有十萬兩也說不定，自己要不要搶？

葉容軒也盯著葉連暮的荷包，看著眼熟，隨即嘴角一抽，忍不住笑出了聲。他是想起那次在醉香樓醉酒一事，不知道他圓房了沒有？

葉二夫人看著葉容頃，他與雲暮閣老闆熟，他說這話有些可信。「不還就這樣算了？」

葉容頃抖了下眉頭，葉容軒傻眼了，這些人也太好騙了吧！

「十萬兩，在她眼裡不算什麼。」

他和十王弟什麼都沒做，一人都拿了五萬兩，加起來不就十萬兩？給他們的錢是送，輪到自己就成撿了？

葉容頃掩嘴一咳，對著天花板嘆息道：「以後她缺錢了，估計還會去撿的，習慣了就好……」

葉連暮一口茶噴得老遠，就連葉老夫人的臉面也掛不住了，王嬤嬤撫著額頭，兩位王爺都這麼說，難不成真是撿的？看十王爺的神情，少奶奶撿到荷包不還，到底是個什麼樣的情形，若雲暮閣老闆伸手討，她不給，還真不好意思要回去吧，可少奶奶真好意思不還？

葉二夫人咬碎一口銀牙，這運氣也太好了，一撿就十萬兩，要換做是她，撿了十萬兩，她花起錢來也不會皺下眉頭的。撿錢不還，這種無恥的事她還真做得出來！

葉二夫人瞥向葉連暮。「雲暮閣老闆是個男子吧，錦雲私藏人家的荷包有違婦道，你也不管管她？」

葉連暮揉著太陽穴，這還有完沒完了？早知道他就不來了。

「錢留下了，荷包我給扔了。」

這個更無恥！一屋子人的眼珠子差點掉出來。

葉連暮撫著額頭一出門，兩位王爺就捂著肚子大笑。「連暮表哥，你府上的人真好騙……」

屋內，葉雲瑤鼓著腮幫子站在那裡。「大嫂她真的撿了十萬兩？我長這麼大一兩銀子也沒撿過。」

葉姒瑤皺著眉頭。「妳們覺得是真的嗎？雲暮閣老闆就算冉有錢，也不會把十萬兩就這樣拱手送人吧？」

葉觀瑤冷哼道：「拱手送人的事傻子才會做，不過大嫂若真死活不還，他也沒辦法啊！總不能搶吧？從女人手裡搶東西更無恥，他肯定是逼不得已的。」

一路上，錦雲在馬車裡連打噴嚏，掀著車簾看外面，陽光明媚，不冷啊，為什麼有種冷颼颼的感覺？

很快的，馬車就到郡主府了，大門前、匾額、石獅子上全部掛著白綢，門口的小廝神色淒然。

靈柩就擺在正屋中央，葉妍香一身白衣，頭上簪著一朵白花，夫君趙遇站在她旁邊，氣色很不錯。

前些時候，他們兩個還特地派人去雲暮閣找她，要親自答謝她的救命之恩，錦雲沒有露面，此事就不了了之。

前來拜祭，不用多說什麼話，安慰兩句就可以了。妍香郡主的貼身丫鬟白巧把香點著遞給錦雲，忍不住多瞧了她兩眼，心想，這人怎麼長得那麼像給少爺瞧病的人？

錦雲上了三炷香，心裡對長公主同情不已，尊貴之身，漂泊在外，還與人做妾，找到她時，已經是白骨一堆了，即便恢復了封號，安葬皇陵又如何？不過就是讓她的身分尊貴了些，自己所受的苦，又有多少人知道？

白巧接過錦雲的香，插到香爐裡，外面一陣號叫聲傳來。「我命苦啊！小姑貴為郡主，卻對我夫君下毒手，這是要我當寡婦啊！」

妍香郡主站在那裡，臉色唰的一下慘白了，纖纖玉手攢緊。趙遇站在她身側，臉色更是陰沈，一揮手。「把她給我拖下去！」

話音才落，外面一個二十歲左右的女子跑了進來，不顧一屋子的賓客在，指著妍香郡主破口大罵，鼻涕眼淚糊成一把。「妳怎麼能對妳哥下毒手，他是妳哥啊！妳以前在鐘府的時候，我們可曾虧待了妳？如今妳改了姓，難道連大哥都不認了？」

白巧鼓著腮，走到她跟前。「我們郡主好心好意讓你們住進府，你們成天胡吃海喝不算，現在還誣衊我們郡主害妳，到底誰的心更黑！」

那女子是鐘府大少爺鐘偲的正妻劉氏，長得模樣還算端正，只是眼神過於算計和陰冷，給人一種刻薄的感覺。

劉氏聽到白巧的話，抬手一個巴掌就搧了過去。「混帳東西，妳們家小姐都不敢這麼跟我說話，妳給我滾一邊去，我們做大哥、大嫂的，在郡主府吃住幾天過分嗎？長嫂如母，鐘家養了她十五年，她就如此對待鐘家！郡主身分尊貴就可以六親不認了嗎？現在就敢對她親大哥下毒手，她是不是打算連我也一起毒死，毒死鐘家滿門，好讓人知道她堂堂妍香郡主沒有一個低賤的父親和兄弟！」

白巧被打了一巴掌，咬著唇瓣直抿唇，四下全部都是倒抽氣聲，這劉氏也太過潑辣了，怎麼說也是郡主的貼身丫鬟，她竟然不顧郡主的顏面，當著滿堂的賓客，甚至是長公主的靈柩前就搧她，不是赤裸裸地打郡主的臉嗎？這完全是找死，難道郡主真的下毒殘害了她夫君？

妍香郡主根本就不知道到底發生了什麼事，見劉氏打了白巧，她也怒了。「大嫂，妳有話好好說，一屋子的客人，妳鬧成什麼樣，大哥他到底怎麼了？」

「怎麼了？他怎麼了妳還能不清楚？我夫君要是有個三長兩短，我就是做鬼也不會放過妳！」劉氏咬牙切齒地說完這句話，轉身就出了靈堂。

趙遇面色僵硬著，朝滿堂賓客作揖道：「府裡出了點事，驚擾各位了。」

事情發生得實在不是時候，一般人家府裡出了事，大家都會趕緊告辭，所謂家醜不可外揚，不該聽的少聽，可偏偏大家都是來拜祭長公主的，總不能讓人家回去，改天再來吧？

郡主府裡只有妍香郡主和趙遇兩個主子，郡主急急忙忙地看她大哥鐘偲去了，趙遇心急如焚地記掛著她，怕她被劉氏欺負，又要招呼賓客而分身乏術，急得滿頭都是汗，只好吩咐下人去請趙侍郎——他的大伯父來。

錦雲站在一旁，想到方才劉氏的強悍和妍香郡主的氣弱，心裡唏噓不已。

妍香郡主如今已經十五歲了，在鐘家待了十五年，性格早就定型了，不是一、兩天就能改變的，加上劉氏又是她名義上的大嫂，對她就更不能呵斥之類的，錦雲就好奇了，鐘家不是在凌陽城嗎？她大哥、大嫂怎麼跑京都來了？

太皇太后都給妍香改了姓，還把長公主的墳給遷了回來，而不是逼鐘家給長公主一個嫡妻名分，擺明是要同鐘家斷絕關係，她怎麼還敢讓他們住進來，而且還住進郡主府，就算顧念親情，也該給他們點銀子讓他們住別處去才是。再說，有所謂的親情嗎？錦雲還記得妍香是以庶女身分代替嫡姊嫁給趙遇的，這事要是傳到太皇太后和皇上的耳裡，她自己就擔待不了了。

葉大夫人看來的賓客越來越多，因為出了事，郡主府的丫鬟連上茶都心不在焉的，便對錦雲道：「上過香了，我們就先回去吧。」

一個半路認親的郡主，即便有太皇太后寵愛她，但她性子太軟，在京都這個虎狼之地根本成不了氣候，葉大夫人半點拉攏的心思都沒有，只想儘早回去，可是錦雲總覺得事情有些不尋常，不過郡主府出了事，她不好瞧熱鬧，就連多詢問兩句都怕有失禮數。

錦雲跟在葉大夫人身後出門，一路上就聽到鐘偲死了，劉氏發狂地打妍香郡主，抓花了妍香郡主的臉，錦雲整個人都懵了，腦袋裡想起那幅畫面就唏噓。

上了馬車後，錦雲正要閉眼小憩，心裡委實不放心，正掀了車簾要吩咐趙構，結果掀了兩邊車簾都沒見到趙構。

錦雲皺緊眉頭，人跑哪裡去了？算了，本想讓趙構去看看，現在人都不在了，還看什麼？

她放下車簾，閉眼小憩。

回到國公府後，葉大夫人下了馬車就直接進府了，錦雲則在門外，瞧見趙構騎馬回來，忍不住道：「方才你去哪兒了？」

「屬下追人去了。」

趙構是負責專門保護錦雲安全的，所以跟著潛進郡主府，藏身在樹上。站得高，看得自然就遠，加上他本身視力好，就瞧見了不該瞧的——給鐘偲送糕點的丫鬟死了！準確地說，她是被人用石頭砸中腳踝，一頭撞在了石頭上，而趙構恰好看見了那人影。

鐘偲在郡主府死了，妻子劉氏口口聲聲說是郡主派人毒殺的，現在端糕點的丫鬟又死了，幾乎可以說是死無對證。

鐘偲只是一個小人物，郡主即便想殺他，也不會蠢到在長公主祭奠之日下手，偏偏鐘偲死了，看來是有人要對妍香郡主下手。

這人會是誰呢？

錦雲看著趙構，邊走邊吩咐道：「想辦法查清下毒的人是誰。」

吩咐完後，錦雲帶著青竹進國公府，青竹卻提醒錦雲道：「少奶奶，明天是國公爺的壽辰，老爺也回來了，妳買的木簪什麼時候送出去？」

錦雲繼續往前走，走了幾步就發覺不大對勁，國公府上下看她的眼神很怪異，羨慕、嫉妒、恨中夾雜著淡淡的鄙夷……有人是羨慕居多，有人是鄙夷居多，就連青竹都感覺出來了。

「少奶奶，妳有沒有發覺什麼不對勁？」

錦雲翻了個白眼，長眼睛的都能看見好不好，還用感覺嗎？

「去問問，到底發生了什麼事。」

青竹急忙朝那些丫鬟走了過去，詢問了兩句話後，一臉汗顏地走了回來，嘴角動了幾下，卻一個字也沒說出來。

錦雲挑眉。「到底怎麼了？」

青竹苦著張臉。「今兒早上，少奶奶妳在老夫人屋子裡不是說自己撿了個荷包，裡面裝了十萬兩銀票嗎？她們真信了，剛好七王爺和十王爺來府上，就說少奶奶妳無恥至極，撿了雲暮閣老闆的荷包，死活都不還，少爺都認同了；然後，現在整個國公府都知道少奶奶妳跟強盜一般，她們是既羨慕妳白得了十萬兩銀子，又鄙夷妳無恥，估計現在整個京都都傳遍少奶奶妳撿錢不還了……」

錦雲整個人如遭雷轟，雙目睜大，隨即粉拳攢緊，進氣多，出氣少，邁步就朝逐雲軒奔去，這是成心詆毀她！

只是還沒進院子，夏荷就喊住了錦雲。

錦雲回頭看著她，夏荷上前行禮道：「少奶奶，老夫人讓奴婢來告訴您一聲，因為您撿了雲暮閣老闆銀子不還這事傳遍京都了，國公爺和幾位老爺覺得有損國公府顏面，讓您和少爺把錢還回去……」

青竹站在那裡，張大嘴巴。這什麼意思啊？少奶奶無緣無故被人罵無恥不算，現在還要把錢還回去，還給誰啊？少奶奶就是雲暮閣的老闆！

還來還去還是自己的，再說，少奶奶掙了一堆銀子，才花了那麼點兒，基本上花的錢打個轉兒又回來了，不許少奶奶花錢，那還掙那麼多銀子做什麼？

青竹覺得兩位王爺和少爺要慘了，在心底默哀了兩聲。

夏荷瞧見錦雲那氣得恨不得抓狂的表情，心裡嘆息了一聲。十萬兩銀子啊，差不多抵得上整個國公府了，少奶奶撿了錢，一躍成為國公府最富裕的人，花錢如流水，讓那幾位夫人和府裡小姐怎麼想，瞧著能不妒忌嗎？

錦雲沒想到自己隨口胡謅了一句，竟然會鬧到這個分上，更讓她想不到的是，雲暮閣如今是被人圍得水泄不通，大家都知道雲暮閣老闆身上帶著荷包，荷包裡裝著十萬兩銀票，有葉大少奶奶無恥的先例在前，他們若是運氣好，撿到了也不用還了……

因為人太多，雲暮閣已經暫時關門歇業了，趙擴正焦頭爛額地回祁國公府找錦雲出主意，錦雲氣不打一處來。

「別找我，找你主子和兩位王爺去！要我還錢，我哪裡來的錢還！」

歇斯底里的吼叫聲傳遍整個逐雲軒，趙擴直捂耳朵，四下清掃的丫鬟、婆子都面面相覷，以為少奶奶把錢花得差不多了，沒錢還了……

谷竹拿著二兩銀票站在屋子內，小心翼翼看著錦雲。「少奶奶，錢不夠怎麼辦？」

「我要知道怎麼辦，還會待在這裡嗎？國公爺吃飽了撐得慌，一定要親自登門把錢還給雲暮閣老闆，我自己還不行嗎？少爺人呢，讓他立刻、馬上給我回來！」

御書房內，四、五位大臣正在商議事情，葉連暮也在其中，正說到關鍵的時候，公公火燒火燎地跑了進去。「葉大人，葉大少奶奶讓您立刻、馬上飛回去。」

葉連暮皺眉，誰傳的話？用了立刻、馬上不算，還加上飛？其餘大臣都皺眉了。

「什麼事這麼火燒火燎的，是朝政重要，還是私事重要？」

右相眉頭也皺了，錦雲怎麼這麼不懂分寸？

那邊的葉容痕已經問出聲了。「出什麼事了？」

公公搖搖頭，他哪裡知道啊！「葉大人的護衛就在御書房外，奴才喊他進來。」

等趙章進去，葉連暮忙問：「府裡出什麼事了？」

趙章有種想撫額的衝動，本來沒事的，現在事情鬧得這麼大了，已是人盡皆知了，他想遮掩也無濟於事。

「少爺，您今天不是和兩位王爺說少奶奶無恥，撿了錢不還嗎？現在已經傳遍京都了，雲暮閣門前等著撿錢的人多到不得不關門歇業了。國公爺覺得少奶奶做的事有辱門面，讓她把錢拿出來，由國公爺親自還給雲暮閣，現在少奶奶被逼著拿銀子出來，少奶奶身上沒錢……」

趙章同情地看著葉連暮，外面公公送了兩份摺子上來。「皇上，這是御史臺彈劾葉大人的摺子，說他縱妻，有辱國風……」

「等等，朕沒聽懂，你說誰沒錢？」

滿殿的大臣都聽懂了，葉大少奶奶沒錢！

右相眉頭緊攏，望著葉連暮。「錦雲撿錢不還？她缺錢嗎？那些陪嫁足夠她吃喝兩輩子了，用得著去撿別人的錢嗎？誰在誣衊她？」

葉容痕揉著太陽穴，她會缺錢？整個京都估計就她最有錢了，下一個十有八九是葉連暮，然後才輪到他這個皇帝，現在告訴他，她缺錢，不得不讓人來叫葉連暮回去？

葉容痕迷迷糊糊的。「她撿的是雲暮閣老闆的錢？」

葉連暮看著他，葉容痕裝作沒看見，右相上前一步，道：「南舜已然開戰，糧草尚未集齊，邊關恐怕支撐不了兩個月，必須速速籌糧。」

右相說完，就有人站了出來，望著葉連暮道：「葉大人，國事重於家事，你別因內宅之事誤國，不知道籌糧一事，你有何高見？」

葉連暮皺眉半天，半晌抬眸。「皇上，你借我點錢吧……」

錦雲挪著腳步，慢吞吞的，最後還是走到了寧壽院，狠狠咒罵了葉連暮兩句，這都多久了，還不回來，讓她一個人怎麼辦！

錦雲翻著白眼，硬著頭皮邁步進去，一屋子的人幸災樂禍地看著她，葉二夫人撫著手上的蔻丹，笑得高興。「妳怎麼這會兒才來？國公爺還等著妳的錢待會兒送去給雲暮閣呢！雲暮閣因為妳都歇業了，再不平息風波，雲暮閣還不知道要損失多少。」

不說還好，一聽葉二夫人說這話，錦雲的氣全都蹦出來，壓都壓不住了。「雲暮閣關門是因為我嗎？別做了始作俑者還把責任推到我頭上，人家雲暮閣老闆都沒說什麼，是誰要我還錢的？」

聽到錦雲的頂撞，葉二夫人臉色一變，葉觀瑤就先一步道：「大嫂，妳怎麼能這樣說我娘？撿錢不還就是不對，世上沒有不透風的牆，妳都做得出來，還不許別人說了？」

葉二夫人哼道：「右相府的家教真讓人大開眼界，連著國公府的臉面都被妳給丟盡了！

老夫人、國公爺，我瞧大少奶奶的品格嚴重有問題，如今已經嫁進來了，就是國公府的一分子，右相沒教的、教錯的，國公府得幫她糾正過來，我看明日就請人來教吧！免得她一而再、再而三地丟國公府的臉，連著我們幾個長輩出門都臉上無光！」

葉老夫人一拍桌子，怒道：「都給我閉嘴！錦雲做得不對，暮兒也有錯，妳們就沒錯了嗎？今天才在我屋子裡說起這事，轉眼整個京都都知道了，是誰說漏的嘴！」

葉大老爺坐在那裡，忙讓葉老夫人息怒。「事情已經發生了，把錢還回去就是了。錦雲，妳把剩餘的錢拿出來，不夠的國公府出。」

葉二夫人臉色大變，就連葉大夫人臉色也難看了。「由國公府出？你知道她花了多少嗎？光我們知道的，昨天一天就花了至少一萬兩，妳到底還剩下多少錢？」

錦雲抓狂，她要被逼瘋了，葉大夫人又催了一句。「到底還剩下多少？」

「我手裡只有二萬兩。」

錦雲說完，屋子裡倒抽了一口氣，雲暮閣開張才多少天，大少奶奶就花了八萬兩銀子？這也太會花錢了吧，不過一想到買馬就一萬兩，買兩支簪子是四千，還有床鋪、梳妝檯、香珠、香水……

多少人心裡都打上了這幾個字：敗家了！

葉大夫人倒抽一口氣後，看著國公爺，要不是國公爺授意，老爺也不敢提這話。「八萬兩，國公府要把地契抵押出去嗎？」

葉老夫人揉著太陽穴，之前她就有些動搖了，錦雲花錢太大手大腳了，國公府交到她手裡，遲早會被她敗光，暮兒再能掙錢，也不夠她用的啊！

「八萬兩，妳都買了些什麼？」

我買的大件用品妳們都知道，有什麼好問的？

錦雲不說話，葉大夫人便問青竹。「妳寸步不離地跟著少奶奶，她都買了些什麼，花了這麼多錢？能退的就退掉，趕緊把錢還了才是。」

青竹抿了下唇瓣。「奴婢不知道，十萬兩銀票，少爺拿走了六萬，我們少奶奶才花了二萬兩，就買了兩支簪子和兩匹馬……少奶奶已經讓人去找少爺拿錢了。」

葉二夫人冷笑道：「就算大少爺一分錢沒花也還欠兩萬，從公中拿，公中可不是逐雲軒的，有第一次就難保不會有第二次，她不是陪嫁豐厚嗎？隨便拿兩個鋪子或是莊子來抵也足夠了。」

青竹拿著銀票站在錦雲身後，忍不住嘀咕道：「一邊逼著少奶奶拿錢，一邊準備禮物給少奶奶賠罪，少奶奶才不稀罕呢，少爺也真是的，怎麼還不回來啊？」

錦雲握著手裡的帕子，看著國公爺。「一定要今天就還嗎？明天行不行？」

只要給她一天的時間，她就能處理好這事了。

葉姒瑤瞅著錦雲。「大嫂，雲暮閣還關著門呢，大家都想著跟妳一樣撿荷包，盼著能撿十萬兩，若不斷了他們希望，他們不會走的，雲暮閣一天不開張，就得損失多少。」

錦雲站在那裡，憋著一肚子的火氣，深呼吸再深呼吸，最後吩咐青竹道：「去拿地契來。」

青竹才轉身，總管急急忙忙就進來了，手裡拿著個錦盒，進門先是行禮，然後對著錦雲道：「少奶奶，這是安府方才派人送來的。」

錦雲微微一怔，接過錦盒，打開一看，裡面放著兩張銀票。「二萬兩銀票？安府送來的？」

錦雲的心暖暖的，眼睛都有濕潤的感覺，偏偏欲哭無淚，她缺錢無恥的形象，連安府都知道了，還特地給她送了二萬兩來，這份情要她怎麼還？

葉二夫人的臉色僵得那叫一個難看，一旁的葉姒瑤、葉文瑤和葉觀瑤都咬唇不語。

葉雲瑤鼓著腮幫子。「大嫂，有了這些錢，不用賣鋪子了，安府對妳真好。」

現在有四萬兩了，就等葉連暮回來。錦雲總算能坐下了，只是才坐下，有個小廝又急急忙忙地趕來。「國公爺，右相派人來了。」

錦雲腿一軟，險些從椅子上滑下去，這事她爹也知道了？好事不出門，壞事傳千里，這才多大會兒工夫？

國公爺點點頭，小廝出去沒一會兒就領了個人進來，正是蘇總管，見了錦雲，再看著滿屋子的人，臉色有些難看。

給國公爺行過禮後，蘇總管掏出三萬兩銀票出來給錦雲道：「少奶奶，老爺說了，以後妳缺錢用就跟他說，不用委屈自己。」

錦雲哭笑不得。「蘇總管，我錢夠用，你把這錢拿回去給我爹吧，明天我會回右相府看望他和老夫人。」

蘇總管知道錦雲嘴硬，都被逼到這分上了還不拿老爺的錢，他把錢給錦雲擱下，便轉身走了，留下錦雲拿著銀票，望著天花板。

前腳安府送了二萬兩來，後腳右相派人送了三萬兩來，大少奶奶竟然還拒絕不要，這還讓不讓人活了啊！怎麼她們就沒這麼好的外祖父、沒有這麼好的爹啊？

有人心裡開始納悶了，才一天就有人送五萬兩銀子了，少奶奶缺錢嗎？可不缺錢，她幹麼要雲暮閣的錢，這不是成心敗壞自己的名譽嗎？想不通。

現在少奶奶手裡有七萬兩了，只要少爺再拿回三萬兩，給雲暮閣賠禮道歉一番，估計就沒事了。

現在葉二夫人和葉三夫人她們幾個人氣焰不知到哪裡去了，她們再也沒有立場指責錦雲缺錢了，她們能拿出五萬兩嗎？就連一萬兩也拿不出來。

屋子裡沒人說話，之後，葉大夫人進來，稟告國公爺準備了些什麼賠禮，才坐下來。

大家都急啊！大少爺怎麼還不回來，等啊，等啊，最後總管又跑來了，他一進來，屋子裡的人身體都繃緊了。

葉二夫人吃味地道：「又有誰送錢來？」

總管一臉黑線，回道：「是七王爺和十王爺，他們一人送了二萬兩來，說不好意思進來，留下錢就走了，還說什麼去大昭寺吃齋贖罪……」

錦雲從鼻子裡重重地哼了一聲，說得好聽，他們會去大昭寺吃齋？除非太陽打西邊出來還差不多。她很不客氣，伸手讓總管把錢拿過來。

總管麻木了，這些天國公府是怎麼了？竟是一些趕著來送錢的，不是送給大少爺就是送給大少奶奶，錢多了燒手嗎？

十一萬兩了，錦雲數了十張出來，然後看著國公爺，國公爺在揉太陽穴，葉大老爺端茶的手都在打顫，葉大夫人鐵青著一張臉，讓丫鬟接過銀票，然後道：「銀子湊齊了，馬車也準備妥了，國公爺是現在就去雲暮閣嗎？」

國公爺站了起來，葉大老爺跟在身後，才走沒兩步，外面有小廝飛奔進來。「雲暮閣派人來了！」

國公爺怔住腳步，錦雲忙站了起來，隨即又慢慢地坐了下去。

又不是來要債的，她急個什麼勁兒？

國公爺吩咐葉大老爺道：「你去迎迎。」

國公爺轉身坐下了，有人開始得意地瞥了錦雲一眼，送再多錢又有什麼用？轉眼就要花出去了，指不定雲暮閣就是派人來罵她的。

一盞茶的工夫後，葉大老爺臉色微窘地進來了，身後跟著雲暮閣掌櫃的，不過此人戴著一張面具。

葉大老爺尷尬地看著國公爺。「雲暮閣也是來送錢的……」

葉老夫人震驚。「雲暮閣送錢來？」

趙擴朝錦雲作揖道：「給少奶奶帶來麻煩了，二老闆讓屬下給您送了四萬兩銀票來，還有四套頭飾、八瓶香水……」

趙擴洋洋灑灑說了一堆，錦雲冷哼了一聲。錢不夠，拿東西湊，真虧他們做得出來！

錦雲敢肯定，湊起來絕對是十萬兩。「京都上上下下都知道我撿錢不還，無恥到極點，不敢高攀他，我跟你們二老闆不熟，我不認識他！」

趙擴頓時語塞，青竹鼓著腮幫子。「誰讓雲暮閣關門的，讓人都誤會我們少奶奶，現在少奶奶都不敢出門了！你拿那些東西有什麼用，少奶奶還缺了頭飾和香水不成？」

趙擴很無辜，不關他的事啊，他到現在都沒弄明白到底發生了什麼事，還不是少爺讓他做什麼他就做什麼。

趙擴站在屋子裡，錦雲瞪了他一眼。「錢留下，東西拿走吧，告訴別人，我沒有撿錢不還！」

趙擴撫額，一屋子人瞪直了眼睛望著錦雲，大少奶奶說話也太直白了吧！什麼叫錢留下，東西拿走啊，既然收了錢，幹麼東西不一起收了？

葉大老爺一頭霧水。「到底是怎麼回事，錦雲，妳到底有沒有撿荷包？」

錦雲腦殼生疼了，逼她撒謊啊！

「的確撿了個荷包，不過荷包裡沒有銀祟，而是有塊玉珮，是雲暮閣老闆的，作為答謝他給了我十萬兩，就這樣，是不是？」

錦雲眼睛望著趙擴，趙擴連著點頭。「給少奶奶添麻煩了。」

葉觀瑤微愣。「可十王爺明明說……」

錦雲翻了個白眼。「他是逗你們玩的，誰會傻到把十萬兩銀票放在荷包裡，妳會嗎？沒聽到剛剛他們兩個送錢來說，已經去大昭寺吃齋賠罪了？」

葉姒瑤的臉也窘紅了。「可是妳說撿了個荷包，裡面有十萬兩銀票的……」

錦雲揉著太陽穴，那是妳們傻唄！

「不管是不是銀票，都是因為撿了荷包才有的，我說得沒錯啊，是妳們追根究柢才鬧出來的。我倒是好奇了，國公府未免太藏不住事了，早上發生的事，我出門一趟不過一、兩個時辰，就整個京都都知道我撿錢不還了，是不是有人成心散播謠言毀我清譽？再說了，錢是我的，我買什麼、買多少似乎不關別人什麼事吧？敗家這個詞永遠用不到我身上來！」

趙擴站在那裡，聽到敗家兩個字，忍不住抖了下眼角，雲暮閣的收入已經超過百萬兩了。少奶奶敗家？天下之大稽！

朝國公爺作揖又給錦雲行了一禮後，趙擴把銀票擱下，讓人拎著箱子走了。

葉老夫人撥動著手裡的佛珠，冷眼掃過葉二夫人她們。「妳們還有話可說？」

葉四夫人坐立難安，尷尬地笑了笑。「錦雲早說清楚不就好了，現在事情也傳遍京都了，沒有轉圜的餘地，不過我們幾個做嬸嬸的還真是沒想到錦雲不但陪嫁豐厚，箱底錢更是比國公府還要厚實。」

葉二老爺坐在那裡不說話，今天他也是嚇了一跳，安府送二萬兩來，右相送三萬兩來，雲暮閣送四萬兩來，還有那些珍貴的頭飾，錦雲眼睛都不眨一眼就讓人家抬回去了，這氣魄、這膽識，暮兒莫不是瞧準了才娶的吧？就這些錢足夠他們胡吃海喝一輩子，還綽綽有餘了！

再看看府裡的女人，大嫂精於算計，死死抓著內宅的大權，自家媳婦眼睛就盯著她，三弟妹和四弟妹跟著占點小便宜，整日裡拈酸吃醋，習以成風，尤其是大嫂，擔驚受怕，擔心錦雲這個嫡長孫媳巴結老夫人，搶她的管家權，偏偏錦雲什麼也沒做，如今都明白了，人家是不在乎，打理內宅不就是為了好撈油水嘛！人家不在乎那點錢，閒得沒事在屋子裡跟丫鬟搓搓麻將、出去逛逛街，她們忙死忙活的，也沒人家隨手撿個荷包來得多。

葉三老爺起身道：「現在事情也弄清楚了，雲暮閣親自登門賠禮道歉，錦雲也不妨礙國公府顏面，我就先回去了。」

葉三夫人趕緊站起來一起走了，葉四夫人也坐不住了，一轉眼，屋子裡的人就散得差不多了，唯有錦雲坐在那裡，悶不吭聲。

王嬤嬤看著葉老夫人，葉老夫人嘆息了一聲才道：「妳雖然嫁進來不短的時間了，可國公府還不夠瞭解妳，祖母和幾位嬸嬸也是怕妳年輕，不知道節儉，如今看來是我們錯了，以後妳買什麼，國公府都不再多說一句。」

錦雲輕點了下頭。「我知道，錦雲明天會把安府和我爹的錢還回去。」

說完，她拿了兩張萬兩銀票給葉老夫人。「這是錦雲和相公孝敬祖母的。」

葉老夫人臉色很和藹，不過銀票沒收。「我老婆子整日住在國公府裡，根本不用什麼錢，妳自己收著吧，往後留給妳和暮兒的孩子。」

錦雲搖頭。「祖母，妳就收下吧，這是我和相公的一番心意，沒事我就先回去了。」

錦雲真忍不住了，讓幾位夫人眼睛盯著她，不就是看她錢多嗎？行，今天她們能做初一，就別怪她做十五，以前她不稀罕、不在乎，但是現在錦雲的想法變了，越是淡薄，人家越看她不順眼，既然如此，就別怪她了，她會牢牢抓住葉老夫人的心，抓住整個國公府！

待錦雲和青竹走了之後，葉老夫人看著那二萬兩銀票，望著國公爺。「咱們這孫媳婦的氣度可非一般人能比。」

國公爺輕點了下頭，大笑道：「我這輩子還是第一次瞧見趕著上門送銀票的，蘇貴妃在後宮幾次求右相，右相也不曾幫過她，今天錦雲缺錢了，右相就立刻讓人送了銀票來，看來右相最疼愛的還是錦雲，安府自是不用說。咱們暮兒有眼光啊，國公府交到他們兩個手裡，妳我也可以放心了。」

葉老夫人把銀票遞給了王嬤嬤。「她有這番孝心我就心滿意足了，一會兒把這錢拿去給大少爺。」

走在回逐雲軒的路上，青竹忍不住道：「她們這樣敗壞少奶奶的名聲，就這樣算了嗎？」

算了？

錦雲嘴角劃過一抹冷笑。「若是就這樣算了，我豈不成任人揉捏的軟柿子了？讓人去查，到底是誰派人出去散播消息的，無論是誰的人，都給我抓過來！」

青竹欣喜地應了聲，進了逐雲軒就吩咐人去辦事。

錦雲坐在屋子裡，啃著果子看書，半個時辰後，珠簾晃動，葉連暮邁步進來了。

他見錦雲頭都不抬一下，在心底微嘆了口氣，走近，從背後拿出來一串糖人，遞到錦雲跟前。

錦雲磨牙，抬眸惡狠狠盯著他。「你以為一串糖人就能收買我嗎？」

「不是一串，是兩串。」葉連暮又拿了一串出來。

錦雲一把將書放到桌子上，暴吼道：「你離我遠點兒！」

葉連暮耳膜震得發燙，坐在她身側。「妳要怎麼樣才肯消氣？是妳說撿到荷包的，她們問的時候，我幾乎沒說話。」

「你的意思是我自找罪受了?!」

「是各房她們吃飽了撐著，沒事找事。妳想為夫怎麼做？」

「我想怎麼做？我什麼也不想！一想到我會遇見她們，我就想捶死你算了。」錦雲撲過去，狠狠地捶他。

葉連暮生生地受了，讓錦雲捶了兩下後，一把將她抱住。「好了，別生氣了。」

「若非你是嫡長孫，我都想搬出去住了。」

他微微一怔，錦雲齜了下牙，伸手。「糖人呢？」

葉連暮趕緊把糖人送上，錦雲白了他一眼，然後繼續看書。王嬤嬤站在門外，有些尷尬，沒想到少奶奶這麼潑悍，竟然打少爺，少爺竟還不生氣？谷竹訕笑了一聲，忙領著王嬤嬤進去了。

錦雲看到王嬤嬤微愣了下，王嬤嬤便道：「老夫人讓奴婢把銀票送來。」

葉連暮挑了下眉頭。「這麼多人趕著給妳送錢，祖母也湊熱鬧？」

錦雲擺手笑道：「孝敬祖母的錢，怎麼能要回來呢，多給祖母買些人參補品，我們不缺錢。」

葉連暮懂了，對王嬤嬤道：「拿回去吧。」

王嬤嬤只得拿著錢又送回寧壽院了，葉老夫人看著那銀票，徹底愣住了，錦雲和暮兒是真心實意的，一出手就送她二萬兩。

「收好了。」

王嬤嬤忍不住道：「少奶奶這回是真生氣了，都萌生了要搬離國公府的想法，少奶奶這幾個月的確是受了不少氣，連奴婢都看不過去了，過幾天瑞寧郡主又嫁進來……」

葉老夫人端著茶啜著，神情平靜。「她在國公府掌權了十幾年，讓她就此鬆手，妳覺得她肯嗎？現在還是小打小鬧，等國公爺一退位，到時候……」

到時候大老爺繼承國公爺的位置，勢必要立世子，大少爺有皇上撐腰，世子肯定是他，可葉大夫人在國公府算計了一輩子，最後二少爺只謀得一份過得去的產業，她會甘心？換做是誰都不會甘心吧？只要葉大老爺安穩地活著，國公夫人就是葉大夫人，她總有下手的機會，那時候，國公爺和葉老夫人都早化成一堆白骨了，將來的事誰知道？

如今葉老夫人不管，由著她們，不正是想看看大少爺和大少奶奶有沒有那份魄力嗎？現在看來，少奶奶似乎一直就沒將國公府看在眼裡。對此，王嬤嬤有些哭笑不得，人家拚死拚活地去搶，該她得的，那人卻沒放在心上，不過少奶奶並非軟柿子是肯定的。

王嬤嬤把銀票收好，外面的丫鬟就急急忙忙地進來稟告了。「老夫人不好了，大少奶奶抓了好些丫鬟、婆子進逐雲軒。」

葉老夫人神色一怔。「到底怎麼回事？」

丫鬟忙稟告道：「少奶奶因為府裡丫鬟亂傳她撿錢不還的消息，生氣了，查出那些散播謠言的丫鬟、婆子，將她們強行抓到逐雲軒去了。」

王嬤嬤望著葉老夫人，葉老夫人擺擺手，眸底閃過一絲笑意，這才多大會兒工夫，就把散播謠言的丫鬟、婆子抓住了，看來她這個孫媳婦也並非全然不管府裡的事。

「罷了，今天她受了不小的委屈，由著她去吧。」

逐雲軒。

錦雲站在正門前，看著院子裡跪著七、八個丫鬟和婆子，嘴角劃過一絲冷意。

張嬤嬤站在一旁勸錦雲。「打狗還得看主人，少奶奶這麼做不大好吧？」

青竹站在一旁，鼓著嘴道：「張嬤嬤，妳是沒瞧見今天她們逼少奶奶拿錢是什麼樣子，這些丫鬟、婆子還沒弄清楚事情，就往外面說少奶奶撿錢不還，毀壞少奶奶名聲，不打她們如何平復少奶奶心裡的氣？」

錦雲將事情交代給青竹後就離開了，青竹一得令，轉頭對著旁邊喊。「都傻站在那裡做什麼？」

院子裡瞧熱鬧的丫鬟、婆子一激靈，頓時反應過來，拿凳子的拿凳子，拿板子的拿板子，唯恐慢了半拍。很快地，院子裡就傳出噼哩啪啦的板子聲還有求饒聲，由於怕丫鬟、婆子的求饒聲吵到了錦雲和葉連暮，她們直接把這些丫鬟、婆子的嘴給堵了起來。

此時，錦雲和葉連暮在書房商議雲暮閣的事，趙構突然閃身出現在書房內，給兩人行禮後，才道：「屬下沒有查到誰殺了郡主府的丫鬟，不過屬下查到今日去郡主府祭拜的賓客中，禁衛軍副統領穿的衣服正是屬下瞧見之人所穿，身形也相似。」

錦雲翻著桌子上的書，眉頭微挑，有這麼多湊巧？可禁衛軍副統領與妍香郡主根本八竿子打不著，與她大哥鐘偲就更沒有什麼瓜葛吧？

「禁衛軍副統領是誰的人？」

葉連暮轉頭看著錦雲，眉頭微皺。「皇宮禁衛軍一直把持在太后的手裡，可是太后有必要對妍香郡主下手嗎？」

錦雲微挑了下眉頭，微微氣悶道：「誰知道呢，誰知道她們的恩怨起於何處、起於何時，就像我與國公府裡幾位夫人，我似乎沒有得罪過她們吧，不照樣看我不順眼？沒準兒是妍香郡主什麼時候得罪了太后也說不定，現在郡主府怎麼樣了？」

趙構回道：「因為上門祭拜長公主的人太多，所以沒有把妍香郡主押進大牢，不過此事已經交由刑部處理了，屬下還要繼續查下去嗎？」

錦雲輕搖了下頭。「不用了，太皇太后肯定會幫著妍香郡主的，你派人給我盯著太后，看看她對妍香郡主府的命案是什麼樣的態度，最好是能收買到坤寧宮裡伺候太后的宮女。」

葉連暮不贊同錦雲的提議，沐太后為人謹慎，與右相敵對了多少年，互相扳不倒，右相的手段他們都見識過了，太后能在他手裡安穩地活這麼多年，身邊的侍女嘴巴肯定很嚴實，不嚴實的根本近不了太后的身，收買肯定起不了什麼作用。其實沐太后什麼心思，要想知道也很簡單，文武百官中那些屬於太后勢力的人對郡主府命案有什麼看法，就是太后的意思。

錦雲聽葉連暮那麼一分析，覺得也對，若身邊都是一些嘴巴不嚴實的人，太后怎麼可能有今日的地位，後宮那地方可是鮮血堆疊起來的。

葉連暮見錦雲對太后這麼上心，妖冶的鳳眸微閃過疑惑。「妳打算幫岳父除掉太后？」

錦雲拿了本帳冊翻看著，淡笑出聲。「相公未免也太看得起我了吧，我爹和太后鬥了那麼多年都沒能如願，我能拿太后怎麼樣？再說了，太后手裡握有兵權，即便太后做了什麼，想必皇上也不敢拿她怎麼樣吧！何況是我？再退一步說，除掉太后，我爹的勢力就更大了，皇上心裡能舒坦？總不能讓李大將軍吃掉太后的勢力吧？相公，你說呢？」

葉連暮驚嘆地望著錦雲，還沒有抓住太后的把柄，她都已經想到若真的是太后做的，後果會是怎樣了，這樣的深謀遠慮，他甘拜下風。

「依妳的意思？」

錦雲輕笑一聲。「昨天比試臺上，程立和柳毅兩個武功都很不錯，李大將軍很欣賞他們兩個，如果我猜得不錯，李大將軍應該存了想拉攏他們的心思，可惜他只要一打聽就能知道，他們是受了你的恩惠才得以參加武舉的。三天後，若在狩獵場，他們兩個醉眼迷離時喊相公小白臉，最後被你一拳給打了會如何？」

葉連暮的臉慢慢黑了下來，他咬牙切齒地看著錦雲。「就非得踩著為夫的臉面妳才高興？」

錦雲挑眉笑道：「敢踩你葉大少爺的人才有足夠的膽識，讓李大將軍或太后一黨的人瞧中不是？」

葉連暮氣得眼皮直翻。「我瞧，最欣賞他們的肯定還是岳父！」

錦雲頓時無語了，她真的不敢保證這樣的事會不會發生。「這就不歸我管了，只要你和他們兩個鬧翻了，他們肯定會被人拉攏，無論是太后還是李大將軍都行，至於我爹手裡的將軍嘛，我想應該會站在你這邊吧，畢竟你是我爹的女婿。」

葉連暮啞然失笑。她想得太容易了，右相手下的將軍才不會賣他面子。

外面，青竹叩門道：「少奶奶，二夫人來了。」

錦雲挑了下眉頭，打狗沒看主人，主人來了。

她把書放下，邁步出了書房，笑靨如花地看著葉二夫人。「二嬸怎麼來我院子了？妳們怎麼伺候的，都不知道請二夫人進去喝杯茶？」

葉二夫人氣得嘴皮直哆嗦，指著院子裡嗚嗚哀號的丫鬟。「西苑的丫鬟還輪不到妳來教訓，把她們給我放了！」

錦雲把一綹碎髮勾到耳後，冷笑一聲。「二嬸管教不好丫鬟，我這個姪媳婦就辛苦點，代妳教教她們，二嬸不用謝我，這都是晚輩應該做的。」

葉二夫人氣得差點暈過去，逐雲軒裡眾丫鬟、婆子也倒抽了一口氣。少奶奶膽子也太大了吧，府裡還沒人敢這樣跟二夫人說話呢！打了人家丫鬟，還要二夫人謝謝她？

丫鬟、婆子對錦雲頓時崇拜到不行，只要一想到今天那麼多人趕著上門給少奶奶送錢，她們的背脊都挺直了些，有安府、右相府和雲暮閣給少奶奶撐腰，她們只要照著少奶奶的規矩辦事，少不了她們好處的。

葉觀瑤扶著要氣暈過去的母親，怒瞪著錦雲。「大嫂，妳做得也太過分了，即便是丫鬟有不對之處，也是西苑的丫鬟，打狗也得看主人，妳這麼做是什麼意思？」

錦雲邁步朝她們走過去，哼笑道：「打狗得看主人？妳們做主子的連自己的狗都看不好，讓她們出去亂咬人，我這個被咬的人不該生氣嗎？一而再、再而三地惹怒我，當我蘇錦雲是好欺負的嗎？這些丫鬟，我是不允許她們留在國公府了，二嬸還是把她們的賣身契交出來吧，不然往後我在國公府的事若再傳些閒言碎語出去，我會直接懷疑到她們身上，抓了她們來逐雲軒打一頓出氣。」

葉二夫人一張臉青得泛紫，錦雲這是赤裸裸地打她的臉，抓她的丫鬟打了一頓不說，還逼她賣了她們？她今天要是如了她的願，往後府裡的丫鬟都會對她心寒，對錦雲俯首。

葉二夫人冷聲道：「來人，把西苑的丫鬟給我扶回去！」

葉二夫人是帶了丫鬟和婆子來的，一說完，四個粗壯的婆子就上前扶丫鬟了，錦雲隨手扶了下雲髻，逐雲軒幾位婆子就上前了。

開玩笑，少奶奶話都挑明了，要是讓她們把人扶回去，那就是不給她們少奶奶臉面，既然是丫鬟做錯了事，就該罰，少奶奶做得沒錯。

葉二夫人氣得上前道：「是不是連我，妳們都敢攔！」

錦雲望著天上的白雲。「二嬸，這裡是逐雲軒，妳要是真想扶這些丫鬟回去，我不攔著妳，不過，明天整個京都都會知道我撿錢不還這事是誰傳出去的，這是成心的誣衊，是羨慕妒忌？又或者是別的原因？二嬸，妳無須這樣看著我，我敢說就敢做。」

葉觀瑤的臉色也變了，大嫂是要把國公府幾位夫人的名聲弄臭，無論是成心誣衊還是妒忌，娘的名聲也毀了，在京都貴夫人中哪裡還抬得起頭來，就連她們都會受到牽連，她這是逼娘拿賣身契啊！

葉觀瑤咬緊牙關。「大嫂別做得太過分了！」

錦雲好笑地看著她。「過分？妳說這話會不會覺得羞愧，我怎麼惹到妳們了嗎？嫌棄我錢花得多了，質問我是不是亂用逐雲軒的錢，又問我哪裡來的錢，我都忍了，現在連幾個壞我名聲的丫鬟我都不能懲治了？若是今天被人毀名聲的是妳葉觀瑤，妳會不會生氣？妳要是大度到一聲不吭，我保證請太醫來治好西苑這些丫鬟，八抬大轎地送回妳們西苑。」

院外，葉三夫人和葉四夫人頓住腳步，互望了一眼，臉色很僵硬，握了下拳頭，轉身離去了。

青竹站在錦雲身邊，重重點了下頭，這才是少奶奶的性子，以前是不想跟她們一般見識，少奶奶一怒，她們見了腿都會打顫，聰明的話就該乖乖地把賣身契拿來，當做什麼也沒發生。若葉三小姐睜眼說瞎話，回答說不生氣，往後少奶奶想要以其人之道還治其人之身，也有的是辦法。

葉觀瑤氣得眼眶都紅了，唇瓣險些咳出血來，她惡狠狠地看著錦雲。

錦雲雲淡風輕地看了她一眼，轉身吩咐青竹道：「給二夫人搬張椅子來，其餘幾位夫人那裡，派人去取賣身契。」

錦雲說完，很客氣規矩地給葉二夫人福了福身子，轉身進屋了，臨走前還丟了一句。「給我端碗蓮子羹來。」

葉二夫人差點沒氣暈過去，葉觀瑤忙扶著她。「娘，我們回去吧。」

葉觀瑤扶著葉二夫人走了，那四個婆子也離開了，兩刻鐘後，丫鬟拿了賣身契來，自然包括西苑的那一份，不過是撕碎的賣身契。

錦雲才不管賣身契是好是壞，直接交給青竹去處理，今天，她就是要告訴國公府上下，與她作對的下場！

不過錦雲這一出手，最直接的結果就是幾位夫人都病了，大夫被請來時，還是大晚上的。

錦雲得知這消息時，正在吃宵夜，嘴角勾起一抹冷意，這樣就受不了，承受力未免太弱了，與她被整個京都的人笑話指責相比，她們是受了多大的氣？

錦雲是不出手則已，一出手即轟動國公府。

葉連暮回來後得知此事，對她說：「得罪了四位夫人，妳在國公府裡寸步難行。」

錦雲哼道：「今天之後與今天之前有區別嗎？我已經給她們面子了，我都沒問丫鬟們是自己胡言亂語的還是受人指使。你還是想想你自己吧！我爹都給我送錢來了，現在他肯定知道我受了什麼委屈，而我派人找你要錢，你有送錢回來嗎？」

「……」葉連暮眉頭一皺，無言以對。

第二十五章　討價還價

第二天一早，錦雲吃過早飯，沒有立即就去寧壽院給老夫人請安，而是吩咐青竹準備壽禮，錦雲晚上跟葉連暮商議了一番，覺得送木簪不合適，畢竟大家之前對木簪都嗤之以鼻，壽宴大喜的日子，還是不要冒險得好，免得被人說心懷叵測，想讓國公爺跟她一起被人說低俗，木簪之後尋個機會再送便是。

青竹和谷竹兩個覺得錦雲多慮了，昨天才給了葉老夫人二萬兩銀票，心懷不軌的人有送一堆錢去的？

青竹瞅著錦雲。「那送什麼好呢？」

谷竹站在一旁，眼睛一亮。「少奶奶嫁進來之前有準備了給國公爺的見面禮，不是沒送出去嗎？」

錦雲點點頭，谷竹就和青竹下去翻了，沒一會兒拿了雙鞋出來，是錦雲親手做的。

由於郡主府裡，妍香郡主給長公主設了靈堂，皇上下旨三天內文武百官吃齋哀悼，所以國公爺的壽宴不辦了，就連紅綢都沒掛，不過壽辰畢竟一年才這麼一回，等葉連暮上完早朝回來，錦雲便和他一起去了寧壽院。

寧壽院很安靜，四位夫人因告病而沒人出席，但是葉姒瑤她們都在，一看見錦雲和葉連暮進來，她們咬著唇瓣不說話。

錦雲懶得管她們，和葉連暮把壽禮送上，說著祝詞，祝完壽後，葉老夫人笑問道：「不是說今天要回右相府，現在時辰不早了，你們趕緊去吧！」

出了寧壽院，便直奔右相府，他們的馬車特地從雲暮閣的門前走過，看見雲暮閣外頭仍蹲著不少人，錦雲忍不住揉了下太陽穴，有手有腳的一群人，不思進取，就指望天上掉銀子，世上有這樣便宜的好事嗎？

到了右相府，錦雲下了馬車見到蘇總管，問道：「我爹在不在府裡？」

蘇總管忙回道：「相爺剛回府，這會兒應該在書房。」

錦雲點點頭，便邁步進去了，直接去了書房，右相正在翻看奏摺，瞧見錦雲和葉連暮進來，便把奏摺合上。

錦雲恭謹地行禮。「給爹請安。」

葉連暮則作揖。「見過岳父。」

右相的目光從錦雲身上落到葉連暮身上，錦雲忙把銀票送上去。「爹，這是三萬兩，謝謝爹疼愛女兒。」

右相看著桌上的銀票，望著兩人。「聽說昨天雲暮閣掌櫃的親自送錢上門賠罪？」

錦雲輕點了下頭。

右相拿過銀票，翻看了兩眼。「撿了個荷包，裡面有塊玉珮，作為答謝給了妳十萬兩？」

錦雲再點頭，右相放下銀票。「老實說吧，你們兩個誰才是雲暮閣的老闆？」

錦雲愕然，瞥了葉連暮一眼，就聽右相道：「你們兩個能騙得了別人，可騙不了我，雲暮閣沒開張之前，兩間鋪子中就有一間是妳的，雲暮閣不與別人做生意，卻偏偏將玻璃賣給安府，一塊玉珮若真那麼重要，怎麼會放在荷包裡，又恰好被妳撿到？若真被兩位王爺瞧見，他們又怎麼不知道裡面是玉珮？雲暮閣是不是也有皇上的一份？」

右相看了看錦雲，又瞧了瞧葉連暮。

兩人面面相覷，錦雲撓著額頭。「爹，你真厲害，什麼都瞞不過你。」

「少拍馬屁，連皇上都知道妳不缺錢，我若還猜不出來，爹也枉為右相了。雲暮閣是誰的？」

錦雲扯了下嘴角，她爹都猜出來了，也就沒必要隱瞞了，她據實以告。「女兒有四成股，兩位王爺占一成，剩下的相公和皇上各占一半。」

右相沒想到雲暮閣竟然是錦雲的，微微一怔，隨即大笑。「不錯，不愧是我的女兒，只是雲暮閣那麼有錢，妳怎麼會缺錢，還鬧得人盡皆知？」

錦雲苦著張臉，葉連暮回道：「錢全部用在別處了。」

右相看著錦雲的面容很和善，但一瞧向葉連暮，臉色就差得很，陰沈沈的，活像葉連暮把錦雲怎麼了似的。「國公府的人怎麼逼迫錦雲的，你這個做夫君的都不知道嗎？還是你一門心思全放在了怎麼絆倒我？」

葉連暮被問得張口結舌，右相還能不清楚自己的女兒嗎？能開得了一間雲暮閣，會是那麼容易被人欺負的嗎？再說了，他才上任不久，緊接著做了監考官，在官署一待就是九天，出來就是參加武舉，他時間根本就不夠用。

葉連暮望著右相。「小婿暫時沒想絆倒岳父，岳父大可放心。」

錦雲站在一旁，無語地翻了個白眼。右相冷著臉瞅著葉連暮。「你倒是自信我不會殺了你，就憑你跟皇上就想絆倒我，未免也太小看本相了！」

錦雲撫額望著天花板，見一次面就劍拔弩張一回，不鬥起來會死啊！

只聽右相吩咐道：「你先出去，我有話跟錦雲說。」

錦雲微愣了一下，撇頭看著葉連暮，葉連暮微蹙眉頭，什麼話也沒說，轉身就出了書房，他知道右相不會把錦雲怎麼樣的，也不擔心右相會讓錦雲去做什麼危險的事。

葉連暮出了書房之後，錦雲好奇地看著右相。「爹，你單獨找女兒是有什麼吩咐嗎？」

右相神情溫和了下來。「想不到皇上和他皆視我為敵，卻非常信任妳，更難得的是妳的心性機智都非尋常大家閨秀可比，若是當初一意送妳進宮，現在的情形可能要樂觀得多，現在既然他和皇上對太后存了心思，若是能幫，妳就幫他們兩個一把。」

錦雲睜大了眼睛。「爹，有沒有弄錯，皇上可是要除掉你的，你卻讓我幫他們兩個？」

右相輕笑一聲。「妳把朝廷的事想得過於簡單了，皇上除掉太后對我來說是好事，至於皇上想殺我，那是癡心妄想，除非哪一天為父累了，不想做右相了，否則那位置只能是為父的，誰也無法撼動。至於李大將軍，你們也別小看了他，他沒你們想得那麼簡單。告訴皇上，沒有除掉太后和親手掌握兵權之前，最好別有立太子的風波，無論是賢妃還是皇后，只要誕下皇子，他的位置就岌岌可危了。」

錦雲嘴巴張大了，爹到底是怎麼回事，竟然跟她說這些！

「那大姊呢？」

右相擺擺手。「皇上防著我，妳大姊不必擔心，若妳大姊真的誕下皇子，也必須是太子。」

錦雲汗涔涔的，右相又叮囑了兩句，才擺手讓她出去。

錦雲扯著嘴角走出書房，揉著太陽穴，葉連暮忙過來扶著她。「怎麼了？」

她苦著張臉。「沒事，我爹讓我幫他除掉太后，你說我是下毒好還是派刺客去好？」

葉連暮白了錦雲一眼。「我看岳父是想妳派為夫去吧，妳答應了？」

錦雲齜了下牙。「都說敵人的敵人是朋友，你們兩個為什麼就不能湊到一起去，我能不答應嗎？不過也別指望我能辦成就是了，要是成功了，你們兩個一人得付我一份酬勞。」

葉連暮滿臉黑線，事情還沒影兒，就想著酬勞了？

「就這一件？」

錦雲沒好氣地瞪著他。「這一件就堪比登天了，再來一件，我乾脆找塊豆腐撞死算了。

不過，皇上離太后那麼近，尤其賢妃是他千辛萬苦娶回來的，若是賢妃懷有身孕生下皇子，以太后的權勢，十有八九會將他立為太子，一旦你們露出想除掉太后的心思，皇上他會如何？」

錦雲臉頰緋紅，實在是不好意思啊，她管得實在是太寬了，竟然管到皇上生孩子那上頭去了，可右相告訴她，不就是想透過她來說嗎？畢竟她說的話，他和皇上可能會聽，而右相說的話，他們兩個沒準兒會打心底排斥。

錦雲嘆息啊，嫁進後宮幹麼？連生孩子都在算計，她只希望少造殺戮，尤其是那些孩子。

不過錦雲想歸想，即便是懷孕了，在後宮那地方，想平平安安地生下來談何容易？與其膽顫心驚，還不如暫時別生了吧，等後宮安靜了再說。只是後宮會有安靜的那一天嗎？

葉連暮聽懂錦雲的意思了，嘴角忍不住抽了下，她自己不想早生孩子，難不成連皇上也不許早生了？這生子的事不歸他管啊！要他如何跟皇上開口，叫皇上別進後宮嗎？

葉連暮輕咳了一聲。「這不妥吧，皇上進後宮的事為夫怎麼好跟他說？皇上應該知道自己的處境。」

錦雲翻了個白眼，要是皇上知道，有防備，右相怎麼可能還會告訴她呢？肯定是發現了什麼。她嘆息一聲，不管了，她該說的都說了，剩下的就看他們了，總不能她跑進御書房跟皇上說吧，現在還是想辦法除掉太后的羽翼，壯大自己的勢力再說。

錦雲和葉連暮往內院走，半道兒上，蘇總管急急忙忙地上前來，那火燒火燎的樣子，讓錦雲瞧得神色一愣。

「蘇總管，出什麼事了？」

蘇總管行禮後道：「貴妃娘娘傳了話來，皇后懷孕了，讓大夫人趕緊給她尋些生子秘方。」

錦雲頓時望天。「好巧。」

說完，蘇總管趕緊進去向相爺稟告。

錦雲和葉連暮在後面慢慢走，直接去了蘇老夫人的松院，蘇老夫人早知道兩人來右相府了，錦雲還沒有行禮，蘇老夫人就伸長了手，錦雲趕緊上前挨著她坐下。

蘇老夫人拍著錦雲的手，還沒有說話，一旁的李嬤嬤就忍不住道：「昨兒老夫人聽說了二姑奶奶的事，擔心不已，要不是相爺攔著，都要派奴婢去國公府接二姑奶奶您回來了。」

蘇老夫人忍不住抱怨道：「也不知道是誰傳的，竟然說妳撿錢不還，有辱門風，祖母的孫女兒怎麼會是那樣的人？」

蘇錦惜和蘇錦容從外面邁步進來，給蘇老夫人請過安後，又給葉連暮行過禮了，然後才挨著蘇老夫人坐下。「祖母，爹也太偏袒二姊姊了，竟然特地派蘇總管給二姊送了三萬兩銀子去，大姊在宮裡被人欺負，爹也不管管。」

蘇老夫人神色有些難看，葉連暮還在這裡呢，她們就責怪右相偏頗錦雲了，這不是告訴他，府裡姊妹不和嗎？

蘇老夫人呵斥道：「妳大姊在後宮裡待得好好的，也沒人說她一句壞話，妳爹怎麼管，派人闖後宮嗎？」

蘇錦容臉色一僵，眼眶就有些紅，她就是覺得爹偏心，偏袒蘇錦雲！要是大姊說缺錢了，爹會派人給大姊送三萬兩銀票去嗎？肯定不會。錦雲是一個出嫁的女兒，爹還處處護著，而她呢？將來出嫁，都不一定有三萬兩的陪嫁！

蘇錦容一想起來，心裡就一肚子火氣，恨不得用眼神活剜了錦雲；蘇錦惜站在一旁，心裡也滿是苦澀，還以為爹會因為葉大少爺和他作對，連帶著不會給錦雲好臉色，結果竟然是出手幫她。想起外面那些傳言，安府、右相府，就連雲暮閣都趕著給她送錢，集萬千寵愛於一身！

蘇錦惜看了看錦雲，又瞧了瞧葉連暮，看似姊妹情深地問道：「二姊姊在國公府受什麼委屈了嗎？妳該儘早跟爹說，好讓爹幫妳作主。」

錦雲笑得溫婉。「一點小小的誤會，我已經處理好了，今天回來就是特地把三萬兩銀票還給爹的，再來看看祖母。」

蘇老夫人點點頭。「有誤會解開了就好，我就擔心妳性子木訥受了委屈，沒事我就放心了。」

蘇錦容和蘇錦惜兩人沒想到錦雲這趟回府竟然是來還錢的，她傻了吧？爹拿三萬兩給她，她竟然還回來？
兩人心裡頓時舒坦了不少，不過爹偏頗她是肯定的，想起來肚子裡又開始泛酸了，錦雲沒將三萬兩放在眼裡，是因為她錢多，不在乎。
蘇錦容望著她，羨慕道：「二姊姊好福氣，竟然撿到雲暮閣老闆的玉珮，不知道雲暮閣老闆是誰？」
錦雲微微一愣，外面的蘇猛邁步進來，插嘴道：「我也好奇雲暮閣老闆會是誰，不知道還遇不遇得上人家掉荷包？」
錦雲沒好氣地看著他。「二哥，別人笑話我也就算了，你也笑話我。」
蘇猛大呼冤枉。「二妹妹，二哥可沒笑話妳，是羨慕。」
蘇錦惜掩嘴笑道：「雲暮閣再有錢，也禁不起掉幾回荷包的，哪能每個人都有二姊姊的福氣呢，我想他肯定都不敢帶荷包出門了。」
錦雲淡淡垂眸，蘇老夫人擺手道：「荷包的事就莫要再提了，你二妹妹可是受了不小的委屈，好在現在沒事了。科舉還多虧了連暮給了你十五個燒餅，你可謝過人家了？」
蘇猛忙朝葉連暮作揖，葉連暮自然要客套一番了，怎麼說他也是錦雲的二哥啊！整個相府估計就蘇猛與錦雲的關係最為親近了。
蘇猛知道蘇老夫人和錦雲有話說，葉連暮一個大男人坐在這裡有些為難，便拉著他出去切磋了。

屋子裡就剩下蘇老夫人還有錦雲三姊妹，除了蘇錦容偶爾夾槍帶棒、蘇錦惜綿裡藏針的話之外，此次回門還算愉快。

吃過午飯後，錦雲便向蘇老夫人告辭了。

邁出右相府二門的時候，遇到了四姨娘，錦雲很是詫異了一番，四姨娘的臉色很憔悴，也沒有見到她的大肚子。

錦雲愣愣看著她。「四姨娘妳……」

四姨娘嘴角勾起一抹苦澀。「二姑奶奶看得沒錯，孩子沒了。半個月前沒的，不小心在花園裡踩了一粒珍珠摔倒，就沒了……」說起那粒珍珠，四姨娘牙關都咬得緊緊的，眸底迸發出一抹冰冷的恨意。

錦雲也不知道怎麼勸她，只得道：「四姨娘保重身體，孩子沒了還可以再有。」

四姨娘望了望周圍，瞧見葉連暮站在不遠處，笑道：「二姑奶奶好福氣，二姑爺長得一表人才，又對妳疼愛有加，不過二姑奶奶出嫁前，三姨娘跟二姑奶奶說過妳母親的事吧，二姑奶奶難道就不想替她報仇嗎？」

錦雲微微一愣，三姨娘的確跟她說過安氏死因蹊蹺，那時三姨娘知道自己被蘇大夫人害得沒法懷孕，才跑來跟她說的。

錦雲問道：「三姨娘的確跟我提過，不過她並沒有實質的證據，我娘又過世多年了，想查出來談何容易？四姨娘若是知道些什麼，還請直接告訴我。」

四姨娘湊近錦雲一步。「妳可以試著從二夫人那裡下手，上次在花園裡，我無意中聽到她們兩個的談話，二夫人在逼大夫人幫她做什麼事，不過大夫人並不怕她，似乎這事兩人都有分。」

錦雲神色微斂，看四姨娘的樣子似乎沒有說謊，她沒有必要欺騙她。

錦雲點點頭，讓青竹拿了千兩銀票，錦雲親自塞到四姨娘手裡。「好好補補身子。」

四姨娘看著手裡的千兩銀票，神情有些恍惚，忙福身道謝，然後退下了。

青竹望著錦雲。「少奶奶，她說的是不是真的？奴婢知道二夫人和大夫人不對頭，難不成真的捏著大夫人的把柄？」

「派人去查。」

葉連暮邁步走近，見錦雲臉色很差，皺眉問道：「怎麼了？」

錦雲望著葉連暮。「我二叔和我爹在朝堂上關係如何？」

葉連暮愣了一秒才回道：「似乎不怎麼融洽，我才上朝幾天，就見岳父駁過蘇尚書的提議，還曾見蘇尚書與太后一黨的人一起下朝過，彼此談論得很高興。好好的，妳怎麼問起這事？」

錦雲笑著搖頭。「有些好奇，所以問問。走吧，去安府。」

今天去安府趕得巧了，錦雲去的時候正巧看到大朔七大世家之一的虞家送聘禮上門。

安府一派喜氣，安老夫人是眉開眼笑，安二夫人忙著招呼虞家的人。葉連暮去找安老太爺商議借糧的事，錦雲則和安若溪陪著安老夫人坐在屋子裡。

安若溪瞅著錦雲，好奇地問道：「表姊，是誰成心詆毀妳，說妳撿錢不還，還鬧得整個京都的人都知道了？」

安大夫人責怪地看了一眼自家女兒。「如今流言也澄清了，還是雲暮閣親自澄清了，沒事就好，今天上午雲暮閣還派人來傳話，說什麼玻璃增加兩倍，是不是因為妳的緣故？」

錦雲撓了下額頭，有些茫然。「我不清楚啊？」

安府愧疚，原來錦雲與雲暮閣老闆這麼熟，雲暮閣老闆甚至願意給她十萬兩銀票，難怪會在那麼多商家裡挑中了安府。這些天，那些玻璃雕刻了不少物件出來，深受歡迎，還有之前錦雲留給安府的酒方子，讓安府幾乎壟斷了整個京都的酒生意，誰要想擁有那般濃烈的酒，都得在安府的酒鋪買，卻沒想到錦雲缺錢，讓安府上下都過意不去。

錦雲把銀票拿出來還給安府，安大夫人當即就沈了臉。「妳是安府的外孫女兒，給妳二萬兩銀票何須分得這麼清楚，妳隨手幫一下安府就不止二萬兩了，趕緊把錢收好，不然我要生氣了。」

安若溪也在一旁幫腔。「就是，妳不知道那些玻璃製品，大家有多喜歡，雲暮閣沒有多少可賣的，在我們鋪子幾乎一擺出來就全賣光了。」

錦雲還能說什麼，只好把銀票收好，大家就在屋子裡閒聊，兩刻鐘後，安二夫人進來了，呈上虞家送來的聘禮單子和請期的日子。

安老夫人看了看，道：「虞家不錯，若漣嫁去我也放心，就是路途稍遠了些，回來一趟要半個月呢！這一旦嫁出去，想回來一趟就不容易了，將來若溪的親事就近了挑吧！」

安大夫人連連應是，安二夫人在一旁，眼眶微紅。「嫁得遠點兒我倒不在乎，就怕她被人欺負，要是若漣跟錦雲一樣被人欺負，看我不去虞家鬧得他們不得安寧！」

安大夫人勸道：「別擔心，雲暮閣多賣了兩倍玻璃給安府，咱們把鋪子開到上庸去，虞家要是敢欺負若漣，咱們就搶光他的生意，逼得虞家寸步難行，想來虞家也不敢欺負若漣。」

安若溪坐在錦雲旁邊，鼓著腮幫子。「弄得我都不想嫁人了，我就在安府待一輩子多好，沒人欺負我。」

「胡說八道，妳不嫁人，娘就把妳送尼姑庵去吃齋唸佛，看妳是不是覺得好！」安大夫人罵道。

安若溪吐了下舌頭，跟錦雲訴苦。「表姊，大姊忙著繡嫁妝，娘嚴令不許我去找她玩，我都在府裡差點憋出病來，我明天去找妳玩吧？」

錦雲想了想道：「不如妳跟我參加狩獵去吧？」

安大夫人忙阻止。「妳還是別帶她去，她太能惹事，帶她去，妳自己都玩不盡興。」

安若溪一張嬌唇都噘得能懸壺了。「娘，我保證不會給表姊惹事，我就跟在表姊身邊，表姊去哪兒，我就去哪兒還不成嗎？」

安老夫人皺眉。「皇上狩獵，不是誰都能去的。」

「我扮成丫鬟跟著也行啊！」安若溪搶道。

青竹噘嘴道：「不能搶奴婢的活兒，少奶奶有單獨的帖子，能帶人去的，不用扮成丫鬟。」

安若溪精神奕奕，拽著錦雲說狩獵的事，把錦雲的玩性也勾了起來，原本她和夏侯安兒、趙玉欣和清容郡主她們約好了，無聊就打麻將的，現在安若溪要來，讓錦雲對狩獵多了些別的期待。

錦雲笑道：「放心，狩獵會很好玩的。」

在安府待了一個多時辰，葉連暮便派人來喊錦雲了，錦雲便出了院子，在二門處見到葉連暮。「事情談妥了？」

葉連暮點頭笑道：「非但談妥了，就連其餘的三十萬石糧食也有了著落。」

錦雲訝異了一下。「不是說只有二十萬石嗎？」

「安府只有二十萬石，但是虞家有。」

虞家？錦雲明白了，這是透過安府和虞家搭上線了，今天來得還真是巧了。

「條件呢？」

「一百萬斤玻璃。」

錦雲聽得一愣，隨即皺眉。「朝廷借糧關雲暮閣什麼事，用玻璃與他交換？」

葉連暮瞅著她。「妳不願意？」

「你都答應了，我願不願意有什麼用？一百萬斤玻璃，能賣十萬兩銀子，三十萬石糧食能賣三、四十萬兩銀子，你打算如何跟朝廷做生意？我不管，虧朝廷的也不能虧雲暮閣的，這是原則問題，雲暮閣是做生意的，可不是朝廷的慈善店鋪。」

葉連暮望著她。「皇上知道妳賣玻璃給安府的價格，妳拿十萬跟朝廷換三十萬兩，肯定不行，一半吧，朝廷支付雲暮閣十五萬兩銀子。」

錦雲想了想，算是給葉容痕一個面子。「那安府呢？」

葉連暮捏了一下她的鼻子。「妳不是讓趙擴把供應安府的玻璃數量提高了兩倍嗎？安府便將糧食抵押給雲暮閣了，那些錢全部用來買玻璃，剩下的就是雲暮閣與朝廷的事了，放心，不會虧了雲暮閣的。」

說完，兩人拜別了安老夫人，一離開安府，葉連暮直接進宮面聖了，錦雲則坐在馬車上，噘著嘴。

還說不跟朝廷做生意，這不就是生意了？國庫裡能拿得出來那麼多錢嗎？

錦雲擔心的還真有道理，朝廷果然拿不出來四十萬兩銀子。

御書房內，戶部尚書蘇大人——也就是錦雲的二叔，正一臉糾結地看著皇上。「皇上，國庫實在拿不出四十萬兩銀子啊！」

葉容痕望著葉連暮，葉連暮聳肩搖頭。「四十萬兩銀子就買回來五十萬石白米，還是上好的米，換了別處，誰會賣？」

蘇尚書望著葉連暮。「錦雲不是與雲暮閣很熟嗎？兩位王爺也熟，就不能緩緩，戶部真拿不出來四十萬兩，今年皇上免了賦稅，戶部的收入少了兩倍不止。」

「真不能緩緩？」葉容痕問。

葉連暮扯了下嘴角，他知道玻璃是怎麼製出來的，錦雲已經是賣出天價了，虞家和安府還覺得很便宜，所以之前他在安府跟虞總管一提出用玻璃做交易，虞總管當即一口答應了。

葉連暮為難地看著葉容痕。「我是無所謂，只是雲暮閣……皇上也知道，不是我能作主的。」

葉容痕想笑不能笑，被逼債的可是他，不過雲暮閣誰是大老闆，他心裡一清二楚。

葉容痕要無賴了。「我有心想給，可實在沒錢怎麼辦？」

「實在不行，那朝廷打個欠條，皇上蓋上玉璽。」

葉容痕當即就擺出臭臉了，打欠條？他堂堂大朔朝皇上打欠條，臉面往哪裡擱？他都想破口大罵了。

葉連暮坐在一旁。「糧食全部抵押給了雲暮閣，朝廷要糧食只能通過雲暮閣，她沒坐地起價已經很不錯了，皇上只是打個欠條而已，總比我為難好吧？」

蘇尚書站在一旁。「雲暮閣能送十幾萬兩給錦雲，哪裡會缺四十萬兩銀子？真沒有點通融的餘地？」

雲暮閣有錢，那也是雲暮閣掙的，沒道理白白便宜朝廷啊！

葉連暮望著葉容痕，很堅定地用眼神告訴他，錦雲是寸步不讓了。

葉容痕微微瞇起眼睛，擺擺手，讓蘇尚書退下去了，然後才問葉連暮。「她真的半點兒不讓？玻璃又不值幾個錢，用得著四十萬兩嗎？」

葉連暮望著他。「不值錢也只有雲暮閣有，安府願意交換，這就足夠了。再者，玻璃的價格是她特地訂給安府的，是別人能比的嗎？皇上你要買，她都不一定願意賣給你。」

葉容痕的臉色頓時青了，想直接拍死葉連暮算了，得瑟什麼！他吩咐常安道：「去請葉大少奶奶進宮，朕親自跟她談。」

常安抖了下臉皮，往葉連暮那兒看了一眼，葉連暮什麼話也沒說，只是瞥了眼葉容痕，半晌才開口。「我可比她好說話得多，皇上別後悔。」

這廂，錦雲才回到國公府，宣旨的公公就來了，請安道：「大少奶奶，皇上請您進宮一趟。」

她才走得腿瘦，連茶都沒喝一口就找她進宮，她翻了個白眼，自然是知道為了什麼事，肯定是葉連暮談事情談不攏了。

「一定要現在就進宮嗎？我還有別的事忙。」

公公聽得滿頭大汗，除了葉大少爺外，葉大少奶奶是第一個聽到皇上宣旨召見，問能不能緩緩再進宮的人，有什麼事這麼等不及了？

公公為難地看著錦雲。「大少奶奶就別為難奴才了，皇上還等著呢。」

錦雲只好跟著走了。

進宮後，公公直接領著錦雲去了御書房，他先進去稟告了一聲，然後請錦雲進去，自己則在門口守著。

一進御書房，錦雲就見到葉連暮坐在一旁，她給葉容痕行禮。「皇上找我來有事？」

葉容痕看錦雲進來，心微微跳得快了些，掩嘴輕咳了一聲。

葉連暮坐在那裡。「皇上，你就別遮掩了，直說了吧。」

葉容痕瞪了他一眼，然後看著錦雲。「五十萬石糧食，雲暮閣要價四十萬兩是妳的意思？」

錦雲挑了下眉頭，笑道：「作為雲暮閣三老闆，我認為他有權利維護雲暮閣的利益。皇上，您說呢？」

「……」葉容痕無言。

葉連暮站在一旁憋笑，都說了，自己比較好說話，偏偏他還不信，讓他撞南牆去，一句話就給他堵回來。作為雲暮閣老闆之一，他不向著雲暮閣向著朝廷，太不應該了！

葉容痕嘴角抽搐。「應該，可是朕首先是一國之君。」

錦雲點頭。「我沒說不是，看在皇上的面子上，那批用玻璃換回來的糧食，雲暮閣低價賣給了朝廷，多餘的雲暮閣不能再讓了，不過四十萬兩銀子而已，國庫不會沒有吧？」

不過……而已？葉容痕羞愧，換了旁人，估計沒有誰敢說這話。可錦雲有錢啊，葉容痕看著葉連暮，果然還是他好說話。

但葉連暮才不給他面子，直接對錦雲道：「朝廷既沒有錢，皇上顧忌自己的面子也不願意打欠條。」

錦雲眸光灼灼地望著葉容痕。「皇上是為大朔打的欠條，有什麼丟面子的？皇上不願意打欠條也成，不如我們再做另外一筆生意如何？」

「另外一筆生意？」

錦雲點點頭。「朝廷沒錢，可是有的是別的東西，如鹽、礦石等等，我要朝廷在雲州的玉石礦，雲暮閣花了百萬斤玻璃換回五十萬石糧食，我要雲州玉石礦五萬斤，不在乎裡面是不是有玉石，只要開採出來的我都要，皇上，這筆生意如何？」

雲州盛產玉石，多進貢朝廷。葉連暮望著錦雲。「那多麻煩，妳直接去御石坊挑不就成了？挑選進貢的都是最上等的玉石。」

錦雲想了想。「那也成。」

葉容痕坐在那裡瞠目結舌，雲暮閣把石頭變成玻璃，再拿玻璃來換玉石。

葉容痕撫額，點點頭，錦雲便道：「明天我就讓人來挑玉石，六十萬兩銀子的玉石。」

「不是四十萬兩嗎？」

錦雲眨巴眼睛。「玉石還沒賣出去呢，萬一砸我手裡了，這損失自然算皇上的是不是？」

葉容痕差點吐血。

錦雲眼睛在御書房掃了一眼，道：「我有句話想跟皇上說，歷朝歷代都喜歡奢侈，國庫裡雖然沒錢，可皇宮裡多得是珍奇寶貝，國家一旦傾覆，再多的珍奇寶貝也是別人的。那些不實用、用來襯托皇家身分的東西，多到堆在那裡積塵蒙灰，皇上不妨考慮換成銀子擴充國庫，國家富足了，那些東西自然就多了。就比如皇上那金燦燦的龍椅，坐在黃金上如果舒坦，又何必墊著絨墊子？它之所以是龍椅，是因為皇上坐著，而不是因為它是黃金；還有后妃宮裡的瓷器、玉器，不小心磕碎一個，就是幾千兩，少幾個玉器，多幾個盆栽又能妨礙到皇家臉面了？我想賢妃、貴妃，無論是誰的後宮都值六十萬兩。」

御書房內，三個人瞪直了眼睛看著錦雲，她說的話是什麼意思，讓皇上賣了金燦燦的龍椅嗎？那可是身分的象徵，就是尋常人家，不到萬不得已都不許變賣家產，就連她，變賣嫁妝都是件有失顏面的事。

常安忍不住道：「若是讓北烈和南舜知道大朔要變賣珍奇寶貝，豈不是要笑話死咱們皇上？」

錦雲噗哧笑一聲。「笑話什麼，皇上若是賣掉幾個瓷器就能從北烈和南舜換回十幾車的糧食或是鐵礦石，擴充大朔的兵力，將來掃蕩了北烈王朝，搶了他們的國庫，寶貝不就回來了？人家不但替我們種了糧食，還看護了寶貝，放在自己手裡，也不過就是瞧著心情愉悅了那麼幾秒而已，若是瞧不見，那就一無是處，東西再好，也要用在刀刃上。」

常安聽得愣住了。是啊，庫房裡那麼多的瓷器寶貝，隨便拿出去一個，就能換千兩白銀，而他平常去挑個瓷器就要挑半天，皇上都不一定看，若是換成糧食和兵器充足兵力，到時候誰還敢小瞧大朔？

葉容痕的目光在御書房掃過一遍，落在龍案的紙鎮上，一個紙鎮，尋常人用木頭足矣，自己用的是墨玉，除了好看些，果真沒別的用處了。

錦雲繼續道：「皇上不是缺少兵力嗎？我有個主意，雖然餿了些，但勝在管用。」

葉容痕眉頭一挑。「說來聽聽。」

主意是錦雲剛才在馬車上想到的，她笑道：「身為一國皇帝，應該有雄心問鼎天下，有一支無敵的軍隊，不妨從各大將軍手裡，十人爭鬥，選出一人來，組建一支隊伍，提供最精良的設備，以及最上等的戰馬和兵器。」

葉容痕微挑了下眉頭。「從他們手裡拿最精良的士兵出來，他們願意？」

錦雲輕笑道：「自然不願意，不過若是把這支軍隊交給他們，他們肯定願意，不用多，一人一萬，想必他們應該有膽子賭一把，一萬人還不足以動搖他們手裡的根本力量，卻是個極大的誘惑，不過前提是皇上拿的出五十萬兩銀票和裝備來誘惑他們。」

葉連暮眼睛一亮，他懂錦雲的意思，為何稱此計策為餿主意嘛，他也明白了。「到時候比武爭奪這支精銳軍隊的所屬權時，肯定鬧得不可開交，誰也不肯退讓，最後得利的肯定是皇上，只是那些士兵分屬不同的將軍麾下，只怕矛盾頗多。」

錦雲撫了下雲鬢，笑道：「其實士兵並沒有跟那些將軍有多大接觸，不然也不會因為相公你寫了份奏摺就仰慕你。誰對他們好，他們的心就會向著誰，當初他們從軍，想的不是溫飽就是報效朝廷，如今有皇上親自帶領他們，身為精良軍隊中的一員是他們的榮耀，不以報效朝廷為宗旨，大可以送他們回去。在榮譽感面前，誰還會顧忌到那些根本不屬於他們的矛盾？」

葉容痕聽得大喝一聲。「妙絕，就這麼辦，只是五十萬兩銀子從何處來？」

錦雲的眼睛自然而然落在御書房多寶閣上，葉連暮站在一旁抽嘴角。

「這些東西，雲暮閣可以代賣。」

「……」葉容痕無語。

他懷疑，錦雲之所以說這麼多，根本就是為了這些寶貝。葉容痕揉著太陽穴，吩咐常安道：「清點五十萬兩的瓷器、玉器，秘密派人送出皇宮。」

錦雲回頭望了葉連暮一眼。「你再去一趟安府，外祖父喜歡瓷器，想辦法讓他掏十萬兩銀票出來；外祖父若是不願意，你就告訴他，他買多少銀子的瓷器，雲暮閣白送安府多少斤玻璃，估計要不了三天，應該就能湊足五十萬兩。」

「妳為什麼要幫朕？」葉容痕不解。

錦雲輕聳了下肩膀。「怎麼說你也是雲暮閣三老闆，我幫你是應該的，當然了，在此之外，皇上成功了，咱們還可以談談報酬問題。」

葉容痕頓時語塞，嘴角是一抹無奈的笑。「雲暮閣大老闆會缺錢嗎？」

錦雲無辜地眨巴眼睛，有錢還是可以要錢的啊，誰會嫌棄錢多了？

「我肯定不會找皇上你要錢的，至於要什麼報酬，我暫時還沒想到。」

事情商議完，葉連暮便和錦雲一起出了御書房，坐上馬車回府。

葉容痕坐在御書房裡，把玩著紙鎮。

常安輕嘆一聲。「葉大少奶奶為何跟傳聞相差得那麼遠，不然皇上您也不會……啊，葉大少奶奶把右相也算在內了，要幫皇上從右相手裡拿一萬的兵力出來，她的心是向著皇上的呢！」

葉容痕淡淡地看著常安。「她真的是右相的女兒？貴妃也是右相的女兒，為何天差地別？」

常安苦著張臉，恨不得抽自己一耳刮子，哪壺不開提哪壺，忙道：「皇上，您該換個角度考慮，葉大少奶奶這麼聰慧，若真是皇后，您真放心嗎？」

有何不放心的？葉容痕苦笑一聲，失去就是失去了，後悔也沒有用。

馬車上，錦雲看著天色，咕噥道：「天色都晚了，我還打算忙自己的事，結果計劃全打亂了。」

葉連暮望著她。「妳打算忙什麼？」

錦雲昂了下脖子。「不告訴你。我問你啊，三萬軍隊，要是每人裝備一匹馬，那馬從哪裡來？」

「三萬匹馬不是小數目，五十萬兩銀子都不夠用，妳要這三萬軍隊成鐵騎？」

錦雲搖搖頭。「那倒不是，哪個厲害是哪個，不過騎兵應該是最厲害的吧？至少從趕路上來說，騎兵的優勢大多了。」

葉連暮想到錦雲說的，問鼎天下，踏破北烈，隨口一提就是三萬鐵騎，尤其是說服皇上拿出瓷器、玉器，這換成別人敢說嗎？他越來越覺得錦雲不像閨閣女子，一般尋常女子別說提這些想法了，根本不會往那上頭想。

只聽錦雲笑道：「可惜十王爺太小了，不然養馬這事可以交給他去辦，孫悟空就是養馬出身的……」

葉連暮滿臉黑線，錦雲撫著他的衣襟道：「不如我們養馬吧，建立一個連雲堡？」

他被錦雲摸得心口直癢，忙抓著她的手。「別想一齣是一齣，京都哪有地方給妳建連雲堡？」

錦雲噘了下嘴，想了想似乎真不行。「算了，養馬的事還是等十王爺長大了再說吧，過兩天我就忽悠他去……」

「……」葉連暮無言。

兩人回到逐雲軒後，錦雲一頭栽進書房，仔細繪畫起來。青竹幫錦雲磨墨，望著那圖紙，微微疑惑道：「少奶奶，這放在雲暮閣賣不妥吧，過於簡單且還不美。」

錦雲抬眸望了青竹一眼，笑道：「這是做好帶去狩獵用的，明天讓廚房多準備些調料，我有用。」

翌日一早，錦雲用過早飯後，便去了寧壽院。

屋子裡，葉老夫人臉色很差，丫鬟、婆子顫顫巍巍地伺候著，錦雲茫然走進去，請安問道：「祖母，誰惹您生氣了？」

葉老夫人撥弄著佛珠沒說話，但是神色冷肅，王嬤嬤忙回道：「內院一直由大夫人打理，她昨兒病了一天，府裡已經亂成一團了，今兒早上，連老夫人用的食材都沒送來，用的還是昨天剩下的。」

王嬤嬤說著，背脊發冷，大夫人這是向老夫人示威呢！就因為大少奶奶懲治四苑丫鬟，逼她們拿出賣身契時，老夫人沒有站出來說話，於是她就稱病，丟了手裡的活兒，手底下的丫鬟、婆子更是狐假虎威，連老夫人都不放在眼裡，寧壽院尚且如此，只怕要不了一會兒，其餘幾位夫人就該派人來鬧騰了。

錦雲嘴角微冷，在座位上坐下，望著葉老夫人道：「祖母，娘才病了一天，府裡就亂成這樣，娘要是多病兩天，還不知道會亂成什麼模樣，若是祖母信得過錦雲，娘生病的這段時間，府裡的事就交給我打理吧？」

葉大夫人打的什麼算盤，錦雲心裡一清二楚，不就是想讓老夫人明白，國公府離不開她嗎？她就要讓她知道，國公府她一丟手，照樣運轉得好好的。

見葉老夫人訝異地看著自己，錦雲輕笑道：「祖母，您放心，我雖然不愛打理內院瑣事，但不代表我不會，娘生病了，我這個做兒媳的幫她分憂實屬應當。」

葉老夫人眸底露出一絲讚賞之色。「也好，她為國公府勞碌了十幾年，也該好好歇歇了，一會兒讓王嬤嬤去帳房拿帳冊。」

錦雲點頭應道：「錦雲初次接手內院事務，若是有人不聽話，還請祖母允許錦雲全權處理，尤其是那些主子病了一天，連自己的本分事都不會做的人，這樣的人，錦雲認為不足以勝任廚房總管一職。」

王嬤嬤愕然怔住，大少奶奶果然氣魄，一來就撤掉大廚房總管一職，那可是大夫人的心腹，不過大少奶奶都讓人去抓了四苑的丫鬟，還逼幾位夫人交出賣身契，這點事確實不算什麼。

王嬤嬤望著葉老夫人，葉老夫人點點頭，同意錦雲的話。

出了寧壽院，青竹望著錦雲。「少奶奶，明兒就要去參加狩獵了，妳今兒接手國公府，廚房那些人大多是大夫人的人，肯定不會聽奴婢們的話。妳不在，奴婢們可不敢打她們。」

錦雲忽然一笑。「接手國公府？妳想得太遠了，我想接管，也得人家同意啊，我不過就是說了兩句話而已，管帳根本輪不到我，老夫人院子裡有大夫人的眼線，王嬤嬤不但拿不到帳冊，大夫人還會親自教訓廚房總管，狠狠地懲治她。」

錦雲才回到逐雲軒小坐片刻，王嬤嬤就黑著張臉來告訴錦雲，大夫人的病好了，廚房總管也罰了半年月錢，大夫人讓她安心待在逐雲軒，沒事多給葉連暮做幾身衣裳，早日為國公府添丁。

錦雲聽得笑笑不語，親自送王嬤嬤出門，然後進了廚房。

在廚房忙了一個多時辰，錦雲才把東西準備好，淨過手後，她走到院子裡，就見趙章領著幾個小廝走進來，給錦雲行禮道：「少奶奶，您要買的東西買回來了。」

小廝輕輕把東西放下，趙章親自打開，錦雲看著大箱子裡擺放的六個瓷瓶，細細地看了看。「果然不錯，多少錢？」

趙章回道：「二萬一千兩。」

青竹望著錦雲。「少奶奶，妳怎麼買瓷瓶了，妳之前不是說過它們擺在那裡一無是處嗎？」

錦雲白了她一眼。「我跟皇上一樣嗎？皇宮裡寶貝多，這些根本不算什麼，在逐雲軒，這可是寶貝了，就算給皇上一個面子，我也得買啊！雲暮閣生意如何？」

趙章恭謹回道：「京都達官權貴多不勝數，這些瓷器、玉器價值如何，他們都明白，估計要不了兩天，就能全部賣完，而且不止五十萬兩，安府買了十五萬兩的瓷器、玉器，還有……」

趙章頓住了，錦雲挑了下眉頭，就聽他繼續道：「從皇宮裡運出來的瓷器中有三件贗品。」

錦雲嘴角猛地一抽，隨即輕笑道：「別扔了，原樣給皇上送去，告訴他，雲暮閣的規矩，假一賠三，給我拿九件回來。」

「……」趙章無言。

御花園內，葉容痕正陪著賢妃賞花時，常安湊到他身側，輕聲道：「皇上，整個京都都知道那批瓷器是皇上您給雲暮閣的，非但如此，雲暮閣還說那批瓷器全是您最喜歡的！」天可憐見，那批瓷器皇上壓根兒就沒見過，更別提摸過、欣賞點評過了，葉大少奶奶真說得出口。

葉容痕眉頭皺起，臉皮發燙，一揮龍袍。「讓葉連暮來見朕！」

常安撫額，小聲道：「皇上，這事找葉大人不管用……」

葉大人自己都說了，雲暮閣的事他作不了主，葉大少奶奶說一句，他根本不會反對，找他有用就不會發生這樣的事了，他是最愛惜皇上名聲的人。

葉容痕揉著太陽穴，賞花的興致全無。

沐賢妃看著皇上，問道：「皇上，可是出什麼事了？」

葉容痕還沒說話，那邊的公公就上前行禮道：「皇上，太后找您有事。」

於是，葉容痕轉身便去了坤寧宮，沐賢妃想了想，也跟著去了。

坤寧宮內，丫鬟捧著一對玉瓶站在那裡，沐太后正在喝茶。

一見葉容痕入座，太后便擱下茶盞，問道：「皇上，哀家聽說雲暮閣賣瓷器，還是打著皇上的名頭，就讓人去買了一對回來。皇上，宮裡還不至於窮到要賣瓷器、玉器的地步吧？」

沐賢妃怔住，直勾勾地看著葉容痕，嬌美的眼睛裡布滿疑惑。

葉容痕坐在那裡，腦殼一陣陣地疼著，無奈道：「朕也是逼不得已，安府把糧食賣給了雲暮閣，雲暮閣要朝廷拿五十萬兩銀子出來，不然就不給糧食，幾經商議都沒有成功，後來雲暮閣老闆看中了朕御書房內的瓷器，就要了不少去。」

沐賢妃冷著臉道：「雲暮閣也太囂張了，要了皇上的瓷器不算，還打著皇上的名義公然賣掉，也太不將皇上放在眼裡了，而且雲暮閣還將內務府的人拒於門外，京都還沒有哪一間店鋪做得它這麼大，萬一包藏禍心，朝廷豈不危矣？安府當初能送五十萬石糧食給朝廷，雲暮閣竟然敢找皇上要瓷器和玉器！」

常安頭低低地站在一旁，心想，皇上娶的這些后妃沒一個比得上葉大少奶奶的。賢妃想的是要雲暮閣白送糧食給朝廷，而葉大少奶奶會直接鄙視皇上不思進取、占黎民百姓的便宜，用犀利的言語激勵皇上，三言兩語就讓皇上同意賣掉瓷器。再說，雲暮閣還有皇上的股份呢，葉大人和葉大少奶奶也不會要那麼些銀子，將來能有一支無敵的軍隊，比什麼都強，因此他也贊同皇上賣掉瓷器。

葉容痕皺起眉頭，心裡對賢妃的話不以為意，堂堂皇帝怎麼能一而再、再而三地要人家送糧食，豈不是讓人貽笑大方？

「瓷器一事就別再提，朕已經給了雲暮閣。」

沐太后的眼神微閃了閃。「瓷器一事哀家就不多說什麼，那御石坊又是怎麼回事？哀家怎麼聽說雲暮閣拿走了一大半的玉石，五十萬石糧食，那批瓷器也夠了吧？」

葉容痕端著茶啜著，神情微冷，不動聲色道：「那是賣給雲暮閣的，大朔已經與南舜開戰了，朝廷有一部分人主和，覺得朝廷的兵力不足以抗衡南舜，朕決定從軍中抽三萬將士組建一支鐵騎。」

沐賢妃望著皇上，嫣然一笑。「是皇上親自掌管嗎？」

葉容痕把茶盞擱下，抖動了下龍袍，笑道：「朕又不去戰場，三萬鐵騎讓朕掌管，豈不是無用武之地？將士是從軍中挑選出來的，統領自然由幾位將軍比武定奪。」

沐賢妃撒嬌道：「皇上就不能直接讓父親擔任嗎？」

葉容痕臉色微冷。「賢妃，朕已經偏袒與妳了，李大將軍和右相暫時還不知道這消息，朕狩獵回來，雲暮閣應該就會將錢送來了，到時候就是籌組鐵騎的時候，這幾天還不夠威遠大將軍準備？」

沐賢妃心上一喜，忙福身道：「臣妾一會兒就差人告知父親，好讓父親儘早準備。」

沐太后眸光微動，端起茶啜著。「三萬鐵騎是皇上親自組建的，哀家認為交給葉大人更為合適一些，他的武藝與北烈戰王爺旗鼓相當。」

葉容痕嘴角翹起一抹冷意。「交給他？朕倒是想過，可惜連暮與蘇猛的武藝相當，朕若是給連暮帶領，別說朝中大臣了，右相第一個就會站出來，連暮又聽嫡妻的話，萬一右相從她那裡下手，三萬鐵騎最後肯定落到右相手裡。」

沐太后聽葉容痕這麼說，心底最後的疑慮都打消了，皇上若是說沒想過，她會懷疑這其中有詐，可皇上直截了當地承認，她反而覺得為真。的確，這樣一支鐵騎，右相不會放過的，無論皇上交給誰，他都會去搶，而葉大人沒有軍功，想統領這支鐵騎，她也覺得可能性微乎其微……這支鐵騎絕不能落到別人手裡！

從坤寧宮裡出來，葉容痕眸底閃過一絲笑意，太后動心了。

第二十六章　圍場狩獵

轉眼就到皇帝狩獵這天了。一大清早，天還濛濛亮，錦雲睡得正甜，就被葉連暮給鬧醒了，錦雲睡眼惺忪之際，怒目而視。

葉連暮捏著她的鼻子道：「該起床了，一會兒就要出發了。」

錦雲還睏得很，轉過背。「別吵我，我再睡一會兒。」

葉連暮看著她白皙的頸脖，還有衣襟內高聳的酥胸，他看看外面的天色，也睡了下去，手探進錦雲的衣服裡，惹得她一陣陣顫慄，回頭瞪著他。「你幹麼？」

「再陪妳睡一會兒。」

一番溫存後，兩人火燒火燎地吃過早飯，急急忙忙地奔到皇宮門前，結果狩獵隊伍早出發了，只留下安府的馬車停在那裡。

安若溪鼓著腮幫子望著錦雲，眼神哀怨。「表姊，妳怎麼這麼晚才來，我瞧國公府的馬車早就走了，妳再不來，我都要打道回府了。」

錦雲一臉尷尬，轉頭惡狠狠剜了某男一眼，訕笑道：「準備的東西有些多，所以晚了一會兒。」

安若溪往錦雲乘坐的馬車望去，葉連暮是騎馬來的，後面有趙章和趙構跟隨著，後頭還有兩輛馬車，一輛馬車裡坐了四個丫鬟，另外一輛用來裝東西的，的確有些多了。

尋常大家閨秀或是少夫人都是帶一個丫鬟，錦雲帶了四個丫鬟不算，還帶了安若溪和她的丫鬟，安若溪都不好意思了。聽說狩獵是住帳篷的，表姊帶這麼多人去會不會被人指責？

錦雲根本沒管這麼多，催促道：「已經晚了，我們趕緊去吧。」

等他們一行人趕到狩獵場，已經快到中午了，大大小小的帳篷林立，下了馬車後，便有公公來招呼，告訴葉連暮落腳的帳篷在哪裡。

錦雲吩咐青竹她們幾個把東西送去，然後就被葉連暮牽著朝狩獵場最大的主帳篷走去。

主帳篷裡，除了葉容痕，還有蘇貴妃和沐賢妃，而李皇后因為懷了身孕不方便，所以沒來。

葉容痕見到葉連暮牽著錦雲進來，臉色微變了變，心裡微痛。「怎麼來得這麼晚？」

葉連暮掃視一旁的貴妃和賢妃。「皇上好興致，臣要不要先出去？」

葉容痕剜了葉連暮一眼，給兩位妃子使了個眼色，兩人只好告退了，臨走前，蘇貴妃看錦雲的眼神冰冷，簡直不加掩飾。

錦雲忍不住嘀咕了下：又不是我要趕妳們出去的，趕妳們的是皇上好不好，有本事就瞪皇上啊！

葉連暮和錦雲規矩地給葉容痕行了禮，就聽葉容痕質問道：「朕不是讓人秘密將瓷器、玉器送到雲暮閣了嗎？怎麼還要鬧得人盡皆知，昨天朕就收到御史臺的諫言，足有十幾份！」

錦雲望了葉連暮一眼，葉連暮翻白眼。「皇上是跟妳說話，妳看我做什麼？」

她的臉大窘，抬頭看著葉容痕，心想能不能說話時喊她一聲，不然怎麼知道他是跟她說話？

錦雲輕咳一聲。「皇上，即便雲暮閣不說，想必大家也猜得出來，又何必隱瞞呢？再說，打著皇上的旗號，那批瓷器昨兒一天就賣掉了一大半，今天估計就能賣完了，而且遠遠不止五十萬兩，皇上不高興？」

葉容痕無奈咬牙。「朕幾時摸過那些瓷器了？」

錦雲不以為意地笑道：「就算皇上真摸過那些瓷器，跟沒有有什麼區別？瓷器大小、顏色都不曾改變過，雲暮閣不過就是說了一句，沒有強逼誰買。再說，只要皇上你不說，誰敢來問？」

要是有照相機，錦雲還想讓葉容痕抱著瓷瓶合影做個宣傳海報，可惜啊，條件不允許！不過讓人出乎意料的是，她只說了一句皇上摸過那些瓷器，大家就趨之若鶩了。

錦雲清了清嗓子，望著葉容痕。「皇上，您要是有空，回頭我讓人把瓷器送到御書房，您抱一下唄，我保證，皇上您抱過的瓷器價格絕對飆升二千兩……唔唔……」

「我先帶她走了。」葉連暮捂著錦雲的嘴巴，直接把她扛了出去。

常安滿臉黑線地看著葉容痕。「皇上，您沒事吧？」

「常安，你說她是不是掉錢眼裡去了？」葉容痕咬牙道，竟然讓他抱著瓷器，只要一想到那場景，他就忍不住撫額，摸一下都彈劾了，抱一下豈不是讓人懷疑他是瘋子了！

此時，主帳篷外，葉連暮把錦雲放下，瞪著她。「以後不許再提這事了！」

錦雲鼓著嘴。「不就是抱一下，又不會掉塊肉，還能多得千兩銀子，就跟天上掉餡餅一樣，幹麼不樂意？好了，我不說就是了，我自己抱！」

錦雲輕提裙襬往回走，夏侯安兒、趙玉欣和清容郡主幾個人湊了過來，紅著臉看著她。「葉大少爺怎麼把妳從裡面扛了出來？」

錦雲聳了下肩膀。「不小心說錯了話，惹皇上生氣，就把我扛出來了。」

她們幾個見錦雲說得這麼雲淡風輕，忍不住互望了一眼。惹皇上生氣了？她怎麼會惹怒皇上，還被直接扛了出來，她膽子也太大了些吧？

一名丫鬟走過來，朝錦雲福身道：「貴妃有請。」

錦雲愣了下，朝她們道：「我先去了，一會兒妳們去帳篷找我玩。」

嬪妃所住的帳篷裡，蘇貴妃正在畫眉。

錦雲福身行禮。「不知道貴妃找我來有何事？」

蘇貴妃瞥了錦雲一眼，繼續畫眉。「皇上都跟妳說了些什麼？不許隱瞞。」

「沒說什麼啊，就是皇上跟相公說起鐵騎的時候，我在旁邊說了一句交給爹掌管，還沒說完就被扛了出來。」聲音弱不可聞。

錦雲眨巴眼睛。「大姊不知道嗎？就是皇上要組建一支三萬兵馬的鐵騎，從各將軍麾下挑選最精良的士兵，不知道交給誰掌管好，我忍不住就提了一句……」

「什麼鐵騎？」蘇貴妃蹙眉。

蘇貴妃扯了下繡帕，咬牙道：「我就說，賢妃那個賤人怎那麼高興，昨天還請了沐將軍進後宮說話，肯定是從皇上那裡早知道了鐵騎的事，就瞞著我一個！妳說交給爹時，皇上說什麼了？」

錦雲搖頭。「皇上的意思是比試定奪，而且我聽著好像改了主意，把將軍比武改成士兵比武了，還是從送上去的精兵中挑選三十人比試。大姊，妳趕緊讓爹準備著，別被別人搶先了。」

沐賢妃站在外頭，聽到錦雲的話，神情驚訝，她朝隨行侍女使了個眼神，侍女點點頭，轉身走了。

帳篷內的蘇貴妃哼道：「不用妳提醒，我自會告訴爹的，葉大少爺跟皇上熟，妳多套套他的話。」

出了嬪妃所住的帳篷後，錦雲嘴角彎起一抹笑來，現在就差李大將軍不知道這事了，不過錦雲想，各位將軍之間都有密探吧，今天李大將軍肯定會知道鐵騎的事，太后和右相都勢在必得，若他不爭就只能白白交出一萬兵馬。

當錦雲回到自己落腳的帳篷時，清容郡主就拉著錦雲去用午飯了，安若溪也跟她們玩到一塊兒。

錦雲搖頭道：「下午就要狩獵了，我想來燒烤，現在先把肚子空著，免得待會兒吃不下去。」

安若溪眼睛一亮。「什麼燒烤？我要吃。」

清容郡主也來了興致。「有沒有我的分？那我也不吃午飯了。」

青竹在一旁道：「不吃點兒，肯定會餓壞的。帳篷裡有糕點，先吃兩塊糕點吧，等他們出去狩獵，奴婢再喊少奶奶來燒烤？」

趙玉欣忍不住道：「時間還早呢，我們搓兩局麻將？」

「好啊好啊！」

另一廂的狩獵場，葉連暮騎在馬背上，眼睛四下張望都沒有找到錦雲，不由得蹙眉。

蘇猛騎馬過來，笑道：「我二妹妹呢？怎麼都沒見她出來給你打氣？」

趙章把弓箭遞給葉連暮，道：「少奶奶正在帳篷裡打麻將，不出來了，讓屬下轉告爺您一聲，多打些獵物，她還等著吃……」

「……」蘇猛無言。

葉連暮望天，娶妻不賢啊！

兩刻鐘後，夏侯安兒望著錦雲。「妳不餓嗎？我好餓啊！」

趙玉欣也開始捂肚子了。「不想吃糕點，不是說有好吃的嗎？怎麼還沒端上來？」

錦雲見時辰可以了，便吩咐道：「把東西擺到帳篷外面的大樹底下，把炭火燒上，再去廚房拿些魚肉來，多拿一些。」

夏侯安兒望著錦雲，眸底夾帶警惕。「妳現做給我們吃？」

清容郡主一臉驚嚇。「能吃嗎？我還記得不少大臣吃了妳的糕點連朝都上不了，我們是來玩的，妳可別害我們肚子疼，不然沒人陪妳打麻將了。」

錦雲一臉無言，青竹捂嘴笑。「不是我們少奶奶做，是妳們自己準備自己吃的，不過調料由我們少奶奶準備……」

青竹說不是錦雲做的時候，清容郡主臉色一鬆，但一聽青竹說調料是錦雲準備的，清容郡主的臉色又糾結了起來，青竹都不敢說了，少奶奶的糕點聞名京都！

錦雲默默舉起三根手指。「誰要是吃壞了肚子，我喝一罈子酒賠罪，若是吃撐了就不能怪我了。」

帳篷百米外就是一棵大樹，幾個丫鬟把烤架檯搬了過去，燒上炭火，把各種調料擺了出來，然後端了四條大魚、八條中等大小的魚來，還有各種肉類，幾乎全部搜刮來，一會兒就狩獵了，這些魚肉根本用不到。

將食材洗乾淨後，錦雲開始燒烤了，她讓人做了四個大烤架來，就怕不夠吃。錦雲一動手，清容郡主她們也來了興致，拿起刷子學著錦雲的樣子往魚上面抹調料。

錦雲指著那些調料道：「我準備許多醬，有燒烤醬、飄香醬、蒜味烤肉醬、黑胡椒醬，妳們先嚐嚐自己喜歡哪個。」

青竹嗅著鼻子。「好像燒焦了，哎呀！郡主妳記得把魚翻面啊，都烤焦了。」她趕緊走到一側去幫清容郡主把烤魚翻過來，但烤魚的那面已漆黑一片。

清容郡主無辜地看著青竹。「我不是故意的，妳別叫那麼大聲啊，大家都知道了。」

青竹把烤焦的魚拿去給人處理，不再讓清容郡主烤魚了，於是給了她一塊牛肉，小小的一串，清容郡主鼓著嘴，恨恨地瞪了青竹一眼，然後就望著錦雲，看她是怎麼做的。

錦雲的烤架上有魚，有肉，有烤串，還有青菜，她親自給清容郡主做示範，烤好了一串青菜，抹了些醬後，錦雲一口塞嘴裡了，清楚地聽到幾人的口水聲。

「好吃嗎？」夏侯安兒忍不住問道。

錦雲嚥下去才道：「我才不告訴妳們，一會兒自己嚐。」

為了滿足她們的口腹之欲，錦雲替每人烤了一串青菜，清容郡主端著小盤子，迫不及待咬了一口，燙得直跳腳，還捨不得吐出來，惹得她的丫鬟捂臉。大庭廣眾之下，郡主的顏面啊，還要不要？

燒烤不難，加上她們都是聰明人，基本上是一學就會，很快地，燒烤的香味就飄得很遠了，惹得不少人頻頻張望過來。

葉容痕坐在那裡等著狩獵隊伍回來，無聊至極就喝茶，突然聞到一股香味，便問常安道：「是什麼這麼香？」

常安忙道：「是葉大少奶奶和清容郡主在那邊的大樹下烤肉。」

又是她？葉容痕眉頭一動，常安立馬道：「皇上，奴才去要些來？」

葉容痕放下茶盞，從椅子上起身，直接朝燒烤之地走了過去，遠遠地就看見一群女子妳搶我的，我搶妳的，端著盤子亂竄，還有湊著妳的烤串咬一口，然後被追著打的，笑聲傳得很遠。

錦雲站在烤架前，把魚拿起來，輕輕嗅了嗅，拿筷子戳了一點兒下來嚐了嚐，然後問：「魚烤好了，誰要？」

「我要！」

「我要！是我預訂下的，誰也別跟我搶！」

「少奶奶，奴婢一直沒吃呢，這條魚是奴婢的。」

「是我的……」

「誰也別搶，這是皇上的！」

常安忙快步走上前，伸手把盤子端了過來，又指著烤架道：「這個，這個，還有這個，皇上全要了。」

說完，不等錦雲拒絕，常安端著盤子就朝葉容痕奔了過去，葉容痕讚賞地看了常安一眼，轉身走了。

沐賢妃和蘇貴妃兩個站在那裡，互望了一眼，皇上怎麼回事，竟然允許常安搶吃的？

蘇貴妃提起裙襬朝錦雲走了過去，很不客氣掃了眼烤架，她身側的侍女便吩咐道：「給貴妃娘娘來一份，貴妃娘娘不喜歡太辣的，記得少放些辣，快些。」

清容郡主她們幾個臉色當即就變了。錦雲姊姊怎麼說也是國公府大少奶奶，還是蘇貴妃的妹妹，豈是她一個侍女能頤指氣使的？真是狗仗人勢！

她們都望著錦雲，錦雲淡淡抬眸，掃了蘇貴妃一眼，然後眼睛落在這侍女身上。

那邊沐賢妃走過來，步伐婀娜，用帕子掩唇輕笑。「姊姊的侍女好沒規矩，葉大少奶奶豈是她能吩咐命令的？，回頭讓皇上知道姊姊如此縱容下人不分尊卑，該生氣了。」

蘇貴妃回頭冷視她，哼道：「我們姊妹的事還輪不到妳來管！」

沐賢妃臉色微怒，常安走過來，見到兩位後妃劍拔弩張，忍不住望天，然後走到烤架前，對青竹很客氣地道：「皇上的烤肉好了沒有？皇上喜歡吃辣的，多放些醬，菜也多準備一些。」

常安說完，又望著青竹。「能不能給我準備一份？」

青竹望著錦雲，錦雲已經轉身走到烤架旁。「讓皇上等著，我要先給貴妃烤肉。」

「讓皇上等著？」常安以為自己聽錯了，青竹便指著蘇貴妃的侍女道：「是她吩咐我們少奶奶盡快給貴妃娘娘烤好的，我們少奶奶只有兩隻手，只能讓皇上等著了。」

常安眨巴了兩下眼睛，侍女吩咐她替貴妃烤肉，她竟然沒生氣還直接照做了，有沒有弄錯？葉大少奶奶都能讓皇上差點氣死過去，還會怕貴妃娘娘和她的侍女？

常安撇頭看著蘇貴妃的侍女，眸底帶了審視，侍女身子一凜，當即就跪了下去，自掌嘴巴。「奴婢知道錯了，還請葉大少奶奶責罰。」

青竹站在錦雲身側，哼了鼻子道：「妳要是國公府的人，我們少奶奶早就發賣了妳。」畢竟侍女是蘇貴妃的人，也是皇宮裡的奴婢，雖然惹著了她們家少奶奶，也不是她們能懲治的，何況蘇貴妃還是少奶奶的大姊，沐賢妃方才就笑話她們姊妹不和了。

青竹覺得蘇貴妃很笨，笨得無可救藥，少奶奶的性子擺明了就是誰對她好，她就對誰掏心掏肺，跟少奶奶作對的，遲早沒有好下場。再說，少奶奶吃軟不吃硬，就算她之前不知道，現在用眼睛也能看得出來吧？沒瞧見皇上的隨侍公公都對她們少奶奶，甚至是對她的貼身丫鬟都恭敬有加嗎？常安是什麼人，就連蘇貴妃見了也要給三分薄面的人！

蘇貴妃臉色很冷，沐賢妃的侍女笑道：「依著皇宮裡的規矩，如此沒規沒矩、不懂尊卑的侍女該杖斃。」

蘇貴妃的侍女嚇得身子一哆嗦，常安望著錦雲，錦雲轉了下烤魚，笑道：「杖斃倒不至於，我沒空給貴妃烤肉，總要有人來。珠雲，把妳的烤架讓給她。」

珠雲清脆地應了一聲，把烤架上的魚肉挪到另外一個烤架上，常安便喝斥道：「大少奶奶心善饒妳一命，還不快去！」

侍女忙爬起來，哆嗦地走到烤架處，手忙腳亂地烤起肉來。

蘇貴妃氣得直哆嗦，偏什麼話都沒說出來，常安還在這裡呢！常安平素連她的面子都不怎麼賣，一切都聽皇上的吩咐，竟然會幫著錦雲訓斥她的侍女，皇上是什麼意思?!

蘇貴妃跺著腳走了，沐賢妃嘴角含笑地看著錦雲，越來越覺得她不簡單，雖然其中不乏葉大少爺的緣故，常安可能是看在葉大少爺的面子上賣她三分薄面，可是她記得之前錦雲才說錯話，惹得皇上不高興被葉大少爺扛出來的事，常安還敢幫她？

等這些人走了之後，安若溪便湊到錦雲身側，努著嘴巴道：「表姊，貴妃也太囂張了，妳怎麼還給她留面子？」

錦雲嘴角微翹，把烤好的青菜遞給安若溪，笑道：「一個侍女而已，殺了她也無濟於事，反倒讓人說我不顧姊妹情分。」

安若溪沒聽明白，清容郡主眼睛卻是一亮，殺了侍女，錦雲姊姊會受人指責；留著她，備受指責的就會是蘇貴妃！連剛剛沐賢妃都落井下石了，錦雲姊姊大度不懲治蘇貴妃的侍女，還把烤架讓出來，多給貴妃娘娘面子，越是這樣，越能展現錦雲姊姊的無辜，沐賢妃肯定會在皇上面前提起來，到時候沒臉的肯定是蘇貴妃，一個侍女而已，若不是有她的指使，怎麼敢不把錦雲姊姊放在眼裡？

常安站在一旁，看著那青菜被錦雲送人了，真想說那是皇上的，可還是忍住了，等錦雲烤好魚肉青菜，他才滿捧著給皇上送去。

主帳篷裡，兩位妃子都在，其中就聽沐賢妃撒嬌道：「皇上，您怎麼全吃完了，也不給臣妾留一點兒。」

常安端著盤子進來，送到葉容痕面前，看著那光溜溜的魚刺，也怔了下，皇上吃得是不是有點兒多了？才吃過午飯呢！

常安勸道：「皇上，您小心積食。」

葉容痕擺了擺手，拿了一串烤魚就吃起來，問道：「這也是她親自烤的？」

常安神情微愣，輕點了下頭。「左邊的都是葉大少奶奶烤的。皇上，等大家狩獵回來，我們準備燒烤怎麼樣？奴才讓人準備烤架。」

葉容痕沈思了兩秒。「也好，讓御廚多跟她學學。」

蘇貴妃扭著帕子，哀怨地看著葉容痕。「皇上，臣妾也餓了。」

葉容痕見盤子裡還有很多，想也不想就把右邊的烤魚給了蘇貴妃，還很大方地拿了一串給沐賢妃。

沐賢妃不接，而是指著左邊的盤子道：「皇上，臣妾想吃這個。」

葉容痕的眉頭當即皺了起來，沐賢妃心微微一顫，嘴角劃過一絲苦澀，伸手接過烤串。之前以為是錯覺，現在看來皇上是真的對葉大少奶奶動心了。沐賢妃看著手裡的串燒，一時恨不得扔了它，不過最終還是嚥了下去。

皇上算是作繭自縛嗎？葉大少奶奶原本是他的皇后，卻被他賜婚給了葉大少爺，這輩子都沒有可能了。

蘇貴妃則沒有半點疑惑，她坐在皇上右側，皇上隨手拿右邊的給她也沒什麼異議，只是這串燒有些辣了，辣得她直喝茶。

常安走出了主帳篷，讓御廚盡快準備烤架，又派了四個御廚來跟錦雲學習烤肉，錦雲傾囊相授，幾個御廚對錦雲是佩服得五體投地，還向她求教了那烤肉醬是怎麼做的。

半個時辰後，首批狩獵的隊伍回來了。

蘇貴妃等人也狩獵去了，但方向與男子隊伍不同，尚未歸來。稍晚回來時，各女眷一臉鬱悶，全部都空著手，連隻兔子都沒狩獵到，但有一個人除外，北烈的雲漪公主獵到一隻麅子。

而蘇猛他們獵得少的人也有幾隻野雞，還有小野豬等，大大小小的獵物堆了一地，皇上是定了賞賜的，誰獵得多算誰贏，原本還以為葉連暮會贏，結果他只獵了一隻梅花鹿。

葉容痕看著一堆獵物，甚為高興，不過高興之餘又訓斥了幾位將軍，原因無他，就是這幾位將軍不許他去參加狩獵，要等他們親自檢驗過狩獵場才行，因此他這個皇上要狩獵還得等明天！

由於參加狩獵的人很多，狩獵回來再說會兒話，天色就晚了，常安讓人端了烤架來，露天宴會上，大家觥籌交錯。

雲漪公主坐在莫雲戰身側，吃著烤魚，眼睛都亮了起來，誇讚道：「這魚烤得真不錯，是本公主吃過最好吃的魚！」

沐賢妃坐在葉容痕右下側，笑道：「公主是沒吃過葉大少奶奶烤的魚，不然肯定不會說這話了。」

大家眼睛唰的一下望著錦雲，錦雲正吃著魚，突然一嗆，那股辣味嗆得她眼淚都飆了出來，葉連暮忙把茶盞遞給她。「小心點兒吃。」

雲漪公主望了錦雲一眼，忍不住道：「本公主聽說她做的糕點吃壞了幾位大臣的肚子，難道她還會烤魚不成？」

大家心裡也都有這樣的疑惑，那些大臣吐得多慘，他們身為同僚自然要前去探望一番的，對錦雲的廚藝，他們都不抱期望，沒想到賢妃竟然誇讚她。

大家都望著錦雲，錦雲扯了下嘴角。「賢妃謬讚了。」

沐賢妃還要說什麼，蘇貴妃便道：「她烤得再好能跟御廚比嗎？」

那邊的御廚已經把梅花鹿烤好了，切成肉片給每位送上，大家的注意力便挪到鹿肉上。

錦雲看著她面前的鹿肉，又看著葉連暮的盤子，眉頭微挑了下，吩咐公公道：「給他換一份。」

公公微微一愣。「這是御廚特地吩咐給葉大少爺準備的。」

葉連暮看著盤子裡的鹿肉，望著錦雲。「我吃什麼都沒關係。」

葉容頃湊過身子，看著那一團，問道：「那是什麼，不好吃嗎？」

公公搖頭，他哪裡知道？

錦雲紅著臉，低頭吃菜，那邊葉容痕已經吩咐了。「去將御廚喊來！」

她猛然一怔，忙搖頭。「不用，皇上，不用了。」

可惜，那邊公公已經去喊御廚了，御廚膽顫心驚地上前，還以為犯了什麼大錯，哆嗦地跪了下去，葉容頃已經迫不及待地問：「這盤子裡裝的是什麼肉，你是不是拿別的肉冒充鹿肉？」

御廚連著搖頭。「沒有，那就是鹿肉，還是最好的部分，是皇上吩咐的，梅花鹿是葉大人狩獵到的，最好的部分給他。」

葉容頃挑了挑眉頭，王兄的確吩咐過，諒他們也沒膽子陽奉陰違，可是……

「最好的不是鹿茸嗎？」

御廚連著點頭。「鹿茸是最好的，但是對男人來說，最好的還是鹿腎，有壯陽補虛、強陽補精的功效……」

葉容頃年紀還小不懂什麼是強陽補精，可是在座其餘人懂啊，都用怪異的眼神看著葉連暮，眼睛偶爾還朝不該看的地方看去，然後目光落到錦雲身上。

錦雲低著頭，恨不得咬了舌頭，自己多嘴一句做什麼？可她也很無辜啊，本來葉連暮不吃什麼補品她就招架不住了，再讓他吃鹿腎，她還要不要命了！這裡是狩獵場，帳篷之間離得又那麼近，要是聽到點什麼動靜，她的臉豈不是丟到姥姥家了？

葉連暮坐在那裡，如坐針氈，把盤子端起來。「給我換成烤魚。」御廚趕緊爬起來，端著盤子就退出去了，那邊有人還要說話，結果葉連暮冷冽的眼神掃過去，沒人敢笑話。

只有葉連暮知道錦雲是認出來才會說那話的，狠狠剜了她一眼，低聲道：「回去再收拾妳。」

不過，大家都沒懷疑錦雲一個女子怎麼會認得鹿腎，再說，要是知道此物為鹿腎，怎麼還會主動提出讓御廚換掉的要求，估計是錯認為鹿茸，覺得不像要換一份。

錦雲臉火辣辣地燒著，低頭繼續吃鹿肉，好在沒人注意到她，大家吃飽喝足之後，錦雲就逃了，像葉連暮他們這些人還得交際，怎麼可能那麼快就吃完，還要喝酒呢。

夕陽西下，只留下一道絢麗晚霞，幾個丫鬟站在錦雲身後，身後不遠處是熱鬧聲，沒一會兒，清容郡主等人也吃飽了，跑來找錦雲玩。

「天色晚了，我們玩什麼呢？」

夏侯安兒捂著肚子。「吃得有些撐了，我們在附近走走吧？」

稍後，蘇錦容等人也全部吃完了，三五成群地玩到了一處，就連兩位妃子也都離席了。

離開府上，女眷們難得出遊，來到狩獵場似乎沒有顧忌，身後面的笑聲更大了。

夏侯安兒提議道：「不如我們跳舞吧，傻站在這裡吹風多無趣？」

趙玉欣伸手戳她腦門。「方才大家吃烤肉的時候，妳怎麼不站出來跳舞？現在天都黑成這樣了，妳想跳舞了？」

夏侯安兒揉著腦門，美食當前，誰會想到跳舞？

錦雲卻笑道：「想跳就跳，讓人燒上火，我們圍著火跳舞？」

清容郡主連著點頭，她現在很興奮，根本睡不著，當即同意道：「我要跳舞。」

然後，公公燒了一堆火，故意把火堆燒得遠遠的，夏侯安兒和清容郡主兩個就圍著火堆跳起來，要錦雲一起跳，錦雲忙搖頭。「妳們跳的舞我不會。」

趙玉欣拉著錦雲道：「不會沒關係，我們教妳。」

錦雲拉住她，笑道：「妳們的舞太軟綿綿了，我們跳篝火舞怎麼樣？那個我會。」

篝火舞？

夏侯安兒轉著圈過來。「什麼是篝火舞，是圍著篝火跳舞嗎？」

錦雲笑著點頭，然後牽著她們幾個人的手，還有青竹等人都加進來，圍著篝火又跳又唱，完全是怎麼樣高興，就怎麼樣玩。

蘇錦惜她們站在一旁，眼裡都流露出想參與的神色，雲漪公主更乾脆。「我也要跳舞！」

錦雲伸手道：「一起吧，人多才好玩。」

然後一群大家閨秀都圍了進來，大家跳舞之餘，還高興地唱了起來，妳唱一句，我接一句，歡笑之聲響徹整個狩獵場。

夏侯安兒忍不住道：「我還沒和這麼多人跳過舞呢，除了上回的蝴蝶舞，好好玩。」

「就是就是，錦雲姊姊還說不會跳舞呢，這樣的舞好玩多了。」

錦雲笑道：「這還不算最好玩的，男子也可以一起跳的。」

夏侯安兒眼睛都睜大了，其餘的大家閨秀都詫異地望著錦雲，男女七歲不同席，她竟然說跟男子一起跳舞，也太驚世駭俗了，不過她們心底卻認為若是可以一起跳的話，肯定很好玩。

夏侯安兒搖著錦雲的手，求著錦雲說給她聽。錦雲哪知道那麼多啊，她看到人家跳篝火舞全部是從書上、電視上看來的，於是在腦中篩選過後跟她們講解了。

當然說得不全，還有各種修改版本，錦雲也不知道自己說的是哪裡的習俗，反正只要好玩的都湊到一起給她們說，尤其是男女跳舞時，男子如果喜歡哪個姑娘，會親自摘朵花給姑娘戴上，連錦雲自己都不知道是在什麼時候看到的。

那廂，葉容痕等人還在喝酒，有些人面對著篝火坐著，早注意到那邊有動靜了，頻頻抬頭張望。

聽到歡呼聲後，葉容痕也注意到了。「外面怎麼了？」

常安一擺手，公公就過去詢問了，很快就回來稟告道：「皇上，是一群大家閨秀在跳篝火舞。」

大家的心思全部在篝火舞上，也不吃了，就回頭望著，莫雲戰笑道：「本王還沒見過篝火舞，要去一睹為快。」

葉容痕起身，然後一群人也站了起來，跟在葉容痕身後朝篝火走去，遠遠地就看到一群女眷笑得瘋狂，笑聲清脆爽朗，如同天籟。

葉容痕稱讚地點頭道：「果然是不……」

話還沒說完，就見到一隻鞋飛了出來，葉容痕的話頓時滯住，嘴角抽了一下。若沒看錯，鞋應該是錦雲的吧？

錦雲是一臉的黑線，清容郡主無辜地看著她。「我不是故意的。」

清容郡主踩了錦雲的鞋，錦雲一抬腳，鞋子就飛了，錦雲讓夏侯安兒和清容郡主鬆手，然後蹦跳著去撿，她才剛走到鞋子處，沐依宛一腳踢過來，把錦雲的鞋踢飛了，錦雲臉色當即就沈了下來。

沐依宛不好意思道：「我不是故意的，對不起。」

鞋子被沐依宛一踢，好巧不巧地踢到了火堆裡，沐依宛又道歉了，只是眸底那抹幸災樂禍，任誰都看得出來。

清容郡主卻是笑著走了過來，一臉「妳慘了」的表情看著沐依宛。

沐依宛沈了臉。「妳幹麼那麼看我？」

清容郡主笑道：「妳不知道嗎？篝火舞最聖潔的就是篝火了，大家對著篝火祈福，保佑平安，妳竟然往裡面扔東西，妳知不知道這是褻瀆，方才錦雲姊姊還告訴我們，往火裡扔東西會倒楣，還可能嫁不出去……」

一群人聽到清容郡主這麼說，都很同情地看著沐依宛，沐依宛泫然欲泣，氣呼呼瞪著錦雲。「妳怎麼不告訴我，我又不是成心的，現在怎麼辦？」

夏侯安兒在一旁道：「妳要對著篝火說九聲對不起才行，還要誠心誠意的，不然……」

沐依宛哪管得了那麼多，走到篝火前，很誠心地說了九聲對不起，然後才瞪了錦雲一眼，走到方才跳舞的位置上待著。「別再把鞋了扔我面前了！」

錦雲輕笑一聲，轉身出了篝火圈。青竹忙扶著她，咕噥道：「應該讓她說九十九聲對不起才對。」

珠雲跑去拿了雙鞋來給錦雲換上，夏侯安兒就過來拉錦雲，錦雲又被拉進篝火圈。

清容郡主再次跟錦雲道歉，然後道：「有好多人看著呢，妳不是說男子也可以跳嗎？」

錦雲回頭望著葉連暮，連著搖頭，讓他一起跳舞，想也不用想，肯定不可能的。

她的視線挪到蘇猛身上，大聲喊道：「二哥，你也一起來跳舞吧！」

蘇猛無言。「……」

夏侯安兒朝夏侯沂喊，笑得很甜美。「大哥，你也來。」

夏侯沂無言。「……」

清容郡主更乾脆，直接過去拉她的兄長溫王世子了。

蘇猛站在那裡，嘴角狠狠一抽，讓他們一起跳？

有兄弟的幾位大家閨秀也都去拉人來，錦雲見蘇猛不過來，就朝他走了過去，夏侯沂和溫王世子都望著蘇猛，如果錦雲拉蘇猛，他們打算豁出去了，結果錦雲不但拉了蘇猛，還順口問了下葉連暮。「相公，你來不來？」

葉連暮皺著眉頭，斬釘截鐵地從口中道出兩個字。「不去！」

錦雲沒好氣地鼓了下嘴，明知道還問他幹麼！

她哼了一聲。「我就知道你不會。皇上，你呢？」

葉連暮的臉一下變得陰沈，她邀蘇猛一起跳，他可以容忍，畢竟蘇猛是她二哥，現在她竟然連皇上也邀請？

沒想到，葉容痕卻覺得很不錯，莫雲戰更大膽地直接朝錦雲伸了手，笑道：「本王陪妳們跳舞。」

錦雲微微一愣，福身道：「多謝戰王爺給面子了。」

雲漪公主拽過莫雲戰的手走過去，蘇猛只好牽錦雲的手了，至於錦雲的另外一隻手，葉容痕很坦然地握著了，且他還下令，讓大家一起跳。

有男子們的加入，跳篝火舞的人更多了，足足多了一倍，基本是男女相間的，不少大家閨秀還是第一次握著男子的手，臉上都紅得很，尤其是握著蘇猛手的夏侯安兒，手心都在冒汗，蘇猛也尷尬地臉紅。

安若溪屬於那種沒心眼的姑娘，看錦雲那麼坦然地握著皇上的手，她那點拘謹早就拋諸腦後了。她看著牽著她手的趙琤，眨巴睫毛問道：「你很熱嗎？」

趙琤的臉更紅了，一旁的趙玉欣望著他，腹誹地想：大哥也太沒出息了吧，不就握個手嘛，人家若溪都沒臉紅，他有什麼好臉紅的？

趙玉欣輕咳了下嗓子，對趙琤道：「哥，你記得下回摘朵花送給若溪，千萬別忘記了，這是篝火舞的規矩。」

趙琤點點頭。「我記著呢，不會忘。誰教妳們跳篝火舞？」

趙玉欣一臉崇拜地道：「當然是錦雲姊姊了。」

錦雲玩得高興，打趣蘇猛道：「二哥，你有沒有喜歡的姑娘？」

蘇猛差點被口水嗆死，大庭廣眾之下，竟然問他這話？

「沒有。」

錦雲詫異地看著他。「怎麼會沒有呢？你都十八歲了，爹都沒打算給你娶媳婦嗎？我看你還是自己趕緊挑一個告訴爹吧，免得大夫人給你指一個不喜歡的。」

蘇猛想著錦雲的話，想到昨天還聽蘇老夫人提起他的親事，讓蘇大夫人給他挑個家世、模樣上等的姑娘，蘇猛突然沈默了，挑個喜歡的姑娘，上哪裡挑去？

葉連暮站在遠處，一肚子火氣，尤其是錦雲笑得那麼高興，左邊是蘇猛他忍了，可是跟皇上也笑得那麼高興，高興什麼！

沐賢妃和蘇貴妃兩人本來在帳篷裡歇著，等著皇上來找她們，也知道錦雲她們在外面跳舞，只是礙於身分，不好參與進去；可是一聽侍女來稟告，不單是皇上跳舞了，那些貴冑子弟也都一起跳，皇上還牽著葉大少奶奶的手，當即顧不得其他，火燒眉毛地趕了來，二話不說就擠開了錦雲，牽著皇上的手。

錦雲沒在意，但是葉容痕的眼底明顯閃過一抹厭惡。

不過最高興的還是葉連暮，錦雲握著的是大姊蘇錦妤的手，歡笑了半個多時辰後，大家都跳累了，才散開。

葉連暮拉著錦雲朝帳篷走去，把她的手放水裡。

錦雲皺眉看著他。「我自己會洗，不用你幫我。」

葉連暮氣得狠狠用眼睛剜著錦雲。「以後不許跳什麼篝火舞了！」

錦雲鼓著腮幫子。「那不行，我都跟安兒她們約好了，明天還跳的。哎，你說，我二哥和安兒會不會湊成一對兒？我發現我二哥走的時候還看著安兒，有戲。」

葉連暮沒注意到這些，只注意到她跟皇上說話很高興，他隨意地問道：「妳跟皇上說什麼了？」

錦雲揉著鼻子，湊到葉連暮身上嗅了嗅。「渾身的醋味兒，相公，你不酸啊？」

葉連暮臉一黑，一把抱緊錦雲，把她壓在床上。「妳說不說？」

錦雲縮著脖子。「沒跟皇上說什麼啊，皇上問我篝火舞的事，我說從書上看到的。不信，你可以去問我二哥。」

葉連暮俯身咬住她的耳垂，用力一咬，錦雲疼得直拍他。「疼、疼！」

他擺著一張漆黑的臉色，盯著錦雲。「右相沒教妳什麼是男女授受不親嗎？妳竟然敢當著我的面牽皇上的手，還有說有笑！」

錦雲嘴角一咧。「不就牽了下手，還是當著你的面，那是正大光明好不好，我要是偷偷牽皇上的手……」

葉連暮的臉色更陰沈，彷彿錦雲要真敢，他就掐死她算了。

錦雲抿唇道：「那麼多人都牽了，你幹麼就說我一個？我是打算牽你手的，是你不願意，轉臉你就怪我，你還講不講理了？現在手也牽過了，要不，你把我手剁了？」

錦雲把手伸到他跟前，葉連暮抓著她的手扣到她頭頂上，狠狠地吻著她的唇瓣，彷彿在發洩心中的怒氣。

錦雲掙脫被他扣著的雙手，推搡著他，葉連暮瞪著她時，她卻咬住他的耳垂，雙手摟著他的腦袋，吐氣如蘭地在他耳際問道：「還生不生氣？」

錦雲難得這麼主動，葉連暮哪裡顧得上生氣，不過就這樣，未免太便宜她了。「不夠。」

她張大嘴巴，恨不得一口咬上去，不過轉眼就笑了。

看你能嘴硬到什麼時候！

錦雲伸手朝他後背摸過去，若有還無的，另外一隻手去扯他的腰帶，動作很慢，慢得某男的呼吸越來越急促，好半天才扯掉，錦雲又胡鬧了一會兒，可就是沒有實質性的動作，最後葉連暮實在憋不住了，低吼一聲，她還在憋笑，可是沒一會兒，求饒的就是她了。

葉連暮才不管錦雲的求饒，他打定主意了，必須儘早生個兒子出來，免得她整天就想著玩。

這一晚，錦雲根本就沒法睡，可同樣沒有睡著的人有很多，不過大家都是失眠——

清容郡主躺在床上，翻來覆去，腦子裡想到的都是跟夏侯沂緊握的手，她越想，手越是發燙，而夏侯沂也差不多，望著帳篷頂發呆，然後拍打自己的額頭。

這些大家閨秀，還沒牽過父兄之外的男子，今天不但牽了，還一起載歌載舞，想想心就怦怦直跳，臉頰發燙。

第二天一早，錦雲掙扎著起床，一腳朝葉連暮踹了過去。葉連暮似乎料到了她的舉動，直起身子，讓她的腳撲了個空。

一轉身，他就瞧見錦雲帶著憤怒的雙眼，還有說話聲。「你讓我怎麼起床！」

葉連暮揉了揉耳朵，指著帳篷，錦雲愕然緊閉嘴巴，氣呼呼盯著他。「今天我要狩獵！」

葉連暮挨著錦雲坐下，捏著她的鼻子。「妳連騎馬都不會，弓箭更是沒碰過，能獵到什麼？」

「你瞧不起我？」

「……為夫說的是事實。」

「事實就是你瞧不起我！」

「……我教妳射箭。」

「這可是你說的，我沒有求你。」

葉連暮雖然答應了，不過學射箭一事還是不了了之，由於清容郡主她們都不會，拉著錦雲不讓她學，再加上葉連暮還要參加狩獵，沒空教她，最後錦雲她們去狩獵場轉了圈，好不容易抓了隻兔子，還是一群人靠雙手雙腳圍攻的結果。

狩獵場上的一角，趙琤手裡拿著一朵花，夏侯沂納悶地看著他。「你一個大男人手裡拿著朵花，你不彆扭嗎？」

趙琤白了夏侯沂一眼。「你以為我跟你一樣嗎？玉欣叮囑我一定要送朵花給安二小姐，這是篝火舞的規矩，我還納悶你怎麼不拿花呢！」

夏侯沂睜大了眼睛看著趙琤。「有這樣的規矩嗎？肯定是安兒忘記告訴我了，你這花哪裡採的，還有沒有？」

趙琤指著遠處道：「就在那裡，還有不少。」

蘇猛站在一旁，見夏侯沂騎馬過去，便道：「我跟你一起。」

然後演變成一大堆男子去採花，常安也聞訊，急急忙忙地走到葉容痕身邊。

「皇上，篝火舞好像有規矩，男子要給牽手的姑娘送花。」

蘇貴妃臉上閃過一抹嬌紅，沐賢妃也想皇上親手送花給她，可是一想到皇上不只牽過她的手，心裡就閃過一抹不豫。

葉容痕想的卻是採花送給錦雲，才站起來，就想到了葉連暮，再看兩個妃子望著自己，他的目光在獵場上一掃，最後就近摘了兩朵，一人給了一朵。

此時，錦雲她們在草地上玩，你追我趕的，趙琤、夏侯沂還有蘇猛三個人走過來，趙琤把花遞到安若溪跟前。「送妳的。」

安若溪驚呆了，兩頰飄紅，也不知道伸手接，最後趙琤急道：「送花不是篝火舞的規矩嗎，妳不要？」

安若溪見趙琤舉了半天，那邊夏侯安兒爽快地就收了花，她便不糾結了，收下了花。

另一邊，清容郡主尷尬地望著夏侯沂。「你沒有弄錯嗎，送我花？」

夏侯沂茫然地看著清容郡主。「我昨晚牽的不是妳的手？」

清容郡主扯著嘴角道：「誰說牽手就送花的？只有喜歡那個姑娘才送花！」

夏侯沂的臉唰的一下紅到耳根，蘇猛和趙琤離得近也聽到清容郡主的話，腿一軟，差點栽倒，兩人互望了一眼，頭皮一陣陣發麻。

清容郡主望著夏侯沂，夏侯沂仍把花往她面前一送，清容郡主這才紅著臉收下。

花一離手，夏侯沂就朝趙琤走過去，他和蘇猛兩個一人抓了一條胳膊，把趙琤拖走，一頓暴揍。

趙玉欣聽到自家大哥那淒慘的叫聲，忍不住縮了縮脖子，她不過就是開了個小玩笑，怎麼會鬧成這樣啊！送花也不用大庭廣眾之下送吧？

溫王世子滿頭霧水地走到趙玉欣跟前，把花遞上。「送妳的。」

趙玉欣一臉羞紅，清容郡主過來推搡她，湊到她耳邊輕聲道：「我哥可是難得開竅一回送姑娘花，妳還不趕緊收著，回頭我就讓母妃上門提親去……」

趙玉欣把花接了，一轉眼就溜得沒人影了。

溫王世子愣住，拉住清容郡主。「提什麼親？」

清容郡主皺緊眉頭看著他。「哥，你別告訴我，你不知道篝火舞的規矩，喜歡哪個姑娘就送她花，你都送欣兒花了，她也接了，表示喜歡你啊！」

溫王世子臉皮抽個不停，咬牙切齒地吼道：「趙琤！」

後面那些男子都知道弄錯了，有些對姑娘沒有那意思的人趕緊把花扔了，有些則還握著花，猶豫不決，但是狩獵場上傳遍了：蘇猛喜歡夏侯安兒，夏侯沂喜歡清容郡主，趙琤喜歡安若溪，溫王世子喜歡趙玉欣。

趙琤縮在那裡，欲哭無淚。妹妹啊，妳這次算害死大哥了！

「我不知道……」

夏侯沂磨著牙。「你不知道就敢送花？還帶著我們大庭廣眾之下送花，本世子長這麼大還是第一次這麼丟臉！」

溫王世子瞅著夏侯沂。「你要是不願意，我去找清容把你的花要回來還你。」

他說完就走，結果被夏侯沂拽了胳膊。

溫王世子回頭看著他，夏侯沂輕咳一聲道：「送都送了，要回來豈不是更丟臉？」

四個男子坐在那裡，神情很鬱悶。「現在怎麼辦？」

「我也不知道了，大家都知道咱們送花了……」

這時的主帳篷裡，常安跟葉容痕說起送花的事，葉容痕一口茶噴得老遠。「你是說送花不是規矩，只有對喜歡的姑娘才送花？」

常安點點頭，憋笑道：「葉大少奶奶是這麼告訴清容郡主她們的，可是不知道怎麼傳到安遠侯世子他們耳朵裡，就成了送花是規矩……」

葉容痕眸底閃過一絲笑意。「去把送花的那幾個給朕找來。」

轉眼，蘇猛、夏侯沂、趙琤和溫王世子四個人，還有另外兩個送花的男子站在主帳篷裡。

葉容痕望著他們幾人。「想不到朕此次狩獵還能聽到這樣的笑話，如今花也送了，人家姑娘也收了，外面都傳遍你們中意人家姑娘，你們幾個是如何想的？」

六個男子你望著我、我望著你，誰都不說話。

葉連暮坐在那裡，冷不丁地來了一句。「還能怎麼樣，事情都到這一步了，為了人家小姐的名聲，也得娶回家，你們那麼等不及送花，心裡就沒別的想法？」

六個男子臉都微紅了。說得也是，要是不喜歡，怎麼會這麼等不及送花，不就是想早點再看看她嗎？

夏侯沂上前一步。「皇上，臣想娶清容郡主。」

蘇猛也站了出來。「皇上，臣娶夏侯小姐。」

其餘四個也陸續站了出來。

葉容痕笑道：「敢作敢當，不愧為男子漢。那幾位小姐既然接了花，應該也是願意的，朕給你們賜婚！」

半個時辰後，聖旨就傳到錦雲的帳篷，夏侯安兒她們幾個人都窩在那裡不敢出去，聽到賜婚的聖旨，一個個都瞪圓了眼睛。

錦雲撫額憋笑，不過就是跳了回篝火舞，竟然就湊成了六對？

夏侯安兒望著清容郡主。「以後我就要喊妳大嫂了？就跟作夢一樣。」

清容郡主捂著發燙的臉頰。「我都不敢再跳篝火舞了……」

安若溪攬著錦雲的胳膊，膽怯道：「我是跟表姊出來玩的，結果皇上就賜婚了，我回家怎麼辦？」

錦雲愕然怔住了，隨即搖頭道：「沒事的吧，趙世子人不錯，外祖父、外祖母肯定高興呢！」

到了晚上，別說跳篝火舞了，她們幾個人連吃飯都不敢出去，就在錦雲的帳篷裡湊合，實在無聊就在一起打麻將。

葉連暮幾次走到帳篷外都被南香攔下了，只得懨懨地去找蘇猛他們。

蘇猛望著他。「你怎麼不睡啊？」

葉連暮沒好氣道：「還不是夏侯沂的妹妹——你的未婚妻跟其他幾個人把帳篷占了，在裡面打麻將，我沒法進去睡！」

蘇猛嘴角扯了下，吩咐小廝道：「拿幾罈好酒來。」

兩人就喝了起來，蘇猛敬葉連暮道：「當初你自告奮勇娶了我二妹妹，你有沒有後悔過？」

葉連暮拿起酒罈猛灌起來，後悔？後悔的不是他，是皇上，只要一想到皇上後悔了，他的心裡就微澀。他與皇上情同手足，若是可以，他真想錦雲能永遠別出現在皇上的視線裡，她出現的次數越多，皇上就越後悔。

葉連暮敬蘇猛道：「你是錦雲的二哥，應該瞭解錦雲吧？」

蘇猛苦笑道：「我瞭解她？從那日她在大街上砸了你一個雞蛋後，我就不認識她了……」

兩人你一杯、我一杯，一罈酒喝完後，南香和珠雲才來請葉連暮回去。

一回到帳篷，錦雲聞著他一身的酒味，扶著他道：「你怎麼跑去跟我二哥喝酒了，我二哥心情不好嗎？他不喜歡安兒？」

葉連暮撫著錦雲的臉。「誰告訴妳心情不好才喝酒的？」

「你說得對，心情好也可以喝酒慶祝。」錦雲扶著他躺下，讓青竹打了水來，親自給他擦拭額頭，又拿水給他喝。

由於天色晚了，錦雲一解衣服便睡下了，葉連暮緊緊地擁著她。

「娘子，妳後不後悔嫁給我？」

錦雲手撫著他的額頭，又給他把脈。「沒發燒啊，好好的，你幹麼問這個？你對我好，我自然不會後悔，如果你欺負我，那可就不一定了。」

葉連暮妖冶的鳳眸裡閃過星火，一個翻身壓倒錦雲，撫著她的髮髻道：「我不會讓妳後悔的。」

滿室旖旎，風情月思。

第二十七章　瑞寧入門

狩獵隊伍回宮，雖然說是圍場狩獵三天，其實只有一天半，錦雲沒有直接回祁國公府，而是先送安若溪回安府，因安若溪不敢一個人回去，一定要拽著錦雲陪著。

賜婚的消息早傳到安府了，瞧見安若溪和錦雲一起回來，守門的小廝恭賀道：「恭喜二小姐覓得良婿。」

安若溪微紅了臉，錦雲促狹地道：「我就說外祖母和外祖父會很高興，他們要是生氣了，小廝哪敢祝賀妳啊，肯定同情地看著妳了。」

進了安老夫人的屋子，安大夫人就親暱地拉著錦雲，那眼神熱切得讓錦雲渾身不自在。

「大舅母，妳別這麼看著我，我膽子小。」

安大夫人忍不住噗哧一聲笑了出來。「大舅母得好好謝謝妳才對，我整日愁著給若溪找什麼樣的夫家好，沒想到她跟妳出門一趟，皇上就賜婚了，還是安遠侯世子，是不是妳牽的線？」

錦雲搖頭如波浪鼓。「大舅母，您這回可是謝錯了人，不是我牽的線。」

安老夫人便笑道：「這門親事倒是不錯，只是安府乃是商家，安遠侯府是真心願意跟安府結親嗎？」

結親素來講究門當戶對，安府可從來沒想過高攀侯門，當初錦雲的娘嫁進右相府，安老夫人都後悔了，因為安府照應不了她。

錦雲勸道：「應該不會，安遠侯世子人很好，又是皇上賜婚，怎麼會讓若溪受委屈呢？」

另一廂的安遠侯府，趙琤進府就被安遠侯找去說話了，安遠侯夫人也忍不住瞪著趙琤。「看你幹的好事，娘都不知道，你就敢給人家姑娘送花！」

趙玉欣站在一旁，頭低低的，她不敢給趙琤使眼色，就怕被父親看出這一切的始作俑者是她，要是大哥真說出來，她抵死也不承認，反正也沒別人聽見。

趙琤暗瞪了趙玉欣一眼。「娘，您就別責怪兒子了，您不願意兒子娶安府的女兒？」

安遠侯夫人被問得一窒，說不願意嗎？安府可不是一般的皇商，安府對朝堂有恩，還有皇上御賜的免死金牌，安老太爺又是右相的岳父，安府小姐又是葉大少奶奶的表妹，娶了倒也不算委屈；只是安府小姐的性情品格她都一無所知，突然就成了她的兒媳婦，她這個做娘的心裡總有些不舒坦。這也就罷了，沒承想玉欣也被皇上賜婚，她總共才一個兒子、一個女兒，為了兩人的婚事，她是愁白了頭，結果一個都作不了主！

安遠侯看得開，笑道：「人是他自己挑的，皇上也賜婚了，妳就安心準備聘禮吧！明天去安府提親，就是不知道溫王府什麼時候送聘禮來？」

趙玉欣臉一紅，跺著腳跑回閨房裡了。

此時溫王府裡，溫王妃氣得直哆嗦，狠狠拍著桌子，不是親事她不滿意，而是清容郡主一進門就高興地道：「母妃，我就說女兒嫁得出去吧，您還不信。」

溫王妃當即拍了桌子。「都訂親了，還這麼不懂規矩，娘真擔心妳去禍害人家夏侯世子！」

清容郡主噘著嘴，一臉哀怨地看著溫王妃，溫王爺坐在那裡說道：「清容願意去禍害他是他的福氣，他敢抱怨？清容，過來。」

清容郡主當即笑著朝溫王妃努嘴。「還是父王最疼女兒。」

溫王妃無奈地看著溫王爺。「你就慣著她吧！」

而另一廂的夏侯府，靖寧侯夫人對著夏侯安兒就是一頓劈頭蓋臉地罵。「大家閨秀怎麼可以隨隨便便接人家送的花，還鬧得人盡皆知，我是怎麼教妳的，妳接別人的花也就算了，妳接蘇二少爺的花，妳不知道他是右相的兒子嗎？」

夏侯安兒絞著繡帕。「他是錦雲姊姊的二哥我怎麼會不知道，清容郡主和欣兒都接了啊，又不是只有我一個。」

靖寧侯夫人氣得心口一悶。「女大不中留啊！娘還不是擔心妳嫁進右相府會被人欺負，右相府那些小姐沒一個是省油的燈，妳這咋咋呼呼的性子嫁去，就跟柿子一樣任人搓扁揉圓。」

夏侯安兒安慰她娘道：「娘，沒事兒，錦雲姊姊說會幫我的。」

第二天，御史臺彈劾的奏摺鋪天蓋地捲到葉容痕的龍案上，彈劾的不是別人，正是錦雲，說她有違婦道，竟然帶著一群大家閨秀跳什麼篝火舞，還男女一起跳，結果鬧出送花鬧劇，而皇上也不該陪著一起胡鬧，尤其是賜婚，哪有一次賜婚六對的？

除此之外，彈劾最多的就是葉連暮了，說他夫綱不振，竟然管不住自己的女人，由著她胡作非為，簡直丟盡男人的顏面，不單是在奏摺裡這麼寫，在朝堂之上，當著眾人的面也是這麼數落指責的，還把右相算在內，說他沒教好女兒。

右相冷冷看著那些人，哼笑道：「我沒教好女兒？老夫怎麼教女兒的還用不著你們來管！什麼叫帶壞別人，你們的女兒、兒子都是傻子嗎？叫他們幹什麼就幹什麼，把兒女教養成這樣愚不可及、人云亦云，你們做父親的還有臉面來指責老夫？老夫要是有這樣的兒女，乾脆一頭撞死在大殿上！」

那些大臣的臉都火辣辣的，心裡氣惱又說不出話來，再說話就成自己兒子、女兒都是傻子了。

葉容痕坐在龍椅上，看著右相舌戰群臣，忍不住搖了搖頭。

挑右相的不是，這麼多年從來沒贏過，還不知道長點兒記性。但，右相也說得不錯，若覺得錦雲做得不對，有違禮數，他們的兒女最好乖乖地站在一旁看著，結果兒女玩得高興了，他們現在又來說她不對，就跟一邊說菜不好吃，還一邊往嘴裡塞一樣。

可是大殿上還有一部分官員的兒女沒有參加狩獵的，這會兒便理直氣壯地站出來指責右相了，不過無論怎麼說，右相都不為所動，畢竟皇上和兩位妃子都參與了，難道皇上連什麼該做、什麼不該做都不知道？

葉容痕端著茶盞輕輕喝著，看著雕刻栩栩如生的茶盞，他腦子裡第一個想的就是這茶盞能值百兩銀子，賣了能換多少車糧食回來……

他心神一愣，盯著茶盞看了半天，嘴角成了一抹苦笑，用茶盞蓋輕撥弄了兩下，悠然地呷了一口，放下茶盞後，掃視滿殿的文武大臣，拿起一份奏摺道：「狩獵的事已經過去，就別再提了，如今大朔已經和南舜開戰，朕打算組建一支鐵騎，各位將軍給朕挑選一支精良的士兵出來。」

這件事，各位將軍早就知道了，不過都裝成初次聽聞的樣子，畢竟之前皇上從未跟他們提過，贊同的、不贊同的眾說紛紜。

葉容痕拿出一摞銀票出來，足足有七十萬兩，足夠組建一支鐵騎了，原本猶豫不定的幾位大臣徹底心定了，皇上是真的打算組建鐵騎隊，可心裡又冒出別的疑惑，尤其是戶部尚書蘇大人。

國庫裡不是沒錢嗎？怎麼突然冒出這七十萬兩？

他們自得知皇上有意組建鐵騎隊起，就抱著觀望的態度，鐵騎隊豈是那麼好組建的？若是皇上拿不出說服他們的證明，他們絕不贊同組建鐵騎隊。

如今，皇上把錢拿出來就是明白地告訴大家，他決心已定。即便不從軍中挑，他也會重新招募，雖然可能需要的時間久些，但那支軍隊交給誰就不是他們能決定的了。

那些大臣交頭接耳地商議了一番後，一致同意皇上的提議，組建鐵騎隊，而且對鐵騎隊的掌控權勢在必得！

右相站在那裡，看著拿銀票的葉容痕，眉頭微挑，才提出讓錦雲幫皇上，沒想到這才過去幾天，就說服皇上賣掉皇宮裡的瓷器籌集了七十萬兩以組建鐵騎隊，他怎麼沒發現自己的女兒這麼能幹？

右相雙眼灼灼，嘴角有笑，已經在琢磨這支軍隊交給葉連暮合不合適了。

葉連暮站在那裡，想到葉容痕拿出銀票後，大殿裡氣氛的微妙改變，嘴角忍不住抽了下。錦雲對他們這些將軍的心理也太瞭解了，皇上跟沐賢妃說過要組建鐵騎隊，也說過有足夠的錢去組建，沐將軍依然抱著觀望的態度，可是皇上一拿出銀票，沐將軍就立馬贊同了。

葉連暮心想，如果只是一個提議，十有八九是成功不了的。組建一支鐵騎，少說也要一年半載，可現在，葉容痕讓那些將軍半個月之內籌集人選，買馬的事也有專人負責，務必在一個月之內看到一支鐵騎！

邊關戰火瀰漫，朝廷組建鐵騎隊忙得不可開交，祁國公府裡，則是為了葉連祈迎娶瑞寧郡主忙活，紅綢喜字掛得滿處都是，幾位夫人也都生龍活虎了。

她們這回裝病反抗葉老夫人根本沒用，連葉大夫人都被逼得不得不繳械投降，她們整天待在院子裡，根本沒人去探視，葉老夫人連點補品都沒讓人送去，這樣再裝下去受罪的還是她們！

出了院子，幾位夫人一合計，對錦雲都咬牙切齒，為了打壓她，她們都贊同把葉連祈和瑞寧郡主的喜宴大肆興辦，要比當初迎娶錦雲再熱鬧百倍。

青竹聽到這消息時，氣呼呼地稟告錦雲。「少奶奶，她們也太過分了吧！怎麼說少爺也是國公府嫡長孫，又是皇上賜婚，她們竟然說您的身分比不上瑞寧郡主，所以喜宴要壓過您一籌！」

瑞王雖是親王，可又不是皇上的親叔叔，在朝中的地位也比不上葉大老爺，瑞寧郡主不就比少奶奶多了一個郡主的身分，其餘的哪裡比得上少奶奶？

錦雲看著青竹那擰眉瞪眼的樣子，輕笑地搖頭，谷竹也笑了。「妳氣什麼，不就是一個喜宴，少奶奶壓根兒就沒放在心上，瑞寧郡主能跟咱們少奶奶比什麼？」

翌日上午，錦雲在寧壽院陪著葉老夫人說笑，外面丫鬟便笑著進來稟告道：「瑞王府派人送嫁妝來了。」

葉老夫人高興不已，吩咐道：「讓人小心點放置，別磕壞了。」

葉二夫人坐在那裡，目光掃到錦雲，端起茶盞啜著，笑道：「也不知道大嫂請了誰家的小孩來壓床？」

壓床這事，錦雲知道。古代男女成親，女方會提前一天把嫁妝發過來，尤其是床，要提前安放好，還要請小男孩來陪新郎睡一晚，將來睡在這張床的夫妻才會生男孩，不過請誰來壓床這事二夫人會不知道？

錦雲嘴角微微翹起，就聽葉四夫人感慨地看著她。「錦雲嫁進來也有三個月了，還沒有點消息，莫不是跟當初沒有壓床有關係？」

葉二夫人笑道：「這可怪不得別人，是大少爺嫌棄孩子吵鬧，自己不要的。」

葉老夫人臉色一沈，這事她竟然都不知道。「他不要，妳們就由著他？」

葉二夫人神色一滯，繼續喝茶不再說話了。大少爺又不是她兒子，也不歸她管，老夫人要責怪也責怪不到她頭上來，不過貌似也怪不到大嫂頭上去，當時小孩有請來，是暮兒自己不願意，能怪得了誰？

葉老夫人氣得撥弄著佛珠，難怪錦雲到現在都沒有身孕，原來還發生過這樣的事。這也不能怪老夫人迷信，真有人成親沒有請孩子來壓床，一輩子沒有身孕的，要是葉連暮在，葉老夫人準要罵他。

葉老夫人越想越氣，半晌才想起來錦雲也在屋子裡，當即望著她。

錦雲皺著眉頭，暗暗磨牙。那廝也太過分了！

葉老夫人拍著錦雲的手道：「別生氣，回頭祖母幫妳教訓他。」

青竹也是相信那些禮節的，心裡也怨恨起來，要是少奶奶沒法生小少爺，一定是少爺的錯！

回到逐雲軒，青竹就迫不及待地問張嬤嬤壓床的事，張嬤嬤很生氣，看著葉連暮的眼神都有點不善了。葉連暮一頭霧水地進屋，問錦雲。「我得罪張嬤嬤了？」

錦雲坐在小榻上，拿著鏡子照臉，她發現臉上長了顆痘子，估計是燒烤、辣的吃太多了，正想著要不要製點藥出來抹抹，又一想到臉上有痘子的姑娘不少，製好放在雲暮閣賣，銷路肯定好。

聽到葉連暮問這一句，錦雲抬眸瞪了他一眼。「你得罪的是我！」

葉連暮坐到她身邊，捏著她的臉。「為大什麼時候得罪妳了？」

錦雲拍掉他的手。「沒有嗎？當初你娶我的時候是不是許多禮節都沒有完成？」

葉連暮愣愣地看著錦雲，他都記不得三個月前發生的事了，沒有完成嗎？

「比如說？」

錦雲胸腔裡頓時充斥著一股火氣，還比如？他果然沒放在心上。

「比如，成親前一晚，你該和個男孩睡在喜床上，又比如，你該掀蓋頭三回，你一次就掀了！」

錦雲大聲吼道，葉連暮離得近，耳朵都震得發疼，外面一群丫鬟、婆子都停下手裡的活兒，緊盯著正屋，交頭接耳地說：「少奶奶發飆了。」

葉連暮望著錦雲，雖然他是成過親的人，可他對禮儀知道得不多，當初能耐著性子去迎娶她回來已經是極限了，哪裡顧得到那麼多？

葉連暮見錦雲那麼生氣，再想到張嬤嬤的臉色，心裡有不好的預感。「沒做這些，有很大的問題？」

錦雲深呼吸，她根本就是對牛彈琴，自己也是，幹麼揪著這個問題不放，自討沒趣。

「沒有！」

「……沒有問題妳還氣成這樣？」葉連暮不解。

錦雲抓狂了，推搡他道：「你去書房看帳簿去吧。」

葉連暮也知道錦雲不會回答他的問題，便出去問張嬤嬤，張嬤嬤把話說得很嚴重，嚴重到他都覺得自己十惡不赦了，尤其是掀蓋頭那三下代表下輩子、下下輩子還願意娶錦雲，卻被他一竿子揭過去了。

葉連暮哪有心思看帳冊，湊到錦雲跟前，很慎重地道：「之前娶妳的時候我不知道是妳，要不，我再娶妳一回？」

錦雲皺著眉頭看著他。「你沒吃錯藥吧，再娶我一回，我還能嫁給你兩次嗎？還是你要休了我先？」

提到休妻，葉連暮的心咯噔一下跳著，心裡突然冒出一個詭異的想法，給了她休書，她要是不再嫁給他了怎麼辦？

「不要休書，直接娶妳。」

錦雲白了他一眼，這廝精力是不是太旺盛了，再娶她一回，當初嫁人那就是活受罪，現在還要她受一回？

見錦雲搖頭，葉連暮握著她的手，眼裡帶著乞求。「可不娶妳，我怎麼再掀蓋頭？我還欠妳兩下呢。」

錦雲瞪了他一眼。「大不了下輩子我不嫁給你唄，又不關這輩子什麼事。」

葉連暮的臉漆黑如墨。「下輩子妳不跟我在一起，妳跟誰在一起？」

錦雲淡淡回道：「我哪裡知道，如果按著掀蓋頭定三生的話，你覺得我上輩子是嫁給你的嗎？難道我上輩子也那麼倒楣遇到一個不想娶我的人？如果每一輩子都揭三下蓋頭，那我不是生生世世都嫁給你了？」

錦雲越說，葉連暮的臉色越差，他覺得錦雲根本沒想過下輩子還跟他一起，看她的眼神都變得怪怪的。

錦雲很識時務地改口道：「沒事，上一輩子如果我是跟你在一起的，你掀了三次蓋頭，不是能管三世嗎？下一輩子我還會嫁給你，你記得揭三次蓋頭就沒事了。」

「萬一，我上輩子沒娶妳，或者只揭了一次蓋頭怎麼辦？」

錦雲啞然。「你想得太遠了，這輩子還沒過完呢，也許明天，也許明年，你就不喜歡我了，別說下輩子，這輩子都不想見我，唔……」

所有的話都成了呢喃聲，葉連暮不喜歡聽到這樣的話，俯身吻了上去。

半晌之後，他在錦雲耳邊輕聲道：「下輩子，妳也是我的！」

錦雲心裡跟抹了蜜一般，不過她來自現代社會，對生生世世並不是很相信，她望著葉連暮。「萬一，我是說萬一，我下輩子想做男子怎麼辦？我也想體會一下金戈鐵馬的豪情……」

葉連暮一張臉黑得發亮，看著錦雲的眼睛能噴火了，這女人就不能順著他一點兒，非得這樣掃興嗎？下輩子做男子，體會金戈鐵馬，虧她想得出來，他敢肯定她這輩子就想體驗。他原還想告訴錦雲，自己下個月可能會去邊關，但是現在不敢開口了，他怕錦雲要他帶她去邊關。

葉連暮捏著錦雲的鼻子，一字一頓道：「下輩子妳要是敢投胎做男子，為夫一定讓妳後悔沒有生成女兒身。」

錦雲剜了他一眼，從小榻上起來，哼著曲子走遠了，細細聽，竟是——

「我將舉世榮華換一紙書，閱盡後但含笑臨風不回顧。我以錦繡青春走這一步，風波中，只忍淚向天祝。天蒼蒼，籠群雄射鹿；水茫茫，逝半生爭逐，嘆曉夢承恩，春幾度，珠箔開，誰低翠幕？銀箏停，紅檀未譜，紫硯已枯，玉墨難濡，算一世聰明，雪融處，恨金翠韶光去何速……」

翌日，正是葉連祈迎娶瑞寧郡主的大喜日子。

早上錦雲還沒起來，就聽到嗩吶的歡響，她從床上坐起，打著哈欠看著葉連暮，他已經穿戴好官服了。雖然今日是葉連祈成親，但葉連暮還是得上朝，皇上不許他告假，鐵騎組隊一事才剛剛開始，他得盯緊了。

整個國公府，上到國公爺、下到四位老爺全部都告假在家，唯獨他一個得上朝，錦雲很是同情地看了他一眼，然後又睡倒下去。

青竹端著銅盆進來，谷竹則是拉錦雲的被子道：「少奶奶，時辰不早了，您也該起床了，您昨兒還答應老夫人會用心幫著幾位夫人招呼客人的。」

錦雲哀怨地瞅著青竹。「大清早的，大家都還沒睡醒呢，誰會這時辰登門？」

谷竹頓時語塞。「少奶奶，府裡那些小姐都起來了呢，就您一個人晚到，大家又該說您睡晚了。」

錦雲蒙著腦袋，幾分鐘後，一把掀了被子，深吁一口氣。「不就今天一天嘛，忍忍也就過去了。」

珠雲已經給錦雲準備好要穿戴的衣服了，選了半天才選定一套翡翠煙羅綺雲裙，又給錦雲綰了個凌雲髻，挑了一套雲暮閣的翡翠頭飾，整個人彷彿從畫裡走出來的，珠雲跟南香兩人互看了一眼，帶笑的眼裡含著別的意圖。

不是想壓少奶奶嗎？就讓妳們瞧瞧什麼是鋒頭！

南香又給錦雲挑了塊玉珮，幫她繫在腰間。「要是少奶奶那塊血玉珮沒丟就好了……」

錦雲看著腰間的玉珮，又繫了香包，額際忍不住突跳了一下，這幾個丫鬟也不嫌累，不過說到血玉珮，她也惋惜不已，不知道丟哪裡去了。

青竹瞪了南香一眼。「都過去那麼長時間了，還提它做什麼？反正少奶奶的訂親信物是免死金牌，那個不算數的。」

錦雲輕輕一笑，洗過臉後，問谷竹道：「爺選了什麼地方開錢莊？」

谷竹把毛巾放好，回道：「跟雲暮閣在同一條街上，不過中間隔了八家鋪子，奴婢昨天還特地去東街口看了一眼，那書坊都掛了牌子，門口豎立一塊大石頭，蒙了紅綢，聽說要不了兩天就正式開張了呢。」

小丫鬟春兒打了簾子進來，笑得眉眼彎彎的。「七王爺派人送了請帖來，說希望書社開張，還請少奶奶賞臉。」

明天開張？看著請帖，錦雲暗翻了個白眼。不知道明天瑞寧郡主要敬茶嗎？等她敬茶完再去，也不知道趕不趕得上了，不過明天好像也是科舉放榜的日子？

吃早飯的時候，青竹說起長公主葬入皇陵的事和妍香郡主殺害鐘偲一事，幾個丫鬟都在猜測最後妍香郡主會不會受罰，最後忍不住問錦雲。

錦雲輕笑道：「妍香郡主會如何，還得看誰跟她有仇了，如果只是一個小人物，太皇太后鎮得住，妍香郡主絕對安全，如果是個大人物，那就危險了。」

最有嫌疑的還是沐太后，可錦雲不懂，太后和妍香郡主怎麼會有仇呢？妍香郡主那溫軟的性子，借她三個膽子也不敢得罪太后的啊，難道還有別的原因？

吃完早飯後，錦雲便去了寧壽院，葉老夫人 臉喜氣，葉姒瑤攙扶著她一條胳膊。「祖母，等二嫂進門了，讓她陪您打麻將，前些時候我跟她打麻將，她一次都沒贏我呢。不像大嫂，那麼有錢還贏祖母的錢！」

葉老夫人笑道：「準是她讓著妳。」

葉姒瑤撒嬌道：「才沒有呢，是我憑真本事贏的。」

一屋子人都掩嘴笑，葉姒瑤的牌技是國公府裡出了名的差，還憑真本事贏，那二少奶奶得多差？不過要說到牌技好，當屬大少奶奶，就連大少奶奶身邊的丫鬟都牌技高，有時候少奶奶不方便，就讓丫鬟頂替兩局，從來都是贏得多、輸得少。

丫鬟從外面進來稟告道：「老夫人，寧王妃和纖依郡主來了。」

葉二夫人忙起身相迎，沒一會兒，寧王妃和纖依郡主就進來了，纖依郡主一身粉紅色裙裝，很是嬌俏可愛，挨著葉老夫人坐著，逗得葉老夫人笑得合不攏嘴，直捏她的小瓊鼻。

兩盞茶後，就有人陸陸續續地來道賀了，幾位夫人忙去迎接，賓客中來了好幾位王妃、郡王妃，葉大夫人高興得臉上都是笑，當初這些王妃和郡王妃大多都沒有出席錦雲的喜宴，原因自然是因為錦雲是右相的女兒，這些貴夫人的夫君沒少受右相的氣，即便國公府下了請帖，也沒來。

尤其是永國公府上官大夫人，見到葉大夫人便笑道：「妳可真是有福氣，娶了瑞寧郡主這麼個好兒媳婦，羨煞我了。」

葉大夫人也不客氣，笑道：「瑞寧郡主可是我千挑萬選才娶回來的，賢良淑德就不說了，聽說還是個管家的好手呢！娶回來，我可不能慣著她，讓她幫我打打下手，也好偷點閒，與妳們遊園賞花。」

上官夫人神情一怔，隨即恍然大悟，轉而又笑了，誇讚了瑞寧郡主幾句，可心裡卻感觸不同了，見葉大夫人這高興的勁頭，還要把管家權交給瑞寧郡主，豈不是表示將來國公的位置可能是她兒子的？當初琬兒若是嫁給葉連暮，她真的會好好待琬兒，把國公府交給琬兒嗎？看來琬兒沒嫁進祁國公府未嘗不是件好事。

她雖然心裡這麼想，可面對錦雲的時候，臉色並沒有好多少，眼神裡帶著濃濃的嫌惡。

錦雲被叫來幫忙，就是請前來道賀的夫人們坐下，陪她們喝茶聊天，但是更多的時候，都是那些夫人們互相聊天。

很快地，溫府來人道賀了，溫夫人帶著溫寧來了，溫寧還是第一次來祁國公府，看見錦雲，高興得像蝴蝶一樣飛過來。「表嫂！」

錦雲捏著溫寧的鼻子，笑道：「又漂亮了，真讓表嫂羨慕妒忌啊！」

溫寧哼著鼻子，那邊溫夫人輕斥了她一聲，溫寧吐了下舌頭，恭謹地給錦雲行禮，然後又撲了過來。「表嫂，聽大哥說妳在狩獵的時候跳篝火舞，怎麼跳的，妳教我好不好？」

錦雲眨巴了兩下眼睛，溫寧真切地看著她，一臉的期盼，她哪裡忍心拒絕，點頭同意了。

溫寧湊到錦雲耳邊說：「表嫂妳不知道，我大哥聽說可以和小姐一起跳舞，後悔地直撞牆呢。」

錦雲愣愣地望著溫寧，溫寧格格直笑。「誰叫大哥學藝不精，爹怕他去給皇上丟臉，不許他參加狩獵，這幾天，大哥天未亮就起來練武呢！等我學會跳篝火舞，我再教他。」

錦雲滿臉黑線，溫彥性子活泛，溫老太爺又只有這麼一個寶貝孫子，不捨得逼迫他，沒想到篝火舞竟然讓他立志要好好學武，難道他學武是為了能跟姑娘們一起跳舞嗎？

錦雲還納悶溫彥身為皇上的親表弟，怎麼沒有參加狩獵，原來是被溫老爺攔下了，這得多不精通啊？

聽到溫寧找錦雲學篝火舞，屋子裡其餘的貴夫人各個沈了臉，就因為錦雲起了這麼一個頭，現在的她們都管不住女兒了，整日就想著拋頭露面，說她們兩句，她們就說：「妳們看葉大少奶奶，還和男子一起跳舞呢，皇上都沒說她不對啊，我不過就是逛個街而已，比起和男子牽手差遠了……」

有貴夫人忍不住問葉大夫人了。「大少奶奶邀請皇上還有不少男子一起跳舞，祁國公府都是允許的嗎？」

葉二夫人在一旁解釋道：「我嫁進祁國公府十幾年，可從來沒聽說過這一條，不過聽我家老爺說，右相似乎不反對她這麼做，還處處護著她，說得那些大臣都抬不起頭來，想必右相府不忌諱這些，她是在右相府長大的，國公府也只能睜隻眼、閉隻眼了。」

有夫人不贊同了。「我怎麼聽右相府大夫人說，右相府根本不許這麼做的，也不知道她從哪裡學來的，不過她這麼做，連著我們都不好教養女兒了，還請國公府好好管管她才是，出嫁從夫，還得以夫家規矩為重。」

「說得不錯，都是嫁為人婦的女子了，怎麼可以牽其他男子的手，而且還是皇上的，若依著規矩禮節，那隻手該剁掉！」

「別說剁掉了，我聽說有老夫子在朝堂死諫皇上，結果皇上舉起手，讓老夫子剁掉他的手呢，嚇得老夫子倒地不起。皇上都護著她，咱們能說什麼，也就只有國公府能管著她了。」

「國公府管？國公府可不敢管，前些時候，我們幾個做長輩的說她用錢大手大腳的，不知道節儉，多問兩句，她就不耐煩了，騙我們說撿了十萬兩，鬧得整個京都的人都笑話她，笑話她也就罷了，還連累雲暮閣沒法做生意，連累國公府被人質疑管不住兒媳婦，結果呢，妳們也都聽說了，右相、安府，就連雲暮閣和兩位王爺都趕著送錢來替她撐腰，我們還能說什麼？」葉二夫人吐苦水。

溫夫人坐得近，聽得清楚，眉頭微挑了下，看著錦雲，想起溫老太爺聽說這事時，也是大發雷霆，要不是溫老夫人攔著，老太爺估計要把暮兒叫去訓一頓了。

靖寧侯夫人、安遠侯夫人還有溫王妃都來了，大家不再說篝火舞不該跳的事，畢竟這三位的女兒就是因為跳了篝火舞而被賜婚。

由於夏侯安兒、趙玉欣和清容郡主她們已訂親，第二天就下聘了，不宜再出來參加喜宴，所以就都沒出席。錦雲上前給這幾位夫人請安的時候，她們都高興地直誇讚錦雲漂亮。

兩盞茶的時間後，就有丫鬟進來稟告道：「花轎來了！」

一部分人出去看新娘子下轎，一部分則坐在這裡等著，溫寧還沒有見過人家成親，拉著錦雲就往外走，走到大門時，葉連祈正牽著瑞寧郡主邁步上台階，然後跨馬鞍、邁火盆……

溫寧好奇地看著錦雲。問道：「為什麼新娘子要把臉遮著？」

錦雲被問得微愣，隨即笑道：「許多新郎官在洞房之前都不認識新娘，若是掀開花轎就見到新娘，萬一太漂亮了，豈不是要看呆了？」

溫寧點點頭，抬頭接了一句。「萬一太醜了，會嚇壞的。」

錦雲滿臉黑線，溫寧說完，就拉著她去看人家拜天地，聽到人家喊送入洞房。

溫寧又問道：「什麼叫洞房？」

錦雲輕咳一聲。「洞房就是專門給新娘、新郎住的屋子。」

溫寧似懂非懂地點頭，隨即鼓著腮幫子。「為什麼要嫁人呢？娘說我長大也會嫁人，我一想到要住到別人家去就難過，難怪那些新娘子出嫁都哭得那麼慘了。表嫂，妳嫁給表哥時也哭了嗎？」

她哭了嗎？

錦雲輕笑搖頭。「表嫂那會兒沒哭，幾個丫鬟都不給表嫂吃東西，表嫂餓得連哭的力氣都沒有。」

溫寧眼睛掃到青竹身上，青竹哭笑不得，就聽溫寧道：「難怪表嫂餓得把蘋果都吃了。丫鬟姊姊太壞了，罰她不能吃飯。」

青竹苦著張臉，少奶奶吃蘋果，雖然不否認是餓，可一頓飯不吃，根本就餓不死人的，少奶奶根本就是成心給少爺丟臉，給他來個下馬威的，怎麼就變成她太壞了？

溫寧拉著錦雲的手要跟著一起去鬧洞房，結果被溫夫人喊住了。

溫夫人說了溫寧幾句，然後對錦雲笑道：「別慣著她，回頭她指不定還想爬屋頂看看。」

溫寧紅窘著臉，委屈地看著她娘，錦雲笑道：「沒事兒，溫寧這麼可愛，我喜歡跟她玩呢！」

吃過喜宴後，便是送那些貴夫人出府，錦雲揉著脖子朝逐雲軒走去，一路打著哈欠，由於起得早，又沒有午睡，這會兒犯睏了。

谷竹湊到錦雲身邊，小聲笑道：「少奶奶，昨兒二少爺和壓床小子一起睡的，那小孩尿在喜床上呢。」

錦雲愣然一愣，珠雲便笑道：「還是大少爺有先見之明，沒有跟壓床小子一起睡，不然尿在少奶奶的床上，少奶奶還怎麼睡得著？」

「不換新的？」

青竹暗翻了個白眼，虧她們少奶奶嫁過人，連這都不知道，還沒她知道的多呢！

「少奶奶，妳忘了，當初那喜被鴛鴦枕都是妳親手製的，獨一份，換成新的是好，可是……」

「所以就算髒了，也得忍著？」錦雲忍不住挑眉。

南香重重點頭。「雖然髒是髒了些，可洞房是大喜的日子，所有不好的也被喜婆說成吉利的，喜床上壓床小子撒尿，新娘三個月之內必懷身孕呢。」

錦雲無語望天，果然媒婆的話不可信，俗話說，寧願相信世上有鬼，也不要相信媒婆那張嘴。睡在尿上面，還洞房呢，以瑞寧郡主的金枝玉葉、嬌貴之軀，不彆扭死就不錯了。

這麼一想，錦雲甚至有些慶幸葉連暮沒讓壓床小子睡她的床呢，萬一也撒尿了，她豈不是得睡地板了？

回到逐雲軒，錦雲喝了杯茶，讓丫鬟解了髮髻後，便倒在了小榻上，醒來時，葉連暮已經回來了，連官服都已經換下來了。

錦雲從小榻上起來，起身洗了把臉，想到今早青竹說起妍香郡主的事情，於是問道：「妍香郡主的事怎麼處理？」

葉連暮望了她一眼，輕點了下頭。「妳猜得沒錯，的確跟太后有些關係，那些彈劾妍香郡主的大臣都是太后的人。」

錦雲忙問道：「要如何處置妍香郡主？」

葉連暮把今天早朝的事說給錦雲聽，錦雲聽後也覺得納悶了。

他們奏請皇上，竟然說父女恩情不能忘，不管鐘家是如何對待長公主的，畢竟那時候人家不知道長公主的身分，情有可原，朝廷接回長公主的骸骨可以，可是妍香郡主是鐘府的女兒，身體裡流著鐘府的血，這是不爭的事實；現在鐘偲死在郡主府，又有劉氏大肆宣揚妍香郡主無情無義，對朝廷和皇家的影響太大，朝廷素來提倡孝道，以孝治國，卻逼妍香郡主做出這樣的事實在不妥，因此提出讓妍香郡主重認鐘府。

由於妍香郡主涉嫌謀害一事有損皇家顏面，他們還請奏皇上賜妍香郡主一塊封地，讓妍香郡主搬到凌陽城去。

錦雲聽完，直勾勾地望著葉連暮。「就這些？」

「只有這些。太后似乎只要妍香郡主搬離京都便可以了，沒有要置人於死地。」

錦雲不明白了。「可是妍香郡主住在京都，跟太后也不過十天半個月才見到一回，不礙她什麼事啊，難道她是想在妍香郡主去凌陽城的路上或是在凌陽城殺了她？」

葉連暮眉頭微挑，然後看著她。「妳為何覺得針對妍香郡主的一定是太后，沒懷疑過別人？」

錦雲搖搖頭，她其實也不確定，不過是憑著直覺還有她自己的觀察，她還記得當日太皇太后的壽宴上，右相送上紫金手鐲時，大家都關注太皇太后的反應，可她無意間瞥向沐太后，從太后的眼睛裡看到了震驚和一絲恐懼，只一瞬間便消失殆盡，那時她還以為自己看錯了，也沒有放在心上。後來妍香郡主府上死了人，又跟太后有些關係，所以才斷定當日自己並沒有看錯，太后真的震驚和恐懼過。可是太后恐懼什麼呢？不過是一只紫金手鐲而已。

錦雲心中千迴百轉，各種想法閃過，她驀然抬眸看著葉連暮。「相公，你說長公主的死與太后有沒有關係？」

見葉連暮怔然地看著自己，錦雲也知道自己的猜測是大膽了些，可是不能排除不是嗎？「當日太皇太后的壽宴上，大家的心思都放在紫金手鐲上，我卻在無意間看到太后攥緊了手，那是內心恐懼的下意識動作，如果我沒有看錯的話，你說太后怕什麼，怕長公主一只手鐲嗎？還是怕我爹找到了長公主？我想，要是長公主當初的失蹤與太后沒關係，她會出現那種神情嗎？所以我們可以大膽猜測，長公主的失蹤是太后一手策劃的，害死長公主，即便她貴為太后，這罪名足夠誅她九族了。」

葉連暮知道她的觀察很細微，當日他們全都被太皇太后的舉動給驚著了，根本無暇顧及其他。「繼續說。」

錦雲知道葉連暮有些信服她了，便大膽猜測道：「假如長公主是太后害死的，妍香郡主是長公主嫡親的女兒，太后心裡肯定忌憚她，一個人即便失憶了，可對某些事若是印象深刻的，總會在不經意間提到一、兩句，太皇太后那麼精明，妍香郡主要是說了些什麼，就算不信，也會去查吧？為了杜絕後患……我想太后其實更想殺了妍香郡主，不過殺郡主會激怒太皇太后，也會震驚朝野，萬一做得不夠徹底，豈不是自尋死路？所以送走妍香郡主是最好的選擇。」

錦雲分析得合情合理，葉連暮沈思了兩秒。「若真的查到太后謀害長公主的罪證，沒人可以護住她，可是這些都是妳的猜測。」

錦雲燦然一笑。「想驗證一下是不是真的，還不簡單嗎？」

葉連暮眉頭一挑，錦雲已經吩咐青竹了。「準備拜帖，送給妍香郡主，明天我去拜訪她。」

第二天，錦雲又起了一個大早，吃過早飯後，便帶著谷竹去了寧壽院。

葉老夫人屋子裡，歡聲笑語一片，說的都是葉連祈和瑞寧郡主。錦雲站在屏風處聽了兩句，聊的內容不外乎是喜床上那泡童子尿，以及葉連祈和瑞寧郡主圓房的事。

錦雲有些無語望天，礙於男女大防，葉連祈和瑞寧郡主成親前壓根兒就沒見過面，揭了蓋頭就洞房，不尷尬嗎？

給葉老夫人、國公爺請安後，錦雲又給幾位夫人行了一禮。

國公爺見錦雲一個人進來，眉頭輕蹙了下。「暮兒上朝去了？」

錦雲搖了搖頭。「相公沒有上朝，好像是去軍營了。」

葉大夫人不悅道：「他一個文官，跑軍營去做什麼？今天是瑞寧郡主進門第一天，又是敬茶，他這個做大哥的也不在場，也太失國公府的禮。」

葉大老爺放下茶，瞥了葉大夫人一眼。「暮兒事忙，皇上有什麼事都交給他辦，去軍營十有八九也是皇上的吩咐，妳要讓他丟了皇上的聖旨來喝郡主的茶？」

葉大夫人背脊一涼。「我不是這個意思……」

葉大老爺擺手打斷她的話，他豈會不明白她的想法，不就是擔心沒給足瑞寧郡主的面子？瑞寧郡主嫁來就是國公府的二少奶奶，豈有讓暮兒丟了正事不做、來喝她一杯茶的道理？

他心裡隱隱有些猜測，這些天暮兒下了朝後就直奔軍營，肯定是去督辦挑選精兵良將的事，畢竟皇上對鐵騎的事很重視，可不容一點馬虎。他不信皇上真的會甘心把這支鐵騎交給幾位將軍，不過眼下皇上又把自己的後路堵死了，倒是讓他摸不著頭緒，既然是比試爭奪，總會有敗有勝，皇上乃天子之尊，總不能自毀聖言吧？

錦雲坐下喝了半盞後，有丫鬟就進來稟告道：「二少爺和二少奶奶來了。」

丫鬟剛說完，那邊葉連祈和瑞寧郡主就邁步進來了，男俊女俏，甚是養眼，尤其是瑞寧郡主，穿戴華貴奢侈，比錦雲身上的隆重百倍不止，郡主氣派十足，但是臉上卻是一抹淡淡的嬌紅，讓人我見猶憐，比當初錦雲一個人來敬茶可是嬌柔得多，一看就知道兩人感情很好，如膠似漆。

葉二夫人起身，拉著瑞寧郡主的手就是一陣不吝嗇的誇讚。「這模樣，在國公府少奶奶中，無人可比。」

錦雲一口茶沒嚥下去，猛地咳嗽起來，她算是服了葉二夫人，真是會說話，國公府少奶奶就她和瑞寧郡主兩個，直接說她比不上瑞寧郡主就好了，有至於說成這樣嗎？

葉二夫人眼神不善地看著錦雲。「怎麼，我說得不對？」

錦雲根本就不生氣，她長什麼樣自己心裡清楚，自己滿意、葉連暮滿意就成了，其餘人怎麼看，並不影響她的心情。

她微微一笑。「錦雲覺得二嬸說得不對，瑞寧郡主的容貌豈止是國公府少奶奶中最好的，應該是國公府最好的，無人可比！我一看瑞寧郡主，再看二嬸您，就覺得夜明珠旁擺了一顆珍珠……啊！二嬸，我說得不對嗎？」

葉二夫人差點被錦雲無知的表情氣得暈過去，還得咬牙贊同錦雲說得對，一旁幾位夫人都掩嘴笑。把她比喻成珍珠，還真是抬舉她了，在瑞寧郡主這顆閃耀的夜明珠前，她若是珍珠，肯定是最小、最不起眼、最便宜的米珠。

祁國公府上幾位小姐則氣得直扭帕子，錦雲說得可是國公府裡當屬瑞寧郡主最美，那言下之意是她們無人比得上瑞寧郡主。

葉二夫人一腳踩了她，她就一腳把她們都踩得低低的，氣死了！

葉老夫人嘴角劃過一絲笑意，葉連祈和瑞寧郡主也看了錦雲一眼，尤其是瑞寧郡主更是多瞧了錦雲幾眼。身為女人，她自然知道容貌對於她來說有多麼重要，沒人願意承認自己沒別人漂亮，尤其在她看來，錦雲與她幾乎可以算是平分秋色了。

這一段小插曲就這樣過去了，重頭戲是敬茶。

葉老夫人對瑞寧郡主是很滿意的，賞賜的東西與當初賞賜給錦雲的不相上下。國公爺對瑞寧郡主送上的見面禮沒有很大的表情，看不出喜歡還是不喜歡，不像當初錦雲送珍藏孤本書時，他的眼睛都亮了，回去後，還特地交代葉連暮把那小木匣子拿給她，雖然到現在錦雲也沒弄明白木匣子內的羊皮到底是什麼。

給葉老夫人和國公爺敬茶後，便是給葉大夫人敬茶了，葉大夫人高興地喝了茶，送了最精緻的頭飾一套，正是雲暮閣最新出品，值二千多兩銀子呢！比起當初送給錦雲的兩塊玉珮真是天差地別，這其中一塊還是當初葉大老爺和葉連暮親娘溫氏做訂親信物的血玉珮，另外一塊最多值個百兩。

屋子裡的丫鬟看著都忍不住唏噓，眼睛盯著錦雲，只在錦雲臉上看到一抹淡笑，她們都面面相覷。葉大夫人這明擺著就是偏袒了，大少奶奶都不知道生氣嗎？

錦雲沒什麼反應，可是葉老夫人的眉頭卻皺了起來，端著手裡的茶啜著。

王嬤嬤在一旁瞅著，忍不住在心裡嘆息了下，大夫人表現得太明顯了，還以為大夫人能忍個十年八載，沒想到現在就……十多年了，實在忍不下去了吧？

不過對於錦雲的反應，王嬤嬤很是讚賞，完全不像一般眼皮子太淺的大家閨秀，為了點衣裳首飾就弱了氣度。不過王嬤嬤隨即又是一笑，以少奶奶的身價，葉大夫人就算是送瑞寧郡主十套精美的頭飾，她也不會抬下眉頭吧，畢竟當日雲暮閣上門賠罪可是送了好幾套頭飾，大少奶奶可是讓他們原封不動地抬了回去。

瑞寧郡主很高興，很甜美地跟葉大夫人道了聲謝，起身前還瞥了錦雲一眼，不過沒從錦雲臉上看到妒忌之色，瑞寧郡主的喜悅都弱了三分，她自然知道當初錦雲敬茶時發生過什麼，這是成為國公府二少奶奶之前必備的功課。可除此之外，錦雲有多少身價，她多少也知道些，她也明白沒有人會笨到把所有身價都拿出來展示在人前，也就是說錦雲擁有得比她還要多，偏偏她還是郡主，若是在國公府裡行事，出手氣度比不上錦雲，那是丟她郡主的身分。

給葉大夫人敬過茶後，便輪到葉二夫人了，葉二夫人這回很大方了，送了塊價值至少三百兩的玉珮，不過瑞寧郡主出手更大方，送的是雲暮閣的香水，一瓶一千兩，讓葉二夫人心裡的天平已經徹底偏向瑞寧郡主。

瞧人家這出手，妳大少奶奶再有錢又如何，當初不也就送了對花瓶嗎？

葉二夫人方才在錦雲手裡栽跟頭受了氣，不找回場子不是她的行事作風，斜視了錦雲一眼後，她便誇讚瑞寧郡主道：「還是瑞寧郡主懂得討人歡心，出手又大方。錦雲啊，不是二嬸說妳，這一點妳的確比不上瑞寧郡主，差太遠了。」

錦雲淡淡地望向葉二夫人，眼眸晶亮。「是嗎？不是錦雲不大方啊，實在是不敢，有些人啊，東西送出去就是肉包子打狗，一去不回。二嬸記性好，應該沒忘記當初送給錦雲的見面禮是什麼吧，每回錦雲有了好東西，想送給幾位嬸子，丫鬟就會把二嬸的紅包拿出來給錦雲瞧，錦雲滿腔熱血頓時冷成冰了……」

滿腔熱血頓時冷成冰？

一屋子的丫鬟都睜圓了眼睛，離谷竹近的夏荷都忍不住推搡了一下。「二夫人給的多少見面禮？」

谷竹聳了下肩膀，低聲道：「當初少奶奶送的見面禮，妳們都瞧見了，價值不菲，就算沒有千兩，絕對也有八百兩，可是二夫人送給我們家少奶奶是五十兩銀票，那是我在少奶奶那裡見過最小的銀票，我們少奶奶到現在都還擱在那裡擺著呢。」

夏荷聽得忍不住倒抽一口氣，她們都知道葉二夫人不待見大少奶奶，可也不至於見面禮就送五十兩銀子吧？當大少奶奶是叫花子打發呢！就這樣，還指望大少奶奶對她好，有好東西還想著她？別說少奶奶的性子了，就是這屋子裡，任誰也不會去做這種拿熱臉去貼人家冷屁股的事吧？

葉二夫人的面子有些掛不住了，她一直以為錦雲會沒那個膽子說出來，沒想到還是當著眾人的面說，還說什麼肉包子打狗，是說她是狗嗎？！

瑞寧郡主拿著玉珮，心想，她是覺得二夫人小氣了那麼一點兒，沒想到她對大少奶奶這麼小氣，簡直可以說刻薄了，不過只要對她好就足夠了。

瑞寧郡主笑道：「多謝二嬸的玉珮，瑞寧很喜歡。」

連郡主都喜歡，這見面禮也不算差了，葉二夫人臉色總算是好了不少，但是對著錦雲還是沒有好臉色。「那是郡主送的香水，二嬸喜歡。二嬸性子怪，不中意的東西，即便價值千金，在二嬸眼裡也不值一文！」

錦雲淡淡一笑，正要說話，葉大老爺已經忍不住咳嗽了，她只好把到口的話嚥了下去。

瑞寧郡主轉而給三房敬茶。這時的葉三夫人心裡也怕啊，幸好方才沒說錦雲什麼，當初她送給錦雲的東西也不值多少，她都有些後悔了，當初針對錦雲是不是做錯了，大少爺娶誰跟她有什麼關係，她反感錦雲做什麼，白白得罪了人家，現在想回頭都晚了。

給四房敬過茶後，接下來就輪到錦雲了。因為葉連暮不在，所以葉連祈就不奉茶了。

瑞寧郡主給錦雲端了一杯，輕笑道：「大嫂，往後我們就是妯娌了，還得多多往來才是。我知道大嫂不喜歡串門子，我喜歡四處閒逛，大嫂不會將我拒之門外吧？」

錦雲笑著接過茶。「郡主說這哪裡話？妳來，我歡迎還來不及呢，怎麼會拒之門外？」

喝了茶後，錦雲把茶盞擱下，瑞寧郡主抓過她的手，要把手腕上的青玉鐲子送給錦雲，由於錦雲不習慣跟陌生人肢體接觸，下意識地拒絕了。

可是下一秒，哐噹一聲傳來，青玉鐲掉地上去，碎成四瓣。

瑞寧郡主輕咬了下唇瓣，眸底蘊含了淚珠。「大嫂，妳……」

一旁的丫鬟紅芙當即沈了臉。「大少奶奶即便不喜歡我們郡主的鐲子，也用不著扔了吧？」

錦雲看了紅芙一眼，再看瑞寧郡主，她就算再傻也知道是怎麼回事了，原來還給她準備了節目，她與葉二夫人你來我往兩回還不夠郡主瞧了，要親自上場嗎？

她抽回手時，鐲子還沒到她手上來，怎麼變成她扔了？

錦雲望著地上的鐲子，那邊葉二夫人嘴角一翹，卻沒有說話，反倒是葉大夫人站了出來，冷冷地看著錦雲。「我知道妳有錢，國公府都比不上妳富足，妳就算沒把一只鐲子放在眼裡，可這也是瑞寧的一番心意，妳用得著這樣擺臉色嗎？」

瑞寧郡主咬著唇瓣道：「是我沒拿穩，不怪大嫂……」

葉二夫人這才站出來，嗔怪瑞寧郡主。「妳啊，就是好脾氣，回頭小心被人騎到頭上去，送她鐲子，她還把手往回抽，不然鐲子怎麼會掉，這怎麼能怪妳呢？」

谷竹氣得一佛出世，二佛升天。她彎腰把玉鐲撿了起來，然後看著錦雲。「少奶奶？」

國公爺冷著臉甩袖走了，屋子裡氣氛突然尷尬到極點，葉老夫人臉色也難看了，沈著眉頭喝斥道：「鬧夠了沒有?!往後誰要是再敢在寧壽院處處針對錦雲，就給我搬出國公府！」

葉老夫人說著，眼神冰冷地掃過葉二夫人。

葉二夫人臉色一白，這麼些年她在老夫人的屋子裡放肆慣了，老夫人最多責備她兩句，從沒說過要她們搬離國公府的話。

葉老夫人望著葉二老爺。「你媳婦這麼對待錦雲，你這個做夫君的就沒什麼話可說嗎？」

葉二老爺臉上閃過一抹尷尬。當著一屋子丫鬟、小輩的面，娘也不知道給他留兩分臉面。

他瞪著葉二夫人。「今天是瑞寧敬茶的大喜日子，妳提那些不開心的事做什麼？惹得娘不痛快，還不趕緊給娘賠禮道歉，跟娘發個誓，往後再數落錦雲的不是，妳就看著辦吧。」

葉二老爺畢竟顧念夫妻之情，讓自家夫人給錦雲賠罪的話他說不出來，可惹著老夫人生氣就是她的不是了，讓自家夫人給老夫人賠罪正合適。

葉二夫人氣得渾身哆嗦，讓她發誓不再數落錦雲，那不是逼她搬出國公府嗎？她猛地一轉身，卻突然一陣頭暈，幸好丫鬟扶得及時，不然真倒地上去了。

錦雲扯了下嘴角，這麼低劣的手段，葉二夫人還真好意思使出來，她怎麼不裝嘔吐懷孕，那招更好使。

葉老夫人氣得直揉額頭，真不想替葉二夫人留什麼面子，可作為國公府的長輩，總不能在小輩跟前抬不起頭來，看來，還是儘早讓他們搬離國公府才是，不然照著這樣發展，將來西苑與錦雲他們就半點情分都沒了。

丫鬟扶著葉二夫人出門時，葉總管從外頭走進道：「國公爺讓奴才來說一聲，半年之內，他會把國公的位置讓出來，除了東苑外，其餘三苑儘早找好院子，免得到時候遷家時手忙腳亂。」

第二十八章　打草驚蛇

敬茶過後，錦雲還趕得及參加「希望書社」開張，然後得空去了一趟郡主府。

之前青竹差人送拜帖去，只說錦雲想拜見妍香郡主，而妍香郡主這些天被劉氏鬧得焦頭爛額，哪有心思見客，便婉拒了來人，不得已之下，錦雲只好以雲暮閣名義前來拜訪，妍香郡主這才答應相見。

錦雲等人才被總管領著走到二門，趙遇便迎了上來，客氣有加。「在下曾多次派人去雲暮閣拜訪，雲暮閣老闆都不曾相見，今天總算有些音訊了，葉大少奶奶，不知妳此番前來，所為何事？」

錦雲淡笑點頭。「的確有些事，雲暮閣老闆拜託我來找郡主幫個小忙。」

幫忙？趙遇愣了兩秒，究竟是什麼事會讓雲暮閣來找妍香幫忙？七王爺和十王爺不是雲暮閣的老闆之一嗎？再加上葉大少奶奶的夫君葉大少爺是皇上的表兄，再難辦，求皇上一聲不就成了？趙遇實在想不通，當下便請錦雲進正屋。

錦雲還沒進去，就聽見屋子裡在鬧騰，還是那個劉氏，只聽她哭道：「還給不給我們活路了？我家相公都被毒害了這麼多天，官府也不給我個說法，妳說不是妳害的，證據呢？到底是誰害的！」

趙遇的臉色頓時尷尬不已，雖然當日劉氏在長公主靈前大鬧的時候，葉大少奶奶就在，可還是覺得臉上無光。

趙遇是書生，妍香郡主是個柔弱郡主，劉氏又是她大嫂，才死了夫婿，不好責罵她，可錦雲卻覺得妍香郡主真是丟了郡主身分啊！

劉氏說話很難聽，什麼殺人償命之類的，錦雲瞥了趙遇兩眼，逕自邁步進去了，繞過屏風就瞧見妍香郡主臉色微白地坐在那裡，劉氏扠腰蠻橫，一瞧見錦雲邁步進來時眸光淡淡地掃了自己一眼，臉色頓時不好看了。

妍香郡主從羅漢榻上起來，劉氏便呵斥她。「妳別忘記了妳是郡主，她是來拜訪妳，用得著妳站起來給她行禮嗎？」

妍香郡主的臉頓時紅透了。

青竹看不慣劉氏的無禮，哼道：「妳可真是懂禮數，我們少奶奶怎麼說也是國公府少奶奶，雖然比不上郡主身分來得尊貴，可比妳要高上數倍吧！郡主待人溫和，可不像某些人，還沒進門就聽到她那大嗓門，還是在訓斥郡主。我們少爺、少奶奶跟皇上很熟，要是不小心在皇上面前說漏了兩句，妳蔑視郡主就是蔑視朝廷、蔑視皇上，妳有幾顆腦袋都不夠砍！」

劉氏沒被人這麼頂撞過，揚起手就要打過來，錦雲斜視了她一眼。「妳這一巴掌敢打下去，我就要了妳這隻手！」

劉氏頓時止住手，回頭看著妍香郡主。「妍香，她這麼對待妳大嫂，妳都不幫大嫂？」

妍香郡主腦殼生疼，不好說錦雲什麼，也不習慣苛責劉氏什麼。

錦雲回頭瞥了谷竹一眼，刻意說給劉氏聽。「去官府找人來，就說我懷疑劉氏是殺害鐘偲的疑犯，送她去大牢收監，待查清楚事情的真相再放她出來。」

妍香郡主和趙遇兩個倏然望著錦雲，劉氏更是氣煞了，指著錦雲便破口大罵，活脫脫一個潑婦。

青竹和谷竹擋在錦雲跟前，冷冷看著她。「妳要再不閉嘴，就憑妳辱罵我們少奶奶，就能關一、兩個月的大牢，還有妳辱罵郡主的話，就是滅妳九族都夠了！」

妍香郡主的丫鬟白巧站出來，指著劉氏道：「把她關進大牢去，這些天她都會來鬧我們郡主三、四回，不許她來，她還以死相逼！」

錦雲回頭看著妍香郡主，妍香郡主愣愣地看著她，隨即眼睛越睜越大，眸底閃過一抹驚喜。「是『你』！」

妍香郡主上前便要行禮，錦雲忙扶著她，朝她搖了搖頭，妍香郡主的臉都紅了，當日祭拜時，她就覺得錦雲給人一種眼熟的感覺，這回再看，又想到她是雲暮閣派來的，她哪裡還想不通，當初十王爺帶來救她相公的就是葉大少奶奶！

趙遇茫然地看著妍香郡主，不懂她怎麼突然反應會這麼大，今兒一早葉大少奶奶送請帖來時，她不是不想會見，怎麼會這麼高興？

妍香郡主忙請錦雲坐下，又吩咐白巧上好茶，白巧也認出錦雲，高興地直點頭，跑跑顛顛地去準備茶水和糕點，任由劉氏乾晾在那裡，臉色鐵青。

錦雲瞥了她一眼，對妍香郡主道：「郡主性子未免太溫軟了，妳已經不再是當初的鐘妍香了，太皇太后賜妳姓葉，妳就該維護皇家顏面，由著一個婦人如此辱罵妳，太皇太后或許會寬恕妳，可是皇上和太后他們不會。」

妍香郡主為難地看著錦雲，錦雲無奈地道：「我知道她是妳大嫂，可我瞧她壓根兒沒將妳當過小姑，我想當初妳被人逼婚，她肯定摻和在內，這事只要太皇太后聽到一絲風聲，她不死也得脫七、八層皮。」

劉氏的氣焰頓時弱了下去，趙遇一揮手，便有丫鬟來請劉氏下去了。

白巧端著茶點來，不滿道：「我們郡主就是好脾氣，都做了這麼多天郡主，還沒有一點兒郡主該有的架子，劉氏拿刀架脖子逼迫她，她就沒轍了。」

青竹冷哼道：「又沒人逼她拿刀架在脖子上，她要是自刎而死，那也是她自己活得不耐煩，怨不得旁人，到時候妳們給妍香郡主做個證，誰敢說什麼？不過，我看她就是那種惜命的人，怎麼可能會死？」

白巧對青竹的好感頓時往上升。這才是京都大家閨秀身邊丫鬟該有的氣勢，連她們郡主都比不得半分，郡主就該好好學學才是，太軟弱了！

妍香郡主臉色微窘，望著錦雲道：「不知道妳今兒來找我有什麼事？」

錦雲看了趙遇一眼，沈思了兩秒，趙遇很識時務地說他還有幾本書沒看完，便退了出去。白巧一揮手，讓屋子裡其餘的丫鬟也退出去。

妍香郡主怔怔地看著錦雲，什麼事這麼慎重？

錦雲笑道：「不是什麼很大的事，不過越少人知道越好，我想請郡主幫個忙。」

妍香郡主一聽錦雲說此事與她娘的死有關係，當即一口應了。

之後，妍香郡主和錦雲兩人搭上馬車前後進宮，到停放馬車處，錦雲沒想到，竟然遇到了右相。

錦雲進宮，右相頗為詫異。「妳怎麼進宮了，莫不是又缺錢了？」

錦雲大汗，沒想到右相竟然會開她的玩笑，她嗔道：「爹，你笑話女兒，要不是有爹的吩咐，我怎麼會吃飽了撐著進宮啊？」

「查出了什麼？」右相問。

錦雲搖頭。「還沒有，只有一點兒苗頭，特地來打草驚蛇的。」

右相眼睛微亮，從來都怕打草驚蛇，沒想到錦雲竟然反其道而行，沒準兒還真能讓狐狸露出尾巴來。他笑道：「早知道妳這麼聰慧，爹這些年也不至於這麼辛苦，妳去吧。」

妍香郡主笑看著錦雲。「我聽著怎麼覺得右相抱怨沒將妳生成男兒？」

錦雲輕撓了下額頭，苦笑道：「做女兒就這麼辛苦了，做男兒豈不是要被我爹奴役死？」

兩人一同去了太皇太后住的永寧宮，在大殿門前，妍香郡主問宮女，太皇太后的寢殿裡除了太皇太后之外，可還有別人？

宮女搖頭道：「沒人在。」

妍香郡主瞥了錦雲一眼，錦雲點點頭，妍香郡主便笑道：「沒人在就好，太皇太后這兩日精神可還好？我要與她說說我娘的事。」

宮女回道：「前兩日太皇太后夜裡受了些寒，太醫來看過，開了兩帖藥，這兩天沒聽說太皇太后身子有礙。」

妍香郡主這才放心邁步進去，錦雲緊隨在後，走了十幾步後，一回頭，宮女便不見人影，錦雲挑了下眉頭。

兩人進大殿的時候，太皇太后正在喝粥，一見妍香郡主進來，便把粥放下了，招手道：「幾天沒見，怎麼就消瘦了這麼多？」

妍香郡主請過安後便上去挨著太皇太后坐下，錦雲這才上前請安。

太皇太后笑道：「妍香在京都沒什麼朋友，還想讓妳們多多往來，沒想到妳們就遇上了。」

錦雲回道：「在宮門口遇上的，又一同來給您請安，實在有緣，聽說太皇太后身子不適，錦雲特地準備了些調養身體的藥丸給您送來。」

錦雲既是特地來找太皇太后的，自然該做的功課不能少了，對於太皇太后的事，問葉連暮就知道了。

青竹把藥盒送上，太皇太后身邊的嬤嬤就接過藥盒，見上面寫著「雲暮閣」三個字，嬤嬤詫異地看了錦雲一眼，笑著對太皇太后道：「葉大少奶奶給太皇太后送的藥丸是雲暮閣的呢，聽說駙馬就是雲暮閣的大夫治好的，想必這藥丸肯定不會差。」

「藥丸好，我老人家最煩喝藥了，太醫煎的藥就停了吧。」太皇太后看了看錦雲，再看看妍香郡主，道：「前些時候妳才封為郡主，又忙著清歡的葬禮，哀家也沒找人教妳皇宮的規矩，哀家讓人給妳挑了兩個規矩嬤嬤，一會兒妳帶回去，既是郡主了，就該有郡主的氣度。」

妍香郡主忙起身道謝，兩人就在屋子裡陪著太皇太后說笑，太皇太后平素待在宮裡也無聊，前些時候有麻將，太皇太后也愛上了，不過嬤嬤不許她玩超過半個時辰，那東西傷神。

喝了杯茶後，就有宮女進來稟告。「太皇太后，太后給您請安來了。」

太皇太后點頭後，宮女才出去請沐太后進來。

沐太后一進殿內，錦雲就從椅子上站起來，恭敬地請安。

沐太后笑道：「可是很難在宮裡頭見到妳一面，往後還得常進宮，多陪陪貴妃聊聊天才是。」

錦雲點頭應下，等沐太后給太皇太后請安後方才坐下。

沐太后看著妍香郡主，錦雲注意到她眸底有些微寒，就聽太后道：「聽說劉氏這些天都在郡主府鬧騰？」

妍香郡主輕點了下頭，又跟沐太后說起劉氏的事。

太皇太后臉色有些不豫，她自然知道太后一黨要妍香郡主搬離京都的事，沐太后素來注重皇家禮儀，太皇太后也知道妍香郡主在宮外待得太久，行事作風確實有失皇家風範，所以才會找嬤嬤教妍香郡主規矩。其實她已經出嫁了，只要無傷大雅，無人敢說她什麼。

閒聊了一會兒，妍香郡主才跟太皇太后道：「皇祖母，妍香今兒進宮是想到一些關於母妃的事，要跟您說一聲。」

太皇太后微抬眉頭。「想起妳娘什麼事？」

妍香郡主估計是第一次撒謊，有些窘迫和支支吾吾的。「就是母妃站在高處的時候，會在驚嚇之下說許多胡話，妍香想母妃當初被人綁架或許是被人設計的，不是意外。」

妍香郡主說話時，錦雲是一眨不眨地盯著太后，就見太后端著茶盞的手忽然一抖，雖然一瞬間就穩穩的，錦雲仍是瞧見了。

沐太后望著妍香郡主。「長公主驚嚇之下都說了什麼？」

「母妃說：『放我回家，他們給你什麼好處，我給你雙倍、十倍！』那時，我一直以為是母妃被欺負，想回家，昨晚作夢夢見母妃，母妃要我替她報仇，不然就不認我這個女兒了，我不懂，所以找皇祖母您來了。」

太皇太后臉色難看如霜。「清歡託夢給妳，要妳替她報仇？」

妍香郡主重重一點頭，眼睛不由自主地看了錦雲一眼，不懂為什麼錦雲要她這樣說。

而錦雲觀察太后的臉色，可以斷定長公主被人綁架跟太后脫不了干係，只是這罪證實在不好找，暫時不知道從哪裡著手。

太皇太后一拍桌子，桌子上的茶盞被拍得亂顫。「清歡怎麼不給哀家託夢，她是怨恨哀家這麼多年都沒找到她啊！來人，給我傳右相來！」

此時，葉容痕邁步進來，正好聽到太皇太后傳召右相，不由得疑惑道：「皇祖母，誰惹您生氣了？」

太皇太后臉色這才緩和了三分。「皇上來得正好，皇祖母方才知道你皇姑當初被人綁架，十有八九是被人設計陷害的，正要找右相查清真相。」

皇姑不是意外被人綁架，而是被人陷害的？

葉容痕眼睛望著錦雲，眉頭微挑了下，邁步向前走，一入座就跟太皇太后說起長公主的事。「皇祖母一定要交給右相？朝廷正在跟南舜交戰，右相無暇分身，不如交給連暮去查？」

沐太后心想，交給暮兒，皇上還真的不打算把鐵騎交給他了？

太皇太后想了想。「那就交給他去查。」

見太皇太后乏了，妍香郡主便要告退，葉容痕喊住了她，於是錦雲和妍香郡主兩人跟著葉容痕走出太皇太后的寢殿。

半道兒上，葉容痕望著妍香郡主。「皇姑果真是被人害死的？如實稟告。」

妍香郡主頓時慌了，錦雲攔住她，然後目光對上葉容痕。「你別嚇唬她，是我讓她這麼說的。」

葉容痕就猜到是這麼回事，她這可是欺騙太皇太后了。

「到底怎麼回事？」

錦雲看著葉容痕。「長公主被害一事，我懷疑不是簡單的意外，而是被人害的，所以讓妍香郡主把這事給捅出來，若是我猜錯了，至少也要找到當初害長公主跌落懸崖的人，若是猜對了，長公主在天之靈也能安息。」

葉容痕輕點了下頭。的確，方才妍香郡主的話說得有些似是而非，總能查出來點蛛絲馬跡。不過錦雲是什麼性子的人，他多少有些瞭解，妍香郡主與她非親非故，長公主她都沒見過，怎麼會把這事攬到身上去？

葉容痕想到什麼，忽然抬眸。「妳懷疑那人是太后？」

「我是這麼懷疑的，長公主失蹤時，大朔尚未建朝，她又是閨閣女子，接觸的人不會太多，府外的人怎麼知道她會去拜佛祈福？」

錦雲說得有理，可不足以說服他。

「可太后為什麼要殺皇姑？」

「我要是知道，我爹肯定早扳倒她了，事情過去二十年了，證據不知道還能不能找到，只能大膽懷疑、小心求證了。」

大膽懷疑、小心求證？葉容痕臉上閃過一抹亮光，隨即又皺起眉頭，她這是要幫助右相扳倒太后，有她相助，右相豈不是如虎添翼？

白巧站在妍香郡主身後，瞧見錦雲和葉容痕從容不迫地說話，心裡敬佩得不行。

等葉容痕離開後，錦雲和妍香郡主有說有笑地走出宮，只是沒一會兒，常安特地來請。

「大少奶奶，皇上突然想起來，還有些事要問問您，讓您去一趟御書房，葉大少爺也在御書房。」

錦雲嘴角猛抽，妍香郡主也輕笑了一聲。「我瞧妳一時半刻也難回去了，那我就不等妳了，我先回府，改日再去拜訪妳。」

錦雲不懂葉容痕有什麼話方才不一起問，偏讓她再跑一趟，有什麼話不能讓葉連暮回家問她？

她抬眸望天，餓啊，中午都過去兩個時辰了，就在馬車裡吃了兩塊糕點，剛才又不好意思在太皇太后的寢殿裡吃點東西，她還趕著回家吃飯呢！

青竹和谷竹兩個也餓得直捂肚子，望著錦雲。「少奶奶，能不能在皇宮裡找點吃的，一頓飯不吃，身子受不住。」

「多不好意思啊。」

「……這有什麼不好意思的，您不是還讓少爺來蹭皇上的飯過嗎？」

「有嗎？」

「……就是當初要暗衛的時候啊！」

常安就在前面聽著，腿腳直發軟。葉大少奶奶和她的丫鬟不當他是外人，還是故意說給他聽的？

常安立馬吩咐道：「立刻讓御膳房準備飯菜送到御書房偏殿，越快越好。」

御書房內，葉容痕和葉連暮正在查閱登科考生的試卷，足有幾十份。

見錦雲進來，葉連暮正要說話，一名公公飛奔進來，稟告道：「飯菜準備妥當了，皇上可以用飯了。」

葉容痕皺眉不悅，正要說話，常安立馬道：「不是給皇上準備的，是給大少奶奶準備的。」

這名公公臉色一變，不是給皇上的？他豈不是把御膳房給沐賢妃準備的飯菜端來給葉大少奶奶吃了？

另一名公公進來道：「皇上，賢妃來了。」

葉容痕皺眉。「讓她進來。」

沐賢妃婀娜多姿地邁步進來，抱怨道：「皇上午膳也沒用多少嗎？臣妾陪您用膳來了。怎麼葉大少奶奶也在呢？」

葉容痕擺手道：「朕不餓。」

沐賢妃臉色微愣。「皇上不餓？那御膳房怎麼把臣妾要的飯菜送到御書房來了？」

方才公公前腳去御膳房，沐賢妃的侍女後腳就去領飯菜了，因為是皇上要的，賢妃就是再餓也得忍著，更何況這是多好的機會啊，正好陪皇上用飯呢！

常安沒料到讓人去御膳房領飯菜會鬧出來這麼多事，忍不住撫額，正不知道怎麼回答，就聽葉連暮道：「是我讓公公去御膳房領的，許是公公錯以為是皇上要吃。」

沐賢妃臉色當即微冷了。葉大少爺未免太放肆了，即便他是皇上的表兄，那也是臣子，連她的飯菜也敢要？不過沐賢妃氣歸氣，可不敢當著皇上的面數落他的不是，這不是自找不痛快嗎？皇上不吃飯，她杵在這裡也沒意思。

葉容痕便道：「讓御膳房再重新給妳準備一份。」

沐賢妃嗔怪地看了一眼，說要皇上補償她。葉容痕只得敷衍了兩句，說回頭陪她逛御花園，她這才帶著宮女回去。

待沐賢妃一走，葉連暮就問錦雲。「妳不會中午沒吃飯吧？」

錦雲委屈道：「我哪有時間吃飯，趕著參加希望書社開張，又趕去妍香郡主府上，然後進宮。皇宮太大了，走到太皇太后的永寧宮都半天了，太皇太后倒是問過妍香郡主餓不餓，可是她不餓，我又不好意思說我餓……」

常安汗顏。葉大少奶奶是那種不好意思的人嗎？

葉容痕掩嘴輕咳了一聲，嘴角都是笑。「要是讓妳餓死在朕的皇宮裡，朕倒是過意不去了，現在時辰也不早了，去偏殿說話吧，朕也湊合吃兩口。」

葉連暮也不好說什麼，錦雲要不是真餓了，怎麼會要吃的？從皇宮回去再讓廚房準備吃的，估計都吃晚飯了，便也去了偏殿。

錦雲一進偏殿就睜大了眼睛，嘴角一抽再抽，白眼連翻，好大一張梨花木的桌子上面擺滿了吃的，足有一、二十道。「都是給賢妃準備的？」

常安搖頭道：「皇后的飯菜都只有八菜一湯，賢妃只有六菜一湯，皇上是二十四道，許是廚房一時間湊不齊，才把賢妃的飯菜拿來了。」

葉容痕看著錦雲那表情，心突然抖了一下。她這麼問是什麼意思，難道他吃的菜多了些？這些笨蛋，還沒到吃晚膳的時候，端這麼多吃的來，前些時候才被她坑了那麼多瓷器、玉器去賣，他怎麼瞧她的眼睛好像是落在那些菜盤上？

葉連暮輕咳了一聲，低聲道：「是吃得有些多了，不過皇上也要吃好才能為國分憂。」

青竹和谷竹兩個忍不住噗哧一聲笑了出來，怎麼覺得皇上和少爺都怕少奶奶挑刺呢！

錦雲白了葉連暮一眼。「我又沒說什麼，我只是第一次親眼看到皇上吃的飯菜，還是臨時湊起來的，有些驚訝罷了，比起滿漢全席，皇上這個差遠了。」

葉容痕大鬆了一口氣，隨即挑眉。「滿漢全席？」

錦雲心咯噔一下跳著，隨即打馬虎眼道：「就是一個叫滿漢的人做的宴席，足有一百多道菜呢，是這個的五倍多。」

常安讚嘆道：「還是大少奶奶見多識廣，奴才就從來沒有聽說過滿漢全席，不知道御膳房做不做得出來？」

錦雲笑笑不語，然後坐下來吃飯，一旁的公公用銀針挨個兒地檢查過後，便開始伺候葉容痕用飯。

錦雲坐在葉連暮身側，看到兩人那樣吃飯的架勢，忍不住翻了個白眼，她好想把菜直接端兩盤來吃，看他們這樣好壞胃口。

錦雲回頭看谷竹和青竹這兩個丫鬟，她好歹還吃了兩塊糕點，她們卻一直餓著，早上吃得又比她早。

錦雲看常安挾菜給葉容痕後，只一筷子就不吃了，她立馬道：「那四盤菜，皇上不吃了吧？」

葉容痕差點被一口菜噎死過去，錦雲扯著嘴角。

常安盯著錦雲，沒人告訴她什麼叫食不言、寢不語嗎？

「這些菜皇上最多吃三筷子，便不吃了。」

錦雲同情地看著葉容痕，然後道：「我兩個丫鬟跟著我一天了，也沒吃飯，反正這麼多菜我們也吃不完，拿四盤給她們吧？」

青竹和谷竹又是驚嚇又是感動的，險些哭出來。常安無力地扯著嘴角，還以為是她自己要吃呢！原來是為了兩個丫鬟，差點噎死皇上。他心裡泛酸，大少奶奶對丫鬟未免也太好了吧？這都可以說從皇上嘴裡搶食給丫鬟了！

葉容痕擺手道：「端下去吧。」

青竹和谷竹忙道謝，然後退下去吃飯。

錦雲這才坦然地用餐，伸出筷子要挾菜時，公公已先一步要把菜挾到她碗裡。

「不用了，我自己來。」錦雲伸手堵著碗。

公公錯愕地看著筷子上的菜，不知道怎麼辦才好。

葉連暮低聲道：「這是皇宮裡的規矩，妳就依著他吧。」

錦雲咬著筷子把手拿開，不滿道：「就不能自己挾菜嗎？我手又沒斷，我喜歡那圓丁，他給我挾的是方正的，又只能吃三筷子，要是我吃不到那個，我會很難受。」

公公嚇得撲通一聲跪下。「奴才該死。」

錦雲忙道：「不關你的事，你能在我眼睛瞥到那菜就挾到我碗裡，已經是非常人能做到的了。」

葉容痕擺手讓偏殿的宮女、公公下去。「今天那些規矩就丟一邊吧，吃得舒坦就好，朕也嫌累得慌。」

「可是飯菜太遠了，皇上你要吃還得站起來，」常安為難地道。「皇上不能只吃這幾盤菜，太醫叮囑皇上要多吃些菜，切忌貪食。」

錦雲無語。「一頓飯而已，少吃三、五頓都餓不死好嗎？」

常安滿臉黑線，讓皇上餓三、五頓，御膳房的御廚能死一堆了。他知道說不過錦雲，忙把幾盤菜挪到葉容痕面前。

錦雲指著青菜給他，常安小心地瞅了葉容痕一眼，皇上最不愛的就是青菜了啊！

常安眸底微閃，他知道錦雲會醫術，十王爺沒少在皇上面前誇她，便道：「皇上不愛吃青菜，不吃也沒什麼大礙吧？」

錦雲輕輕聳肩，笑道：「知道為何歷朝歷代的皇帝都比尋常人短命得多嗎？不是吃得不好，是吃得太好所致，像這盤子青菜，我聞到了肉味，肯定加了雞湯在裡面，每道菜都如此還不營養過剩？」

歷朝歷代皇帝都短命，錦雲說得真直白，直白得讓葉容痕嘴角都猛抽，一旁的常安都忍不住擦額頭上的汗，大少奶奶真不知道什麼該說、什麼該避諱嗎？

不吃青菜有那麼嚇人嗎？寧可信其有，不可信其無啊！

葉連暮吩咐常安道：「把青菜端到皇上面前去，錦雲可比宮裡那些御醫醫術高得多，聽她的準沒錯，每天吃半盤青菜，其餘的菜就隨皇上的意，怎麼樣也要比先皇多活幾十年吧。」

常安端盤子的手一哆嗦，差點把盤子扔了，這兩人非得提先皇短命的事嗎？

葉容痕瞪了他一眼。「朕看你也沒吃青菜過！」

葉連暮哼道：「錦雲給我挾菜，只挾青菜、豆腐，我會吃幾十年，你能跟我比嗎？」

她要是給我挾青菜豆腐，朕頓頓吃也願意！

葉容痕氣得磨牙。「讓御膳房每天都給朕炒一盤青菜和豆腐，朕絕不能死在他前面，省得他得瑟！」

常安忙不迭地應下，太醫叮囑皇上多吃青菜，皇上不愛吃，他們也沒膽子勸說，沒想到葉大少爺和葉大少奶奶這麼一說，皇上就願意吃了，還頓頓都吃呢。

錦雲吃著菜，半天後才想起來有什麼不對勁。「你們還沒說找我來幹麼呢。」

葉連暮給她挾了塊肉，然後道：「現在科舉已經放榜了，明天皇上就會召見他們，如無意外，皇上會欽點三甲，不過今年的科舉因為妳送去的幾瓶花露水有了些變化，其中一部分人的心慢慢地偏向皇上，但是還沒有完全，那些人離皇上太遠，朝廷素來有拉幫結黨的風氣，妳有沒有什麼辦法讓他們的心徹底偏向皇上？」

錦雲每天晚上睡覺前都會跟葉連暮聊一會兒天，有一次跟他說起心理學，就是如何揣摩別人的心理，這方面他可不敢在錦雲面前托大，這一批科舉進士將來都是國之棟梁，要是被別人拉攏走了，皇上的處境會更難，所以才不恥下問。

錦雲沒想到他們找她來是問這事，她哪裡知道啊，她又沒研究過朝政。

「那些進士、書生也是想找個靠山，誰拉攏他們，許給他們好處，他們自然會向著誰。他們的心本就偏向皇上了，皇上再許以未來，除了那些心懷不軌的，其餘的還不都是皇上的人了？」

葉連暮愕然。「讓皇上來拉攏他們？皇上身邊跟著一堆人，不可能私底下見他們的，此舉有損皇家尊嚴，再說，哪有皇上去拉攏他們，這太本末倒置了。」

葉容痕也點頭，讓他堂堂一個皇帝去拉攏臣子，實在沒臉。

錦雲撫額。「我沒說讓皇上私底下拉攏他們，皇上嘛，天下都是你的，何必藏頭露尾？你就直接告訴他們，你看好他們，會對他們委以重任，但是有個條件，就是考驗他們的忠誠，是否能做到為國為民、大公無私。

「其實皇上您可以讓他們選擇自己去做什麼，比如京兆尹，如果這個位置恰好有空缺，皇上手裡不是無人可用嗎？就賭一把，任用他們，如果一個進士有膽量說自己能勝任，皇上你可以試著讓他去做，以三個月為考察期，考察期間沒有俸祿，如果他真的能做到，那京兆尹的位置就給他。一個進士想爬到這位置，至少也要十年吧，皇上信任他，他還不對皇上您死心塌地的？如果三個月他辦不到，那就從九品芝麻官開始做起。不過這事，朝廷上那群人肯定不會答應的，沒準兒還會從中作梗，皇上要派人看著，哪些人不懷好意，就直接撤了他的職。」

葉連暮眼神微閃，讓一個進士去做京兆尹，這可以說史無前例了。「滿朝文武肯定不會答應的。」

錦雲也知道這太過為難他們兩個了，這已經是在挑戰制度了。「可有才學的人不一定會做官，即便滿腹詩文，最後成了貪官、為禍百姓的大有人在。皇上要的是為國為民的良才，就像軍師，有些軍師武藝一般，甚至不會武藝，可他就能在運籌帷幄之中，決勝千里之外，即便不懂詩詞，他要是公正為民，其實也可以授予他官職的，只是這麼任用人才可能會有弊端。下一次科舉，難保不會有書生獅子大開口，一來就要丞相的位置，所以皇上對這些自己選擇官職的進士要嚴加看管，如有收受賄賂，一旦查實，就嚴懲不赦，甚至要殺一儆百，鎮住那些將來可能會貪墨的人。」

其實錦雲這條建議很極端。我信任你，我也明白地告訴你，我會對你予以監督，但不是一直監督，若是有人彈劾你，一經查實，你受到的懲罰會是尋常人的十倍不止。

「雲暮閣將來會分布在大朔各地，大可以起到監督作用，甚至皇上也可以動用百姓監督，如果那位官員是自己選擇職位的，百姓若是告狀，無論告到誰那裡，都必須強制受理。」

葉連暮聽著覺得不錯。「可是文武百官不答應，再好也沒用，他們爬了半輩子才升到那位置，怎麼甘心屈居在一個小書生之下？」

錦雲無奈地挾菜。「不就任命幾個官職嗎？還只是三個月，我雖然沒有上過朝，但我也能想像得出來，皇上若是提出什麼意見，除了我爹外，應該很少有人第一個站出來，而是手底下的官出來先探探皇上的虛實，他們才站出來，皇上大可以等他們都議論過了，輪到一個半大的官出來不贊同時，拿他開刀，降他三級，然後下命令，誰敢再有意見，降他三級，我想應該沒誰敢再站出來吧？不過我不保證我爹不會站出來。」

葉連暮汗顏。「如果岳父站出來了，皇上能降他三級嗎？」

錦雲翻白眼。「我想，要是李大將軍站出來，我爹肯定會讓皇上降他三級的，不過輪到我爹，估計他手下那些將軍全會站出來，都降三級，朝廷上的將軍豈不是少一半了？以我對我爹的瞭解，這很有可能發生，若是發生在太后和李大將軍他們身上，且不說可能性太小，若是真的發生了，我敢保證我爹會很願意接手他們的職位，滿朝上下估計也就我爹有這份魄力……」

葉連暮聽出錦雲話裡的意思了，只要先搞定右相，其餘人就不足為懼了，有皇上的話在前，右相又贊同，他們要是反對，他們的官職估計就保不住了，皇上和右相聯手是對李大將軍和太后最大的威脅。

葉連暮和葉容痕兩個都望著錦雲，意思很明顯：妳是右相的女兒，自然妳去說服他最合適了。

錦雲恨不得咬了自己的舌頭好，苦著張臉。「要我爹答應肯定要付出不小的代價，我能不能讓我爹給我大哥在朝堂上挑個喜歡的職位，三品以下的，無論他要哪個都可以？」

葉連暮抖了下眼皮。「我想岳父肯定會要鐵騎的……」

錦雲嘴角猛抽。「要不讓我二哥當鐵騎副將軍？你和皇上都是我爹的女婿，再加上我二哥，由你們三人管理鐵騎，我想我爹會同意的。」

「你二哥若是貪墨，就送他去邊關做苦力？皇上，你放心，我會替你好好監督他的。」葉連暮很爽快道。

錦雲腦殼生疼，葉容痕想了想，副將軍其實作為不大，處處受到將軍掣肘，又是在葉連暮的手下，他很放心。

「朕答應了。」

這事就這麼商議定了，接下來要做的就是讓吏部把空缺的官職或是沒有委派的官職都整理出來，葉容痕再從裡面挑出二十個。

至於錦雲出了宮後，直奔右相府，葉連暮也跟去了。

由於天色很晚了，錦雲到右相府的時候，右相已經在書房用飯了，得知錦雲匆匆忙忙來找他，愣了一下。

葉連暮只是把錦雲送到書房，就在外面守著，錦雲和右相直截了當地談了一回，讓她幫助皇上對付太后的是右相自己，皇上要對付太后卻無人可用怎麼行？

錦雲開出來的條件很誘人，鐵騎副將軍，右相沈思兩秒就答應了，不過外加一個條件，就是蘇蒙的官職要是正四品京官，但將來他若是犯了錯，不許殺他，只許貶斥他為民，這一點要明確答應。

對於蘇猛，右相沒說什麼，錦雲知道，以她二哥的性子，答應的事不會做不到的。但是大哥似乎有些欠缺這方面的認知，不過也不至於全然對他沒信心，只是他有個不靠譜的娘，她膽子太大，柳州知州就是先例，右相要防著點兒。
商議不過半盞茶的工夫，錦雲便從書房走出來。既然來了，就算晚了些，也該去給蘇老夫人請個安。

蘇老夫人見錦雲和葉連暮這麼晚還回門，有些擔憂地問道：「出什麼事了？」

錦雲挨著蘇老夫人坐下，笑道：「沒什麼事，就是今兒妍香郡主進宮跟太皇太后說長公主當初墜崖之事有蹊蹺，本來太皇太后想把這事交給爹處理的，皇上說爹事忙，就把這事交給相公了。祖母也知道，長公主我們都沒見過，她出事時，相公都還沒有出生呢！對長公主瞭解得太少，之前這事是爹在負責的，我就拉著相公來問問爹，也好有個大致的方向可以查，免得走彎路。」

蘇老夫人大鬆了一口氣。「沒事就好，長公主也怪可憐的，若真的查出來是被害的，太皇太后肯定不會輕饒的，事關重大，來問問妳爹也應該。你們兩個吃過飯了沒有？」

錦雲點頭。「吃過了，在皇宮裡吃的。祖母，天色晚了，我就先和相公回去了，改日我再來看您。」

蘇老夫人沒有留錦雲，讓丫鬟送她出門。

半道兒上遇到蘇猛，正詫異地看著他們兩個。「大晚上來找爹，不會是小事，你們兩個葫蘆裡賣的什麼藥？」

錦雲裝傻。「二哥，我可沒帶什麼葫蘆，但有銀針，你要不要試試？」

蘇猛立刻無言以對，對著葉連暮。「你都不管管她嗎，對待兄長都這麼沒大沒小的，還出言威脅，我二妹妹以前多乖巧啊，自從嫁給你之後就變成這樣了，你老實交代你都對我二妹妹做了些什麼？」

葉連暮白了他一眼，對自己的妹妹都不瞭解，還倒打一耙，誰搭理他啊！沒叫錦雲多扎他兩針就不錯了。「娘子，妳要想拿他試針，為夫幫妳抓住他。」

「……」蘇猛無言。

錦雲搖頭。「多殘忍啊，明天我去找安兒，我教她用銀針，專門治那些不守夫道、眠花宿柳的人，把他扎成，嗯，千瘡百孔還死不了的那種。二哥，你那麼看著我做什麼，我又沒讓安兒扎你，放心啦……」

蘇猛有種想退親的衝動，二妹妹不會真的把安兒教成那樣吧？

他湊到葉連暮身邊。「聽說你很久沒去風月閣了，我二妹妹不會也是這麼威脅你的吧？」

葉連暮白了他一眼。「你二妹妹可賢慧得多，我要是在風月閣看上了誰，她會給我直接娶回來的。」

蘇猛咋舌，真沒看出來，二妹妹還這麼賢慧呢！不過，他根本沒注意到葉連暮用的是娶字，若是贖回來做妾，應該用納字，一字之差，千差萬別。

蘇猛打了個寒顫，不再多問，葉連暮和錦雲也沒提鐵騎的事，閒聊了兩句，大概就是什麼時候迎娶夏侯安兒過門的事，蘇猛打著扇子逃之夭夭。

錦雲無言，一個大男人還害羞，真是服了他。

兩人走出右相府，上了馬車後，錦雲皺眉問道：「雖然我們懷疑長公主可能是被太后給害的，可該從哪裡著手呢？」

葉連暮也知道這事很棘手，提了兩點建議，就是先瞭解當年長公主出事之前都發生過什麼，最好是從太后嫁給先皇調查起，此與錦雲的想法不謀而合，只是過去二十年了，當年伺候長公主的人還能找到多少？

葉容痕明面上將此事交給葉連暮去查，其實是委派給錦雲，因為將此事聯想到太后身上的也是她，錦雲也就不推諉了，不過找人的事自然是交給葉連暮去辦。

錦雲轉而說起另外一件事。「今天你沒在府裡，祖父說會在半年之內把國公的位置讓給爹，讓二夫人她們搬出去呢。」

葉連暮還不知道這事，聽得詫異了一下。「祖父不做國公了？」

錦雲聳肩。「祖父是這麼說的，以前國公府還算安寧，除了二夫人處處針對我之外，我想接下來國公府應該不會平靜了。」

錦雲不相信葉二夫人會那麼平靜地接受這個現實，她會容忍葉大老爺繼位？連她多了幾萬兩都嫉妒到恨不得踩死她，葉二老爺怎麼說也是葉老夫人的親生兒子，她難道不去爭上一爭？

葉連暮和錦雲下了馬車，邁步進祁國公府。

一回到逐雲軒，南香就上前稟告。「少奶奶，您猜得不錯，二夫人回到西苑真的大發雷霆了，聽說把屋子裡扔得狼藉不堪呢。」

錦雲點點頭。「府裡幾位少爺的應試結果如何？」

珠雲抿唇一笑。「二少爺屈居榜末，倒數第二呢，三少爺榜上無名。」

倒數第二？今天在寧壽院，幾位夫人還高興地說會三喜臨門，誰承想一個落榜，一個幾乎要落榜，直接從三喜變成了一喜半。反觀右相府，蘇蒙的文狀元應該跑不掉，蘇猛的武狀元肯定是勝券在握，再加上蘇猛與夏侯安兒的親事，估計能氣死祁國公府的葉大夫人和葉二夫人了。

錦雲隨即又想到瑞寧郡主，葉連祈在京都才名遠播，竟然差點沒考上，雖說之後還有殿試，但結果應該不會差距到哪裡去，就憑他這個成績，要換作以前，估計也就是個芝麻大的官，若是沒有國公府做靠山，肯定要被派到外面去做官，現在嘛，還不知道。

錦雲回到屋子裡坐下，問葉連暮道：「相公，你說二弟會不會有那份膽量？」

「他不合適。大夫人一心想他平步青雲，雖然皇上提供了很高的官職，可伴隨而來的懲罰也太重，其實皇上更傾向於挑選那些背景清白的考生。」

錦雲點頭認同。

第二十九章　各方餘波

第二天一早，葉連暮一身官服邁步進大殿，文武大臣基本上都到了，除了右相，他一般都來得相對晚一些。

今天的大殿格外熱鬧，大家都在談論科舉的事，大臣們想著自己還有未出嫁的庶女，是不是可以從這些人之中挑一個女婿，這些可都是潛力股。至於他們的嫡女，除非許配給前三甲，否則肯定是不會嫁的，不過狀元肯定不會列入他們的考量，畢竟狀元是蘇蒙啊，去拉攏右相，找死還差不多！

半盞茶後，右相才慢悠悠地進來，一部分人臣，主要是李大將軍和他自己的人上前道賀。「右相大喜，待會兒殿試，皇上肯定會欽賜蘇大少爺狀元之名！」

右相面色不動，似乎狀元之名在他眼裡就不怎樣，一群大臣都忍不住腹誹：你是雙狀元出身，想你兒子青出於藍而勝於藍，太陽打西邊出來還差不多。

不過兩個兒子都是狀元，也夠他們吃十罈老陳醋了。

過了片刻，葉容痕才一身龍袍、器宇軒昂地走進來，滿殿大臣恭敬行禮。

葉容痕擺手道：「平身。」

常安扯著嗓子喊。「有本啟奏，無本退朝。」

話音才落，大臣們便開始稟告上奏了，半個時辰後，啟奏聲才弱了下去，然後右相才站出來，問道：「臣聽聞皇上從吏部挑了許多職位，就連一部分已商議好的職位也都挑走了，皇上，可真有其事？」

葉容痕在心裡罵了一聲老狐狸，然後才懶洋洋地回道：「確有其事，以往殿試都只是確定三甲和前二十名新科進士，今年朕想換點新花樣，看他們的表現，予以官職。」

左相他們是不知道這回事的，當即一怔，這麼快就委派官職，史無前例啊，狀元還要遊街，衣錦還鄉，至少也要一、兩個月後才能走馬上任。

左相還在沈思，後面的一些官員已經站出來了。「皇上，此舉不妥，從未有過殿試便授予他們官職的先例！」

葉容痕不說話，端著茶喝著，等七、八個大臣發表意見後，葉連暮才站出來道：「先例，總要有第一個皇帝去做，當初科舉不也遭到文武大臣的非議阻攔，事實證明科舉制度對朝廷貢獻有多大，皇上為何就不能開創殿試授官的先例，還是你們希望大朔從此故步自封？」

科舉制度是好，可那些清貧學子占了他們兒子的官職，他們覺得好才怪呢！不過他們也都忘記了，今天之所以能站在這裡，還是得益於科舉，祖上中了進士，步步高陞才有今天的他們。

有大臣站出來道：「殿試封官也太倉卒了，該授予他們怎麼樣的官職還須從長計議，莽擅行事對於朝廷社稷有害無益啊，皇上！」

又是一陣爭論，幾乎都沒人贊同葉連暮和葉容痕的想法，尤其是聽說授予官職最小的還是七品，滿大殿的大臣都快瘋了！

往年新科狀元也不過才從六品，榜眼是正七品，探花是從七品，後面的都是些芝麻綠豆大的官了，他們爬了二十多年甚至三十年才慢慢升到現在的位置，皇上竟然一下子就要給他們七品官！

這表示什麼？皇上讓他們少奮鬥十年！他們會同意才怪，尤其是那些自家兒子科舉無望，只能薦官的，更是咬緊牙關不贊同。

葉容痕一時氣大，拿了個從四品官，貶斥成正六品！

不出所料，滿殿的大臣都不說話了，有些還想站出來求情的，一聽到葉容痕降職三級的懲罰，都縮著脖子不吭聲了。

葉容痕更是氣大，升他的官他們就樂意，升別人的官就諸多阻撓！

大殿上一時寂靜無聲，最後還是李大將軍站出來說話，不過卻是對著右相說，今天右相竟然破天荒沒開口反駁皇上。「不知道右相對皇上殿試授官有何看法？」

右相淡淡瞥了他一眼。「老夫能有什麼看法？李大將軍要是不贊同可以說出來，如今南舜擾境，老夫正好需要一個將軍之位好披掛上陣。」

此話一出，滿殿的大臣們都倒抽一口氣，右相擺明了是想看李大將軍和皇上掐個你死我活，他好從中得利啊！右相什麼人啊，他們竟然忘記了，只要有好處，別說幫皇上了，就是太后一黨他也幫啊，再說，金科狀元十有八九是他兒子，皇上授予官職，最好的肯定是給他兒子，他傻了才會站出來不同意。

李大將軍還想引右相上鈎，沒想到卻被他給拉了下來，李大將軍是不贊同的，可是他只要一說出來，右相沒準兒真會逼迫皇上降他三級。

李大將軍笑道：「既然右相都沒有意見，我還有什麼意見呢，不過若是這批官員出了什麼紕漏，可是擾亂朝綱的大事。」

右相不發表意見，見李大將軍敗下陣來，太后一黨的人還有什麼好說的，便由著皇上了。即便是五品、六品官在他們眼裡也不算什麼，什麼叫官大一級壓死人，他們都是過來人豈會不懂？

葉連暮站在那裡，心裡對錦雲欽佩不已，什麼叫打蛇打七寸，這就是了。私底下同右相說明白了，什麼事都好辦，雖付出的代價確實不小，不過總算邁進第一步，這次授予官職全看皇上的意思，算得上是專斷獨裁了。

為了防止那些大臣和科舉進士暗地互通，葉容痕直接就把他們宣上大殿。

進士們一上殿就發覺有些不對勁，怎麼眾臣看他們的眼神都那麼不善？

蘇蒙為首，其餘進士都給葉容痕行大禮，謝皇上當日送他們花露水和綠油精，這份體恤之情，他們將銘感五內。行禮過後，便穩穩地站在那裡，不敢直視龍顏。

左相站出來主持殿試，右相要避嫌，葉容痕問了幾個問題後，便欽點蘇蒙為金科狀元，張冗是榜眼，柳為民作探花，一甲賜進士及第，二甲賜進士出身，三甲賜同進士出身。

那些進士都跪下來叩謝皇上，一般進行到這裡就該退出去了，但是今天左相攔住了他們。「先別急著道謝，皇上還沒有給你們授官呢。」

那些進士各個都懵了。授官？今天不是殿試嗎？怎麼會在殿試上授官？不過每個人也都激動了！

葉容痕從龍椅上走下來，站在他們面前。「你們都是科舉選拔出來的棟梁之才，但朕也知道詩詞歌賦不能全部代表你們的才能，就是你們寫的治國之策，朕也看過，世上不乏紙上談兵之人，寫得出來不代表能做到，嘴上說為國為民、兩袖清風，私下卻搜刮民脂民膏、中飽私囊，朕不希望幾年後在你們之間見到貪官污吏。」

進士們都愣愣的，當下表起忠心。

葉容痕靜靜聽著，半天後，大殿裡寂靜得落針可聞，他才道：「雖然不知道你們所說的忠心是否能做到始終如一，但是朕願意相信你們。」

葉容痕說完，葉連暮站了出來。「當今聖上是第一個在殿試授官的皇帝，你們有幸成為第一批殿試便授予官職的臣子，將來那些科舉學子能否有這個福氣，就看你們的表現了。你們也清楚，即便是科舉狀元，也須自從六品官開始做起，一會兒我開始報官職，你們別急著選，也許後面的更好，但重要的是你適不適任那個官職；皇上信任你們，給高官厚祿，要的是你們為國為民，你們也表示了忠心，身正不怕影子斜，朝廷隨時會委派官員或暗衛去查訪你們是否有辱皇上的信任，一經查實，永不錄用是最輕的懲罰，聽明白了沒有？」

滿殿進士應了一聲。「聽清楚了。」

葉連暮這才報出官職，第一個就是監察御史，從五品的官銜。「監察御史是負責監察百官、巡視郡縣、糾正刑獄、肅整朝儀等事務的一個官職，這樣的官無論去哪個郡縣巡視，都會受到歡迎，甚至會收到千兩黃金的賄賂。從五品的官，以你們的進士身分，三年一換任，你們至少要奮鬥十年才能爬到這個位置，現在皇上會授予你們其中一人，是信任你們不會讓他失望，也是考驗你們，三個月為期，如果你們沒有做出點成績，庸碌無能，三個月後你們只能從九品小官開始做起，若是禁不起誘惑，朝廷和皇上將不再任用你。」

所有人都仔細聽葉連暮說話，他們沒想過皇上會一開始就授予從五品的官，甚至比這個更高的官都有，然而，若是無法勝任或是對皇上及朝廷不忠，皇上會直接罷免官職，若是他們被貶斥到九品小官，不用想，這輩子也只能是九品了。而一旦擇官任職，除了被監督三個月，很可能將來的三年、三十年，皇上會委派官員持續監督，甚至派暗衛去調查他們，這一點他們可以理解，畢竟皇上是頂著文武百官的口水實施殿試授官，若是他們出半點差池，有損皇上的威名和信任，皇上豈會輕饒了他們？

他們都是一些有雄心抱負的人，原以為會從個小官做起，受人壓制，沒想到會是這樣一條大道。

柳為民當即跪下道：「臣願意出任監察御史，為皇上、為百姓效力，勤政為民，不搜刮百姓一個銅板，如若違背誓言，不用皇上斬殺臣，臣願受萬箭穿心、五馬分屍之苦！」

柳為民這誓言聽得滿殿的大臣倒抽一口氣，當年他們不也是胸懷壯志，經過這麼多年，哪裡敢發這樣的毒誓？

葉連暮把調任書交給常安，讓他拿去寫好，蓋上朝廷大印，直接交給柳為民，看著那任職書，其餘的進士都眼熱了，有股氣勢瀰漫在大殿當中。

接下來，葉連暮宣布的是翰林院修撰，群臣都倒抽了一口氣，就聽葉連暮道：「翰林院修撰，從六品官銜，一般於殿試揭曉後，一甲第一名進士，也就是授予狀元的官職，你們誰能勝任？」

「誰能勝任」這四個字既是信任也是懷疑，不過探花都是從五品了，狀元應該不會比他低，最後二甲頭名陳彬站了出來。「臣願意出任翰林院修撰，受皇上監督，恪盡職守，不貪墨，不結黨營私，如若違背誓言，甘心受千刀萬剮之刑。」

葉容痕滿意地點頭，任職書寫好後，直接交給了他，接下來是正六品的通判。

「通判負責兵民、錢穀、戶口、賦役、獄訟等州府公事，並有監察官吏之權，誰可勝任？」

大殿寂靜半天後，榜眼張冗跪下道：「臣能勝任，臣會恪盡職守，一心為民，如若違背誓言，搜刮百姓血汗錢，臣死無葬身之地。」

探花是從五品官銜，榜眼卻正六品，大殿的人都唏噓感慨，要換作他們，心裡肯定不服氣，葉連暮也讚嘆地看了張冗一眼，把任職書給了他。

接下來是從七品的州判、正七品的縣丞……剛剛好二十份，每份宣讀出來，寂靜了一會兒，就被人領走了，直到這會兒狀元蘇蒙還沒有領過職位。

葉連暮輕咳一聲，那些沒領過官職的人看著他，葉連暮搖頭道：「沒有了，有二十次機會從你們手裡溜走，是你們自己不知道珍惜，等朝廷給你們委派官職吧。」

滿殿大臣再次一愣，還以為會全部委派呢，沒想到只委派了二十人，金科狀元尚未授官呢！

有大臣站出來道：「皇上，狀元還沒有授予官職呢。」

葉容痕擺手道：「等有合適的，朕再委派與他。」

那些一時猶豫的進士都後悔不已，早知道這樣還不如站出來呢，不就是發個誓嘛，誰不會啊，還不知道朝廷委派給他們的會是什麼官，不過一想到右相的兒子，當今新科狀元也沒有授予官職，他們心裡多少有些同情。

只聽葉容痕道：「至於你們，雖然你們沒有選到合適的職位，但朕既然看好你們，即便授予你們九品官銜，只要你們政績考核不錯，勤政為民，朕會擇優選用你們，也許你們之中就有十年之內做到二品大員的，也有一年後就解甲歸田永不錄用的，是進是退，全在你們自己。朕知道你們有些人出身寒微，一旦獲得進士出身，上門送禮巴結的人會踏破門檻，也許你們覺得收人家一點賀禮沒什麼大不了的，但是拿人錢財，與人辦事，也許你邁出第一步，就回不了頭了。」

葉容痕說完，吩咐常安道：「賜他們每人十兩黃金，今晚的花燈會後，明天便走馬上任。」

眾位進士都明白皇上的意思了，皇上要的是絕對忠誠，他們不再猶豫，皇上當著這麼多人的面說擇優選用他們，十年後有人可能是二品大員，這是他們以前敢想的嗎？多少人爬了一輩子也才六品官！

進士們受皇上十兩黃金的賞賜，當下謝恩，然後高興地退朝出宮，遊街的遊街，回家報喜訊的報喜訊，意氣風發。

等皇上退朝後，李大將軍看著右相。「蘇蒙沒有授予官職，右相也不跟皇上提？」

右相淡笑地看著李大將軍。「跟皇上提？皇上自己說了，是做二品大員還是永不錄用得看他們自己，即便是九品，將來也有可能做到二品大員，老夫能幫他一時，幫不了他一世。」

半個時辰後，朝堂上發生的事就傳遍了京都，整個京都都沸騰了，探花是從五品官，榜眼是正六品，而狀元無官職在身！

右相出宮後，一回到府裡，蘇老夫人就把他找去。

右相還沒說話，蘇大夫人就抱怨了。「老爺，探花都是從五品官，我們蒙兒卻沒有官職，您怎麼也不幫著他點兒？」

右相冷冷地看著她。「幫他？妳是不是覺得我委屈了他，妳給我說說柳州知州到底是怎麼回事！」

蘇老夫人微蹙眉頭。「什麼柳州知州？」

右相坐下，端起茶啜著，冷眼看著蘇大夫人。

蘇大夫人扭著手裡的繡帕，就聽右相冷哼道：「兒子有個賢內助，收受賄賂，三年之內借用兒子的權勢幫人連升了四級！蒙兒我敢讓他領職位，發誓做個清廉為民的官嗎？」

蘇老夫人的臉色當即冷如寒冰，一拍桌子。「右相府是少妳吃的了，還是少妳穿的了？妳竟要收受賄賂，給人戳著脊梁骨罵?!」

蘇大夫人狡辯道：「娘，我沒有！」

右相從袖子裡拿出兩份奏摺，啪的一下打到蘇大夫人身上。「妳自己看看，那兩個官員已經關押在大牢，這是他們的供詞，我攔下了這兩份奏摺，明天，妳的誥命夫人將會被撤掉，妳給我去佛堂反省半年，如有下次，我絕不輕饒。」

蘇大夫人抖著雙手看著奏摺，奏摺裡還夾著供詞，蘇老夫人氣得嘴皮都在哆嗦，揉著太陽穴，讓李嬤嬤扶著她回屋躺著。

皇上今天為什麼會叮囑那些進士，右相知道是因為自家夫人這個活生生的例子，連他的叮囑，蘇大夫人都敢當作耳旁風，何況那些望子成龍的母親？難保沒有愛慕虛榮、收受賄賂的會強逼兒子做違背良心的事。

皇上是提醒他們，在忠君和孝順面前，一旦選擇了孝順，皇上會斷他後路的。

這廂，蘇大夫人是數落右相不成，反被右相斥責了一頓。

再說及國公府，葉連暮難得提前回府，才進逐雲軒的門，就被葉老夫人喊去，錦雲想了想，也跟著去了。

屋子裡，國公爺和葉大老爺還有眾夫人都在。

錦雲還以為是要說國公讓位的事，沒想到葉大夫人沈著眉頭看著葉連暮。「暮兒，你早知道皇上會授予新科進士官職的事是不是？」

葉連暮看了葉大夫人一眼。「我知道。」

葉大夫人頓時氣不打一處來。「祈兒是你的親弟弟，這是關乎他前程的大事，你為什麼都不提醒他一聲？」

葉連暮不悅地皺緊眉頭。「急急忙忙把我喊來就是問我這事？」

葉大夫人頓時臉色一僵，就聽葉連暮道：「要我提醒他，告訴他今天殿試會授予他官職，好讓他挑選從五品的官是嗎？怎麼不乾脆讓我去向皇上給他要個正二品的官？」

瑞寧郡主的臉色也難看了，可她不好指責葉連暮，不過她真心覺得大哥的心沒向著祁國公府。

錦雲邁步上前，道：「殿試授官的事我也知道，不過皇上說了，不許洩密，如果相公告訴二弟就是欺君。那麼多官職都是相公宣讀的，就擺在二弟面前，是二弟自己沒膽量去要，還有那些誓言，如果他一旦發誓，這輩子他都不會大富大貴，他只有微薄的俸祿和皇上的賞賜，誰能知道府裡是不是有皇上派來的暗衛監察官？就算給了他從五品的官，二弟能否在三個月之內承受得住皇上的考驗也尚未可知；再說，皇上有言在先，只要勤政為民，十年之內做到二品大員都有可能，妳們這樣逼問相公是對二弟沒有信心嗎？」

國公爺輕點了下頭，然後看著葉連暮。「這主意是不是你給皇上出的？」

「不是我。」

「不是你？」葉大老爺微微一愣。「那會是誰給皇上出的主意，除了你，朝廷上還有誰跟皇上走得這麼近？」

葉連暮自然不會說是錦雲，錦雲也不會傻到去承認，就那麼茫然地看著他，一臉好奇那人是誰的表情，讓他不由得汗顏。

不過屋子裡其餘人都不說話了，對於葉連暮的性子他們還瞭解，如果真是他提出來的，他不會否認，於是大家都更好奇那人是誰了。

葉大夫人語塞了兩回，最後還是開了口。「祈兒怎麼說也是你二弟，你在皇上跟前說話比國公爺的還管用，我知道皇上看重他們的忠心，不過我還是希望你能在皇上面前美言兩句，我也不要從五品的官，從六品就可以了。」

錦雲一臉汗顏，更讓她無言的還在後頭，葉二夫人一臉笑容地道：「你三弟不才，連個三甲都沒考上，可好歹也是個舉人身分，皇上說詩詞歌賦不是一個人的全部才能，會作文章的不一定就會做官，你也在皇上面前幫他要個官吧，七品就成了，讓他慢慢爬。」

葉二夫人說得理所當然，可葉老夫人和國公爺的臉都沈了下來。葉連銘是他們的孫兒，他們自然希望他能平步青雲，可連個進士都沒考上，她也敢找暮兒去向皇上要個官職？

國公爺呵斥道：「混帳，妳當朝廷是什麼，就算詩詞歌賦不是一個人的全部才能，可連個進士都考不上，也好意思要官做，還七品，妳怎麼不要個二品？」

葉二夫人臉色一僵。「銘兒是我的兒子，是國公府的孫子，我希望他好有錯嗎？要是沒那個本事也就算了，三年後再考就是了。現在皇上自己都說了會作文章的不一定就會做官，就給銘兒一次機會又怎麼了？」

二老爺輕咳一聲，對葉連暮道：「你二嬸的要求是過分了些，可二叔和你祖父是沒那本事，你能幫就幫吧。」

錦雲站在一旁，很無語地望著天花板，推搡了葉連暮一下，嘀咕道：「我覺得我比他們兩個有才多了，你在皇上那裡說得上話，也給我美言兩句。我發誓我絕不貪墨，我倒貼錢也行，我勤政為民，鞠躬盡瘁，死而後已，先天下之樂而樂，後天下之憂而憂……不是，是先天下之憂而憂，後天下之樂而樂，如有違背，萬箭穿心而死。我不要多，從三品的官就可以了，二品我也不介意啦，三年之內，我絕對有把握後浪推前浪，把我爹拍死在沙灘上，讓他哪裡涼快哪裡歇養去，可以不？」

葉三老爺坐在那裡，忍不住噗哧笑出聲，國公爺和葉大老爺也都繃著臉，忍俊不禁。幸虧右相不在這裡，不然還不得活活氣死過去？屋子裡聽到錦雲說話的不多，幾位夫人和葉老夫人就沒聽到，只知道錦雲在說話，說了什麼就不知道了。

葉連暮滿臉黑線，本來就夠亂了，她還來插一腳？她要是個男子，別說從三品了，就是從一品，他都會向皇上舉薦，問題是她是女兒身，他要真向皇上提，皇上沒準兒還真的許她當官，以前可以說是胡鬧，但之前的三萬鐵騎、今天的殿試授官，她每一個提議都出人意外，卻又極具說服力。

葉連暮道：「為夫知道娘子妳有才，妳也給別人一條活路不是？要是文武百官知道他們連個女子都比不上，會直接撞死在大殿裡的，尤其是岳父，要是敗在妳手裡……」

國公爺揉著太陽穴，忙端起茶喝著。

那邊的葉觀瑤皺眉。「大哥，你跟大嫂嘀咕什麼呢？」

錦雲笑得雲淡風輕。「沒說什麼，不過就好奇皇上殿試授官開創新歷史嘛，還有二嬸說得很對啊，不會作文章也可以做官，這樣的事我也會，我在求相公到皇上面前也給我要個官做做呢，不要俸祿都行。」

葉觀瑤翻了個白眼，嗤笑一聲。「大嫂可真會開玩笑，大家說正事，妳找大哥要官就不能私底下再要嗎？」

錦雲噗哧笑了出來。「我說的也是正事，既然都是要官，分什麼私底下？要說開玩笑，我可比不上妳們。相公和皇上是熟，可也沒熟悉到他想授予什麼官職，皇上就授予吧！連我爹都沒有這個權力，何況是他？若是可以，他自己怎麼才從四品的官？與其把希望寄託在別人身上，還不如安心等著，沒準兒明天、沒準兒後天，朝廷的任職書就送來了，八品、七品都有可能，但這個可能也只有三個月，且還沒有俸祿，萬一守不住就得從九品官開始做起，說不說又有什麼區別？再說了，若是皇上授予二弟七品官，卻是外放，二弟與瑞寧新婚燕爾，妳們真的忍心將他們兩個分開？若真的可以，相公未必不能在皇上面前提一句，不過就是費兩句口舌，允不允還是看皇上的意思。」

外放？葉大夫人聽到這詞，眉頭一皺，她可不想祈兒離京，瑞寧郡主也不想，今天葉連祈沒選那些官，一是翰林院的職位有名無實，沒有多大的權力；二就是外放，他不願意，不然怎麼會沒膽子站出來？實在是沒有合適他的。

葉大夫人直接道：「外放肯定不行，七品京官還差不多。」

錦雲無語地翻著白眼，她還是覺得自己從三品比較靠譜一些，葉大夫人也不想想自己對葉連暮有「多好」，葉連暮如今味覺都還沒有恢復，竟然讓他到皇上面前去替她兒子要官，朝廷最忌諱什麼？任人唯親、以權謀私啊，她只顧自己的兒子就不想想別人嗎？

錦雲的眼睛在屋子裡掃了一圈，笑道：「國公府瞞不住事，相公替二弟找皇上要官的事若是傳遍京都，非但二弟無官可做，只怕相公也得遭到御史臺的彈劾了。」

國公爺放下茶盞。「錦雲的思慮在理，朝廷不是暮兒的，此事不必再提，就讓祈兒等候朝廷派任，只要他有真本事，皇上不會虧待祈兒的。」

葉大夫人不滿道：「八品和從五品的品級也相差太多了，沒有一個好的起點，祈兒要比別人多吃多少苦頭？」

國公爺皺眉。「妳少給我走什麼歪門邪道，小心毀了祈兒的仕途。」

葉二夫人忙問道：「那銘兒呢？」

國公爺不耐煩地道：「讓他給我安心讀書，三年後給我好好考！」

葉二夫人抱怨道：「明明可以少走彎路，不過就是美言兩句而已，自家兄弟連這點忙都不能幫了，虧得銘兒口口聲聲喊你大哥！」

葉連暮一臉青黑，一甩衣袖，轉身走了。

錦雲翻著白眼，追著葉連暮出去。「相公，你再考慮考慮我的提議唄，我倒貼錢……」

葉三老爺掀著錦袍，笑道：「二嫂可真會獅子大開口，妳沒看出暮兒很喜歡錦雲嗎？妳幾次三番針對錦雲，昨兒還數落了她兩回，還想請暮兒幫銘兒求官？一個舉人就敢要八品官，溫府少爺溫彥還是一甲進士，也不過是正七品，比起銘兒、祈兒，他跟暮兒和皇上親得多。」

葉四老爺也笑了，大嫂和二嫂還真說得出口，不知道枕邊人的威力嗎？一邊欺負錦雲，一邊要求暮兒求官，且外放的職位還不要呢，這又不是天上掉餡餅，遠了點兒，她不要，還讓別人給她撿回來嗎？不過一想到自家夫人也沒少欺負錦雲，他也笑不出來了。

錦雲追著葉連暮離開了寧壽院，忍不住笑道：「相公，國公府奇葩真多，你要是不幫他們，以後估計都不喊你大哥了。」

葉連暮也沒想到葉二夫人竟然會這麼說，而這樣無理的要求，祖父、祖母竟然也允許她們提出來，不知道他會為難嗎？

錦雲無奈地笑笑，國公爺自然希望葉連祈有個好前程，若是能幫一把自然是好的，若是依著錦雲的性子，真希望把葉連祈和葉連銘兩個授予六品官，送他們去邊關！

「溫彥表弟也中了一甲，授予官職，我們要不要送些賀禮去？」

葉連暮想起溫彥發的誓，忍不住笑道：「妳就別去了，讓丫鬟給他送枝筆去道賀就可以了。好好歇歇，晚上我帶妳去逛花燈會。」

「差點忘了問，長公主的事呢？找到伺候她的人沒有？」

葉連暮還沒有說話，趙章突然現身，稟告道：「當年伺候長公主的嬤嬤找到了，她眼睛瞎了，我將她和她兒子一併叫來，就在前院，少奶奶現在就要見她嗎？」

「把她領來。」

葉連暮還有別的事要辦，一轉身就騎馬出府了。

錦雲在屋子裡小坐了一會兒後，青竹便打了簾子進來道：「少奶奶，孫嬤嬤在正屋等候您了。」

錦雲站起來，走到正屋門口，就見到一個鬢髮半白的老嫗，一名十五、六歲的少年正端著茶餵她，他瞧見錦雲進來，忙行禮。

錦雲笑道：「無須多禮。」

孫嬤嬤要站起來，錦雲攔下了她，笑道：「這回請孫嬤嬤來，是想打聽當年長公主的事，您曾是長公主身邊伺候的貼身丫鬟，應該對她的事最瞭解吧？」

孫嬤嬤紅著眼眶，連著點頭。「雖然過去二十年了，當年跟在長公主身邊伺候的事我一直沒忘記，都是我害了她，我沒伺候好她，我一個奴婢都能被找回來，長公主卻……」

錦雲坐下，問道：「您跟在長公主身邊多少年了？」

孫嬤嬤回道：「我自小就跟在長公主身邊，在公主出事之前，有六年了。」

六年？那是夠熟悉長公主的。

錦雲循循善誘，問道：「長公主為人如何？當年跟其他人相處得可好？」

孫嬤嬤回想了一下，回道：「當年，大朔尚未建立，太祖皇帝和先皇仍在征戰中，府裡就一個小姐——也就是長公主，深得太祖皇帝和太皇太后的喜歡，先太后對她更是疼愛有加。」

先太后指的是葉容痕逝世的生母溫氏，也是先皇第一任皇后。

錦雲眼睛微挑了下。「那當年的側夫人對她好不好？」

孫嬤嬤道：「怎麼會不好，先皇對長公主很寶貝，有什麼好東西都緊著長公主先。那些夫人、姨娘沒人敢說長公主半句不是，都　個勁兒地巴結。」

錦雲想也是，便又問道：「長公主出事那一年，府裡發生了什麼事？」

孫嬤嬤回道：「要說大事，應該就數沐太后——當時她還是府上的側夫人，她生下長子那是府裡最大的事了。哦，我想起來了，還記得她生子的那一天，我跟在長公主身後去道賀，聽到那院內的丫鬟說這是大少爺的長子，將來肯定能繼承爵位，還說大夫人進府裡都快兩年了，都還沒有消息，肯定生不出來孩子。長公主一時氣憤，就衝進去數落了丫鬟兩句，還打了丫鬟二十大板，後來沐太后跟先皇訴苦，說長公主不顧她身子虛弱讓她受了驚嚇，長公主與先太后的關係好得多，所以把嫡子的事說了一遍，太祖皇帝那時候很高興有了長孫，可他注重嫡庶，也贊同長公主的話。」

錦雲聽得恍然大悟，推測長公主十有八九是禍從口出了。那時的沐太后為府上添了長子，正高興呢，若太祖皇帝和先皇征戰成功了，爭奪的就是皇位了。而長公主和先太后關係太好，又深得太皇太后和太祖皇帝的喜歡，就連先皇對她都言聽計從，長公主能讓太祖皇帝承認嫡庶不可變，沐太后豈會不恨她？

只是聽孫嬤嬤的話，那時候沐太后也承認了大皇子是庶出的身分，還說長公主教訓得是，甚至那丫鬟都給貶去做苦活。長公主出事距離沐太后生子有半年之久，這半年裡，沐太后是安心在府裡教導大皇子，和長公主的關係也修復如初，甚至比之前更好。

長公主出事後，沒人懷疑是她派人做的，大家甚至以為是先太后妒忌長公主與沐太后關係太好了些，加上那時候先太后並未懷孕，怕長公主的心會偏向沐太后，所以派人殺了她，就連先皇都曾這麼懷疑過；所以後來先皇登基後，沒有立葉容痕為太子，甚至不許人提立儲的事，直到先太后過世了，沐太后——當年的德妃登上皇后寶座，大皇子就順理成章成了太子。

錦雲繼續問：「太后討好長公主，長公主動搖過嗎？」

孫嬤嬤笑道：「長公主其實很一根筋，打定主意就算是九頭牛都拉不回來，又怎麼會是討好兩句就改變心意的人？後來長公主根本沒提嫡庶的事，先後兩位太后都沒有提過，那時候是府裡最和樂的一段時間。」

錦雲有些不信。「長公主果真沒再提過嫡庶的事？還是她沒在沐太后面前提過，卻可能在別的姨娘跟前說過，妳再仔細想想。」

孫嬤嬤微微一怔，又陷入沈思中，半晌才道：「好像曾在舒姨娘跟前說過，是舒姨娘主動提及的，意思是說大皇子很可愛，長得很像先皇，又說太祖皇帝肯定能奪得天下，讓長公主別得罪沐太后，那時候沐家對太祖皇帝征戰比溫府幫忙得多，將來大少爺繼位，誰做皇后還不一定，讓她別得罪死當時的沐太后。長公主不以為意，說誰做皇后她不管，她只有一位大嫂……那回，正是長公主出事前半個月。」

錦雲一挑眉頭，看來那舒姨娘十有八九是沐太后的人。「舒姨娘人呢，是先皇哪位妃子？」

孫嬤嬤搖搖頭。「舒姨娘沒有那個福分，長公主失蹤後，她跟丫鬟去逛街，被人一箭給射死了，打那天後，府裡人有段時間都不敢出門，直到太祖皇帝和先皇征戰回來，那時候天下已定。」

逛街被人一箭射死？要說是亂臣賊子，可不至於認識先皇的妾室吧！在大街上射殺她，肯定是殺人滅口，若是舒姨娘的丫鬟也死了，這事就不用懷疑了。

「舒姨娘的貼身丫鬟呢？」

「一起被箭給射死了。」

錦雲嘴角劃過一絲笑意，肯定是沐太后無疑了，只是她這個幕後黑手做得太好了，根本沒人懷疑過她，反而葉容痕的母后溫氏嫌疑最大，因為那天本該她和長公主一起去上香祈福的，偏偏不巧身子突然不適，長公主便自己去了，然後再沒有回來。不過要去上香的是長公主自己，先太后溫氏是陪她去的，只是臨時不去了，錦雲甚至猜想，如果她也去了，沐太后才真正如願吧？

錦雲又問起賊匪的情況，那件事孫嬤嬤是無論如何也不會忘記的，鉅細靡遺地告訴她，錦雲聽到孫嬤嬤說，綁匪稱長公主和她是絕色女子，一個丫鬟也能說絕色，眼睛瞎了還差不多，不過好歹也能賣個十幾兩銀子，也不算虧了。

孫嬤嬤一直以為綁匪說的絕色女子是手底下的小嘍囉稟告他的，所以也沒在意，可聽在錦雲耳朵裡就成了綁匪以為丫鬟是先太后溫氏，以葉容痕的容貌，就知道溫氏長得美極了。

現在可以斷定當初長公主遇害是個陰謀，只是僅憑孫嬤嬤的一人之言根本不足以作證，還得另外找出證據，最好是能找到當初綁架的賊匪。

「可還記得當初賊匪的容貌？」

孫嬤嬤搖頭。「當初太皇太后找到我，也細細地問過我，我知道的都告訴過太皇太后，那些賊匪都蒙著面，其中一個被我看到了，也曾以畫像張貼緝拿他歸案，只是一直沒有消息。」

「妳就沒有懷疑過長公主是被人給害的？」錦雲問道。

孫嬤嬤搖頭。「當時不只我和長公主被綁架，還有許多別的姑娘，我跟她們一起被賣了……」

說起那些事，孫嬤嬤的身子都在顫抖，錦雲就沒再繼續問了，讓青竹拿了五十兩銀子給他們母子，然後讓趙章送他們出去，臨走前叮囑孫嬤嬤道：「如果有人問起妳都跟我說了什麼，或者我問過妳什麼，妳就說我問妳賊匪是哪裡人，都曾去過什麼地方，隱約聽出來是哪裡的口音，別把嫡庶的事洩漏出去。」

孫嬤嬤應下後，方才離開了。

等他們一走，青竹就看著錦雲道：「少奶奶，奴婢沒聽出來是太后謀害長公主啊。」

南香也點頭。「我也沒聽出來。」

錦雲輕笑一聲。「太后能穩坐那個位置十幾年，還把持了朝政三分之一的兵權，又豈是尋常人？若是做事給人留下把柄，我爹會不逮住她嗎？不過法網恢恢，疏而不漏，總能找到點蛛絲馬跡。」

張嬤嬤進來稟告道：「二少奶奶來了。」

錦雲眉頭微動，起身相迎，走到門口便見瑞寧郡主帶著丫鬟紅芙邁步上來，錦雲笑道：「郡主怎麼有空來我這兒坐坐？」

瑞寧郡主望了逐雲軒一眼，嫣然一笑。「我新來乍到，就帶著丫鬟在府裡轉了轉，就走到了逐雲軒，便進來坐坐，大嫂莫不是不歡迎我吧？」

「我不歡迎妳，就不會出來接妳了，進來坐吧！」錦雲笑道。

瑞寧郡主便進了正屋，隨口問道：「方才進來時，見到一個老嫗，似乎不是府裡的？」

錦雲淡淡揚眉，坐下道：「的確不是府裡的，相公事忙，我就代他詢問了幾句話。」

瑞寧郡主端起茶盞，氤氳的霧氣掩蓋了她的神情，只聽她道：「能者多勞，大哥得皇上器重，皇上有什麼事都願意交給他去辦，這可是別人羨慕都羨慕不來的。」

錦雲淡笑一聲。「這有什麼好羨慕的，忙得見不到人影，皇上也不付他加班費——我的意思是太忙了，回頭讓皇上給他漲點俸祿……」

青竹和谷竹幾個丫鬟立時睜大了眼睛，雙眼從錦雲身上緩緩挪到天花板上，少爺缺那幾百兩銀子嗎？還找皇上多要點俸祿，不等於把少爺推到皇上跟前找罵嗎？不知道少奶奶錢多得數都數不完的，肯定會以為少奶奶很摳門，連給皇上多幹點活也要錢……那是皇上啊，別說還有俸祿了，就是倒貼錢也樂意啊！

瑞寧郡主聽到錦雲的話也是一怔，隨即抿唇輕笑。「大嫂真會開玩笑，我還沒嫁進來就聽說大嫂陪嫁和箱底錢豐厚，還在乎那點錢？」

「能者多勞，能者多得，不嫌錢多。」

聽到錦雲這麼直白的話，瑞寧郡主忍不住皺眉，若是不嫌棄錢多，怎麼會那麼慷慨大方一出手就是萬兩捐贈給希望書社？有了希望書社前那塊貢獻碑，整個京都都知道葉大少奶奶慷慨大方，簡直是有口皆碑了；反倒是祁國公府捐了錢還受人鄙夷，偌大一個國公府捐贈的還不如她一個少奶奶多，錦雲排名只在皇上之下，接下來就是安府和一些富商，相公只捐贈了六百兩，排在七十多名，不仔細看都看不到。她長在京都，知道名聲，尤其是善名對一個人來說有多麼重要，在這上面，錦雲無疑做得是最好的！

除此之外，昨天錦雲還參加了希望書社的開張，在希望書社面前說了一堆話，那麼多人都稱讚她，瑞寧郡主甚至有些弄不明白，錦雲的名聲隔一段時間就會傳遍京都，好的時候人人頌揚，差的時候人人鄙視。

瑞寧郡主擱下茶盞，笑道：「昨天大嫂去參加希望書社開張，可是大出鋒頭。」

「有嗎？」錦雲微微一怔，隨即笑道：「出不出鋒頭倒是其次，兩位王爺下了請帖，我不去就失禮了，再者，我也想去看看希望書社辦成什麼樣子，只是人太多了，我待了一會兒就走了。」

瑞寧郡主點頭，希望書社人多的事她也聽說了。「改明兒我也去瞧瞧。」

兩人就在屋子裡有一句沒一句地閒聊著，一盞茶之後，就在錦雲懷疑瑞寧郡主今天來找她也許真的是順路，沒別的事時，瑞寧郡主從袖子裡掏出來一個錦盒，放在桌子上，推送到她面前。

錦雲微微一愣。「郡主要給我看什麼好東西？」

瑞寧郡主神色微僵，她前天才嫁進來，要是換成別人家，應該是別人巴結她才對，她卻趕不及地送禮上門來了。

瑞寧郡主心裡微微有些不惱，卻是不得不來，她示意錦雲打開，錦雲便打開了，錦盒裡是一只羊脂玉的手鐲，通體溫潤晶瑩。

錦雲詫異地看著她，裝傻道：「郡主這手鐲不錯，玉質上乘，觸手生溫。」

聽到錦雲這麼誇讚，瑞寧郡主臉上閃過一抹得意，隨即又黯淡了些。

紅芙站在瑞寧郡主身後，得意道：「自然是好了，這是太后賞賜給我們郡主的。」

青竹最是不待見這丫鬟了，之前敬茶的時候就罵過她們少奶奶，於是上前一步，笑道：「少奶奶，您欣賞了郡主的鐲子，奴婢去把十王爺給您的那些鐲子拿出來給郡主欣賞下吧？」

紅芙忍不住哼笑道：「十王爺送的手鐲能跟太后賞賜的比嗎？」

青竹氣得臉都紅了，再不等錦雲說話，轉身跑了出去，錦雲喊她都喊不住，轉眼，青竹就抱了一個梳妝盒來，直接擺在桌子上，倏地打開，梳妝盒分三層，裡面有十五、六只手鐲。

青竹掃了紅芙一眼，道：「這些手鐲都是十王爺送給我們少奶奶的。」

紅芙嘴巴張大，有些合不上了，瑞寧郡主也是見慣手鐲的人，好不好一眼瞥過去就知道了，這些手鐲不比她這一只差，甚至有過之而無不及，瑞寧郡主半晌才找到自己的聲音。

「全部都是？」

「本來還不止，少奶奶粗手粗腳地磕碎了兩只，這些全是十王爺從太皇太后那裡討要來的，全部給了我們少奶奶。」

看到紅芙那羞愧氣憤的表情，谷竹和珠雲幾個人心裡也舒坦了，欺負她們少奶奶沒見過好東西嗎？誇她們兩句那是給面子，竟然還得瑟了起來，不知道她們少奶奶有得是錢。這還僅是一部分，只不過少奶奶很少戴手鐲，嫌麻煩不說，還容易碎了，她們都小心收好了，將來給小小姐做陪嫁。

瑞寧郡主知道錦雲很有錢，甚至整個國公府都不及她有錢，可那只是銀子，沒想到她一出手就是一堆極品玉鐲，隨意拿一件出去都足夠別人羨慕半天了，她竟然都不戴，昨天敬茶她都沒見錦雲戴玉鐲，而是戴了一條小手鍊，不過五十兩銀子。

瑞寧郡主感覺自己被羞辱了，咬緊了下牙關，這才笑道：「十王爺對大嫂真好。」

錦雲示意青竹把東西拿下去，然後才道：「當日十王爺送妍香郡主進宮同太皇太后相認，向太皇太后討了賞賜，太皇太后讓他自己去庫房挑，大件的他拿不了，便拿了一堆手鐲和玉珮出來，手鐲他自己肯定不會戴的，就全部送給我了。」

瑞寧郡主微愣，對於十王爺，她也瞭解不少，十王爺可是出了名的難纏，要從他手裡拿到東西很難，竟然送給大嫂這麼多的手鐲，這些手鐲至少價值一、二萬兩吧？前些時候，京都傳遍大嫂撿了雲暮閣老闆的銀票不還的事，國公府逼她把錢拿出來，大嫂還派人去找大哥拿錢，甚至找到了御書房，那會兒她父王就在御書房內，聽得是一清二楚；沒想到後來安府、右相還有兩位王爺，甚至是雲暮閣都趕著給錦雲送錢去，安府和右相可以解釋，後面的雲暮閣也可以說得通，但是兩位王爺怎麼也趕著給她送錢？又是送手鐲又是送錢，兩位王爺的錢多得燒手嗎？

錦雲不知道瑞寧郡主心裡正千迴百轉、千般不是滋味，把錦盒合上，推到瑞寧郡主面前，笑道：「我很喜歡玉鐲，但是不怎麼喜歡戴，太容易碎了，碎一個就是一、二千兩，心疼啊。」

瑞寧郡主笑道：「難怪丫鬟都忍不住說妳粗手粗腳了，我昨兒打算送妳的手鐲碎了，這一只原是打算賠送給妳的，既然妳不喜歡，那我再重新換來給妳。」

東苑。

葉大夫人正坐在屋子裡喝燕窩粥，瞧見瑞寧郡主進來，忙將碗放下，問道：「她答應了沒有？」

紅芙再也忍不住了，紅著眼眶道：「大少奶奶壓根兒就沒給我們郡主開口的機會，郡主才拿出來手鐲，大少奶奶的丫鬟就抱了一梳妝盒的手鐲來給郡主欣賞！」

葉大夫人不由得蹙眉。「一梳妝盒的手鐲？當初她的陪嫁我都見過，沒有哪只手鐲比得上瑞寧妳的手鐲，她就不動心？」

瑞寧郡主請過安後，神情微冷，坐下道：「看來娘也不瞭解她，那些陪嫁都是明面上的東西，箱底的東西才珍貴，其實那些手鐲也不是她的陪嫁，而是十王爺送的，還是從太皇太后的庫房裡挑出來的，豈是太后送我的手鐲可比的？要是一、兩只也就罷了，可十王爺一送就是十幾只！」

在後宮有個規矩，那就是髮釵玉環之類進貢的物品，最好的讓太皇太后先挑，接下來才是太后，至於皇后她們，都是皇上、太皇太后他們賞賜才有，太后挑的幾乎都是太皇太后剩下的，也可以說是看不上眼的，那一堆好東西裡，又經過十王爺的火眼金睛挑選一番，錦雲那堆手鐲的價值可想而知了。

瑞寧郡主拿出那一只手鐲送給錦雲，目的是與她交好，好讓錦雲幫著她在葉連暮面前說說好話，讓葉連祈能有個好官做，沒想到話都還沒說出口，就受了一番鄙夷。

葉大夫人也沒料到會是這樣，臉色很是不善，尤其是聽瑞寧郡主說不知道送什麼給錦雲好，一旁站著的嬤嬤嘆道：「之前還一直以為大少奶奶傻，雲暮閣送來的首飾香水她都不要，看來她手裡好東西太多了，根本沒把那些首飾放在眼裡，以前一直看少奶奶淡妝素顏，頭上甚至連幾支簪子都見不到，又打聽到右相府其實並不太喜歡大少奶奶，一直把她丟在小院住，連伺候的丫鬟也沒有幾個，沒承想會是這樣。」

正因為打聽了，也知道錦雲陪嫁是多少，雖然多可都是有記錄在冊的，沒聽說錦雲變賣過嫁妝，所以錦雲一出手幾千兩銀子，她們才懷疑她是不是做了什麼見不得人的事。誰知道沒問出來什麼，還把自己搭了進去，落得丫鬟被賣，幾位夫人在國公府裡顏面盡失，錦雲那麼做幾乎可以說是拿她們立威了。錦雲如今在國公府裡，還沒哪個丫鬟敢不聽她的話，也正因為丟了面子，葉二夫人才會不依不饒地逮著錦雲不放。後來，知道錦雲錢多得嚇人，先是陪嫁的箱底錢有一、兩萬，後來雲暮閣送給她十萬兩，又是安府送的、右相送的……雖然錦雲說是還回去，可是誰知道呢？

人一旦錢多了，底氣就足了，不在乎國公府那點錢，以前葉大夫人還擔心錦雲會來搶她的權，她知道自己是白擔心了，可越是這樣，她心裡越是不舒坦，憑什麼自己忙死忙活地掌管國公府半輩子，還不如她沒事出去瞎晃悠，然後撿個荷包來得錢多！

瑞寧郡主遭受了羞辱，她雖然想葉連祈有個好前途，可一想到錦雲手裡好東西太多，她送什麼去都是自找苦吃，便道：「她什麼都不缺怎麼辦？」

葉大夫人眼裡閃過陰冷，既然她那麼愛顯擺，那就讓她顯擺個夠！就看她有沒有那個命一直顯擺！

瑞寧郡主看著葉大夫人那神情，背脊一寒，端起茶啜著。

葉大夫人此刻多想除去錦雲，霸占她那些東西，可是錦雲暫時不能死，錦雲膝下無子，一旦她死了，那些東西右相府就會收回去……她可不想自己忙活了半天最後便宜了右相府！

葉大夫人從來沒像現在這樣渴望錦雲懷了身孕，她端起茶喝著，努力平復心裡的恨意。

與此同時，錦雲坐在逐雲軒的屋子裡，一個勁兒地猛打噴嚏。

谷竹擔憂地看著錦雲。「少奶奶可是傷寒了？」

「財不露白，我肯定是招人羨慕嫉妒恨了。」錦雲感慨道，心裡隱隱有些不安，不知道誰想害她？

錦雲猜得出來是葉大夫人她們，可是她沒想到右相府佛堂裡，有人也在大發雷霆。

右相說得沒錯，會摘去蘇大夫人孫氏的誥命夫人稱號，但不是明日，而是今天下午葉容痕的聖旨就宣到右相府了，就連右相也受到了牽連，罰俸半年，如有下回，定不饒恕。

那兩個官員還沒膽子敢把髒水潑到右相身上，再者這事是蘇大夫人全權負責的，指責不到右相身上來，右相的過錯就是不知道枕邊人藉著他的權勢混亂朝綱。

蘇大夫人心裡氣著右相，兩個官員關在大牢裡，只要他願意，有幾千、幾百種辦法讓那兩人悄無聲息地死去，甚至還沒進京就能橫屍京外，他卻偏偏要等著皇上的貶斥！

她氣恨得握緊雙手，她要那些錢是為了什麼，還不是為了將來讓蘇錦容能多些陪嫁，讓蘇錦好享受奢華的生活，她還不是為了他兩個女兒，現在呢？

蘇大夫人越氣，心裡對錦雲就越恨，右相能一出手就給錦雲送三萬兩去，但是蘇錦妤在皇宮裡，他都不幫著，他心裡只有那個賤人的女兒！

你不讓我貪墨，我就讓錦雲死！

蘇大夫人眸底露出寒芒。

錦雲死了，她那堪比右相府、國公府的錢財嫁妝就會還回來。

祁國公府的葉大夫人和右相府的蘇大夫人，這兩人都把眼睛盯住了錦雲，一個想錦雲生下孩子再死，一個巴不得錦雲早死。

錦雲除了打噴嚏外，還是打噴嚏。她起身朝書房走去，正要推門進去，林嬤嬤卻開門走了出來。

林嬤嬤瞧見錦雲時微微一愣，眼底閃過一絲慌亂，忙行禮道：「給少奶奶請安。」

錦雲望著林嬤嬤，然後又看了看書房，心裡閃過一抹疑惑，林嬤嬤就道：「少奶奶，奴婢把書房收拾了一下，沒事，奴婢就先下去了。」

錦雲點了點頭，林嬤嬤便下去了。

青竹等錦雲邁進書房後，忍不住納悶道：「書房奴婢每天都會收拾，林嬤嬤那麼忙，怎麼跑來給少爺收拾書房呢？」

錦雲眼睛在書房裡掃了一圈，沒發現什麼可疑的地方，錦雲走到書桌旁，翻看了下抽屜。

青竹指著其中一個抽屜道：「這個鑰匙的位置不對！」

青竹有強迫症，東西習慣擺在中間的位置上，她收拾過的博古架、茶桌、床鋪都會在最中間的位置，錦雲眼睛微微瞇起，她沒有忘記葉連暮說的話，逐雲軒沒可信的人，連林嬤嬤都不一定可信，方才林嬤嬤瞧見她來時，那眼神閃躲不定，有抹慌亂，她閃躲什麼、慌亂什麼？

錦雲看著桌子上那些帳冊，忍不住揉了下額頭，第一本帳冊上就寫著雲暮閣三個大字，林嬤嬤管著逐雲軒的帳，怎麼會看不懂？只要隨便翻看一下，估計就能猜出雲暮閣是誰的。

錦雲深呼一口氣，還是太大意了，以為林嬤嬤不會進書房，沒想到她真進來了，平日幾個丫鬟一直跟著她打轉，春兒她們喜歡在小院調香製藥，方才瑞寧郡主登門，林嬤嬤估計是以為她會客後習慣午睡，那時候除了葉連暮，幾乎無人會來書房。

青竹望著錦雲，擔憂道：「如果林嬤嬤真的是哪位夫人的人，她進書房肯定瞧見了雲暮閣的帳冊，萬一她說出去了怎麼辦？」

錦雲翻看著帳冊，嘴角劃過一絲冷笑。「我想她還沒那個膽子敢洩密，能進書房的只有妳們幾個丫鬟和爺的暗衛，若是洩密了，我會懷疑誰？」

青竹想想也是，借林嬤嬤三個膽子她也不敢把這事往外洩密，不過為了以防萬一，錦雲還是讓青竹出去找趙構，派個暗衛看著林嬤嬤。

第三十章　夜會花燈

稍晚，青竹一臉陰鬱地進門了。

錦雲正翻看著帳冊，抬頭看著青竹，問道：「怎麼了？」

青竹回道：「林嬤嬤從書房出去就直接出了逐雲軒，不知道去哪兒了。」

錦雲微微一怔，隨即蹙眉，青竹便道：「奴婢已經讓暗衛去查了，也許是出府置辦什麼。」

錦雲輕嗯了一聲，繼續翻看帳冊，雲暮閣的收益慢慢緩了下來，雖然每天的收益都有萬兩以上，可比之前開門營業的時候已經少了很多，因為雲暮閣有不少東西都是一次性的，比如梳妝檯和床，買一個就能用很久，而買得起的人只有那麼多，青竹忍不住嘆息道：「少了一大半了。」

錦雲輕白了青竹一眼。「不少了，京都每個月盈利一萬兩的鋪子能有幾間？雲暮閣每天有這麼多已經不少了。」

青竹撓了下額頭，跟別人比是不少，可是跟以前比就不行了，她鼓著嘴道：「要不是京都有人賣少奶奶想出來的床，雲暮閣的收益也不會下降這麼多。」

錦雲挑眉。「怎麼回事？」

青竹便把京都有好幾家鋪子賣彈簧床的事跟錦雲說了一遍，然後道：「床是少奶奶第一個想出來的，他們不過就是買了一個回去拆了照著做，就敢來搶雲暮閣的生意！」

錦雲翻看著帳冊，眸底輕閃，這個時代沒有什麼專利權，買回去的東西就可以照著做，而且有膽量跟著雲暮閣做的，都是京都裡一些大小官員家，如永國公府、太后娘家沐府，就連祁國公府幾位夫人也合夥開了一間鋪子，專門賣床，檔次自然不能跟雲暮閣比，價格也低不少，所以搶占了一部分市場，光青竹知道的就這些，更遑論她不知道的。

青竹噘嘴道：「還好鏡子要自己製，得先有玻璃，不然豈不是也被別人學去了。」

這一點錦雲倒不擔心，那些窯廠都派了暗衛專門守著，若是有人敢洩密，絕不輕饒。

青竹告訴錦雲這些，就是要錦雲想辦法阻止，不過錦雲也無計可施，葉連暮都沒跟她說這事，說明壓根兒就沒有解決辦法，雖然雲暮閣是第一個做出彈簧床的商鋪，可別人也能做，霸道地去砸人家鋪子的事，雲暮閣還做不出來，不過若是誰敢打著雲暮閣的招牌賣彈簧床，錦雲不會輕饒了他的。

錦雲要做的是讓大家知道，雲暮閣的彈簧床才是最好的，沒有之一！

錦雲處理完雲暮閣的帳冊後，趙行閃身出現在書房內，手裡拎著一個大包袱，恭敬地給錦雲行禮道：「少奶奶，製衣坊讓屬下把衣服給您送來。」

青竹忙過去接了，趙行行過退禮後，閃身就出了書房。青竹望著錦雲，然後迫不及待打開來，拿著那衣服，眼睛都羨慕得發亮了。「好漂亮的衣服！」

錦雲看著青竹手裡的衣服——是結合洋裝元素而改良成的古裝，並融合了刺繡精髓，這可是錦雲畫廢了幾十張畫稿才定下的衣裳。

雲暮閣很大，當初開張時並沒有攤滿，留了一部分空間賣別的東西，後來的麻將占了一部分，還有一部分，錦雲思來想去還是決定賣女裝，畢竟女人的錢最好掙，錦雲畫了幾幅畫後，突然腦袋靈光一閃，為何不嘗試做兩件改良式古裝試試？她自己先穿來看看，要是旁人反應好的話，就放在雲暮閣賣。

青竹從大包袱裡拿出整整六套衣裙，下面還放了六雙鞋子，她轉頭看著錦雲。「這鞋子穿著怎麼走路？」

錦雲輕笑一聲，掃了書房一眼，這裡不是換衣服的地方，便出了書房。

青竹拿著六套衣服跟在錦雲後頭走，逐雲軒裡的丫鬟眼睛都看直了，膽子大點兒的忍不住上來問：「這是衣服嗎？好漂亮！以前都沒見過這樣的衣服。」

青竹聳肩，笑道：「我也是第一次見到。」

回到屋內，谷竹她們也都圍了過來，有六套衣服，每一套都不一樣，幾個丫鬟爭執起來，讓錦雲穿哪一套。

錦雲自己挑了一套，然後去換上，又穿了鞋子，幾個丫鬟都驚呆了。

眉如墨畫，唇如點朱，眼睛清亮澄澈，如冬日初雪般純淨晶瑩，穿上這套衣服後一顰一笑，盡是風流。

穿好衣服後，錦雲又對著鏡子把頭髮重新梳理，只是梳了一下，然後就沒轍了，回頭望著谷竹。「妳傻站在那裡做什麼？」

谷竹這才回過神來，接過梳子幫錦雲梳理起來，動手就是綰髮髻，錦雲微微一愣，然後教谷竹替她梳新髮型，最後還想辦法把頭髮弄得微微捲翹起來，整個人煥然一新。

珠雲羨慕地看著錦雲，眼睛落在她的高跟鞋上。「這身衣服至少也要賣二百兩銀子！」

青竹白了珠雲一眼，道：「少奶奶這一身何止二百兩啊？那布料是雲緞做的，上面的花全部是手工繡的，繡娘做了七、八天才做好，尋常衣服足夠做三套了，還有那鞋子，都是用最好的材料……可是，這衣服好是好，回頭擺在雲暮閣裡，沒準兒兩、三天就被人學了去，少奶奶白費了一番腦子。」

谷竹的興致也弱了下來，望著錦雲。錦雲許久沒穿過高跟鞋了，腳下這雙鞋囿於材質所限，因此看起來像改良式的花盆底，她不敢亂走，正在那裡適應呢。

「床的事我可以睜隻眼、閉隻眼，這衣服得想個法子，回頭讓十王爺出個面，一個月之內誰要是敢模仿雲暮閣的衣服樣式，見一樣撕毀一樣。」

青竹不解地看著錦雲。「為何不是永遠啊？」

錦雲擺手道：「永遠不許別人做，不切實際，一個月足夠雲暮閣掙的了，他們學他們的，雲暮閣會出新的款式，一樣只有一件，有錢人講究獨一無二。」

錦雲都這麼說了，幾個丫鬟哪還有意見，都覺得太便宜他們呢！

南香忍不住道：「與其給別人學去，還不如便宜奴婢們呢！要不我們幾個把錢湊湊，開一家鋪子專門賣這樣的裙子？」

南香說得很坦然，其實就是想激怒錦雲，誰料到谷竹和珠雲兩個贊同地點頭。「這主意不錯，少奶奶您要是真不介意，奴婢幾個就真做了。」

錦雲好笑地看著四個丫鬟。「妳們想開鋪子，我攔著妳們做什麼？錢夠不夠？」

四個丫鬟，八隻眼睛一眨不眨地盯著錦雲，最後青竹開口說道：「少奶奶，妳可不可以借我們二千兩銀子？」

谷竹幾個望著青竹。「真開鋪子啊？」

青竹重重一點頭。「為什麼不開？少奶奶都不生氣，南香說得對啊，與其便宜別人，還不如便宜我們幾個呢。多請幾個繡娘，再請個帳房，看帳我們一起，在外面我們是老闆，在祁國公府我們就是少奶奶的貼身丫鬟，說好了的，我們會一直做少奶奶的丫鬟。」

谷竹翻了一個白眼。「這還用妳說，少奶奶就是轟都轟不走我。」

幾個丫鬟興致勃勃，錦雲忍不住搖頭，示意青竹去拿錢。「拿一萬兩銀子吧，這段時間多做點裙子放在那裡，二十五、六天後就可以開門營業了。」

珠雲迷茫地看著錦雲。「不是說一個月內不許別人學的嗎？」

南香推搡了她一下。「笨蛋，我們與他們那是　樣的嗎？我們提前四、五天開業，能比別人多掙一筆啊！」

谷竹點點頭。「那我們白天幹活，晚上再商議鋪子的事。」

錦雲對著鏡子看著，越看越覺得不錯。

當葉連暮從外頭走進來，瞧見有個蓬鬆裙襬、頭髮微鬈的女人背對著他在那裡喝茶，幾個丫鬟在屋子裡各忙各的，有繡針線、端茶的，就是沒看見錦雲。

葉連暮眉頭一蹙。「少奶奶人呢？」

青竹望了錦雲一眼，然後啞著嗓子道：「少奶奶在書房裡找東西。」

葉連暮轉身便走了，谷竹瞪著青竹，青竹一臉驚嚇。「少爺，少奶奶她……」

錦雲自然知道後面的動靜了，忍不住噗哧一聲笑了出來，葉連暮沒認出錦雲的背影，但是錦雲的笑聲他還聽得出來，當下皺著眉回頭。

青竹已經縮成一團了，吶吶聲道：「奴婢、奴婢、奴婢……」一直奴婢，就是沒有下文，最後一撒腿，跑了。

葉連暮自然不可能跟青竹一個丫鬟一般見識，他走到錦雲對面，皺眉看著她。「怎麼穿成這個樣子？」

錦雲從椅子上起來，穿著高跟鞋看著他。「怎麼樣，是不是很好看？」

當然好看了，葉連暮都有驚豔的感覺，可是剛剛他沒認出錦雲，又被她和丫鬟合起來笑話了，會承認嗎？

「一般般。」

錦雲當即就磨起牙，氣呼呼地走到床邊，吩咐谷竹道：「把這三件衣服給清容郡主、安兒還有玉欣送去。」

谷竹望著錦雲。「少奶奶不穿嗎？」

錦雲嘆息道：「正因為我要穿，所以才給她們送去的。」

這衣服美是肯定的，她將現代洋裝與古裝元素融合其中，這系列改良後的古裝跟平日名門淑女的穿著還是有很大的區別，尤其是鞋子，若是她就這麼穿出去了，以葉二夫人雞蛋裡挑骨頭的架勢，怎麼可能會不挑剔一番？若是清容郡主她們也穿了，一來可以給雲暮閣做廣告，二來也能堵住幾位夫人的嘴。

「製衣坊有多少套全部給我擺到雲暮閣去，今日雲暮閣做生意，這一套也拿去。」

谷竹應下，開始打包收拾衣服。由於清容郡主幾個人的身材和錦雲差不多，錦雲最多只比她們高兩釐米，腳也差不多大，錦雲能穿的，她們三個都可以穿。將三個包袱收拾好，谷竹吩咐人給她們送去。

葉連暮走到錦雲身側。「今晚就穿這個去逛花燈會？」

「就穿這個。」

因為要出去逛花燈會，自然會在街上吃東西，所以提前半個多時辰吃晚飯，只吃個半飽。吃過晚飯後，錦雲想了想，待會兒要出府逛街，披髮並不得體，還是讓青竹幫自己盤上髮髻，便和葉連暮去了寧壽院。

一路上，丫鬟看著錦雲都看呆了，走路走岔了的都有。

葉老夫人屋內，葉姒瑤和葉觀瑤她們幾個早就打扮好了，正圍著葉老夫人說笑，幾位夫人也都在屋子裡，花燈會，一年只有兩次，怎麼可能不去參加呢？

原本大家都很高興，勸說葉老夫人，讓她也出去走走，可是一瞧見錦雲進來，屋子裡頓時變得鴉雀無聲了，幾位夫人、小姐的嘴巴大得都能塞進一個鴨蛋了。

葉姒瑤看著錦雲的目光，先是怔住，然後又閃現驚嘆，漸漸地變作不悅，蹙眉不滿……

瑞寧郡主的臉上也不怎麼好看，不過她沒那麼明顯，坐在那裡喝茶。

倒是葉雲瑤驚嘆地走到錦雲身邊。「大嫂，這衣服真漂亮！」

葉觀瑤哼了下鼻子。「哪裡漂亮了？我怎麼就沒看出來？」

葉二夫人放下茶盞，見到錦雲的鞋子，眉頭一挑，不陰不陽地哼道：「穿成這樣也不嫌累得慌，這麼高的鞋子，要是懷有身孕，一個不小心被人給推了……我看妳還是趕緊換下來吧。」

錦雲抬了抬高跟鞋，幾位姑娘的眼睛都亮了起來，當錦雲一抬頭，就不見羨慕妒忌，只餘下淡淡的恨了。「小心點兒不會有事的。」

葉老夫人也讚嘆地看著錦雲。「平素不怎麼見妳打扮，今兒逛花燈，難得見妳打扮一回，倒讓我老婆子羨慕了。」

錦雲請過安後，挨著葉老夫人坐下。「祖母要是喜歡，回頭我請雲暮閣給您訂製一件。」

葉雲瑤聽到雲暮閣三個字，眼睛一亮。「雲暮閣有賣嗎，我怎麼沒聽說，多少錢？」

葉三夫人當即呵斥葉雲瑤。「那衣服是妳能穿的嗎？最少也要幾百兩，妳大嫂是有錢，娘可沒那麼多的錢給妳買，再看那鞋，是妳能穿的嗎？」

葉雲瑤委屈地噘嘴。「我就是問問，我又沒說要買。」

葉觀瑤妒忌地扭著手裡的帕子，對葉雲瑤道：「這樣的裙子哪裡好看了，一點都不耐看，穿大嫂那樣的鞋子，我肯定連路都不會走了。」

那邊，葉老夫人勸錦雲道：「衣服不錯，就是這鞋……我瞧著都擔心，換成繡花鞋吧，萬一真有身孕……」

錦雲滿頭大汗。「祖母，我沒有身孕。」

葉老夫人嗔怪了她一眼。「好，妳自己掌握好分寸。暮兒，一會兒出門逛街，你多看著她。」

葉連暮點頭，看幾位自家妹子還在小聲談論錦雲的衣服和鞋子，葉姒瑤和葉觀瑤都說不好，但是葉雲瑤就是喜歡。

錦雲輕笑道：「我那還有一套，妳要是喜歡，那一套我就送給妳了。」

葉雲瑤聽得微愣。「送我一套？」

錦雲輕點了下頭，使了個眼色，青竹就鼓著嘴下去了。

青竹嘴巴鼓得高高的，真心弄不懂少奶奶為什麼要這麼做，葉三夫人平日可沒少踩少奶奶，雖然四小姐人很活潑，沒那麼討厭，可也用不著送裙子給她啊！

青竹是萬分不情願的，可是錦雲的吩咐，她不得不去做。

可青竹怎麼會明白錦雲的心思呢？幾位夫人沒有表面上看到的那樣和睦，難得幾個姑娘裡，雲瑤對她好一點兒。錦雲很大方地送衣服給她，為的就是告訴葉三夫人，對她好的人，她不會吝嗇；對她不好的，如葉二夫人，她反駁起來可是半點臉面不留的，讓葉三夫人選好位置再說話。

葉三夫人欣喜道：「這衣服可不便宜，妳送給雲瑤不合適吧？」

錦雲笑道：「這有什麼合適不合適的，反正也是別人送的，我有一套就夠穿了，本來還愁不知道送給誰好，正好雲瑤喜歡，她們幾個不喜歡，正巧了。」

谷竹在一旁添油加醋道：「少奶奶這下不用愧疚了，府裡就四小姐喜歡這樣的裙子，您也不用為了把其餘幾套送給清容郡主她們而擔驚受怕了。」

錦雲一臉輕鬆地點頭，那邊葉姒瑤她們幾個人都恨不得把舌頭咬了，心裡既後悔又氣惱。

青竹很快就把衣服和鞋子拿來了，葉雲瑤喜孜孜地接過包袱，然後道：「妳們先別走啊，我去把衣服換了，一會兒就來。」說完，奔也似地去了內屋。

葉姒瑤不滿道：「妳就這麼等不及穿嗎？快點兒，不然我們就不等妳了！」

葉三夫人不滿地看了眼葉姒瑤，然後看向錦雲，心裡開始動搖了，往後還是讓雲瑤多跟錦雲走動才是，把希望寄託在瑞寧郡主身上肯定不行，畢竟瑞寧郡主沒有錦雲的氣度。

葉連暮請過安便出去了，錦雲繼續陪著葉老夫人說話，很快地，葉雲瑤就換好了衣服，小心翼翼地出來，還是丫鬟扶著她，衣服很漂亮，和錦雲身上那套很不同。

錦雲讚美道：「這身衣服就是為雲瑤量身訂做的！」

葉雲瑤臉頰緋紅，還從來沒人這麼誇過她呢！她瞅著腳上的鞋子。「鞋子有些擠了點兒，我就不穿這鞋了，不然我肯定要拖妳們的後腿。」

屋子裡全都是女人，也沒那麼多顧忌，丫鬟拿了鞋來給葉雲瑤換上，葉雲瑤當即活了起來，開心地在屋子裡打轉。「祖母，我漂亮吧？」

葉老夫人瞋瞪了她一眼。「漂亮。時辰不早了，妳們去看花燈吧，別回來太晚了。」

出了祁國公府，眾位夫人、小姐乘上馬車前往花燈會，葉雲瑤一路上都忍不住雀躍，她說話時，葉姒瑤都不搭理，漸漸地葉雲瑤的嘴也鼓了起來。

一旁的葉文瑤不滿道：「什麼嘛，平常她們穿漂亮的衣服，不照樣顯擺，我們不也沒不理她們，今天四妹妹好不容易穿一回衣服，比她們好看，她們就使小性子。」

葉雲瑤扭著手裡的帕子。「難道就許她們穿好看的衣服，處處壓過我們嗎？哪有這樣的事。」

葉文瑤道：「妳也不用理她們，誰叫她們對大嫂不好了，她們是羨慕妒忌的，還說裙子不好呢，我看她們能不能忍住不買。」

葉雲瑤眼睛一閃，快步走到葉姒瑤她們前面，高興地問道：「大姊姊、三姊姊，妳們是真的不喜歡這樣的裙子，以後都不買嗎？」

葉觀瑤咬緊牙關，氣道：「不就是一套衣服，看把妳得意的，還不知道是不是大嫂穿剩下的。」

葉雲瑤笑了笑。「大嫂那麼大方，怎麼可能會送我舊衣裳，她自己也是第一次穿呢。」

此時另一廂的馬車裡，葉蓮暮很不滿地看著錦雲。以往兩人同坐馬車，他都習慣抱著錦雲，但是今天，錦雲不給他抱，說是怕把衣服弄縐了。

葉蓮暮原本還覺得不錯看，現在覺得很一般。

兩刻鐘後，馬車停下，葉蓮暮先出去，然後抱著錦雲下來，頓時，所有人的目光都被錦雲吸引住了，不外乎說些稱讚的話。

葉姒瑤幾個人都站得遠遠的，離得近不是給錦雲做陪襯嗎？她們甚至勒令葉雲瑤不許跟著。

葉三夫人當即沈了臉色，吩咐葉雲瑤道：「以後多跟著妳大嫂，別老跟著她們屁股後面受氣。」

葉二夫人冷著臉。「三弟妹，妳這話什麼意思，觀瑤什麼時候給雲瑤氣受了？」

青竹回頭看了一眼，笑對錦雲道：「少奶奶，一夫人和三夫人罵起來了。」

葉連暮搖頭暗笑。「其實，妳把裙子送給三夫人效果會更好些。」

錦雲也忍不住笑了。「可惜了，裙子做得太年輕了些，不然我真會送。」

再一會兒，錦雲瞧見了清容郡主、趙玉欣兩人扶著夏侯安兒。

錦雲忍不住問道：「安兒怎麼了？」

清容郡主笑道：「還不是她莽撞的性子，穿了高跟鞋，一高興，蹦了起來，然後把腳給扭傷了。」

錦雲嘴角猛抽，夏侯安兒一張臉紅得似血。「一時沒注意，我在家試過了，蹦起來沒事，我娘才許我穿的，誰想……」

錦雲滿臉黑線，眼睛四下一望，正巧看到了蘇猛，忙招手。「二哥、二哥！」

蘇猛皺著眉頭，裝沒看見，錦雲又喊道：「二哥，趕緊過來，出事了！」

他輕咳了下嗓子，這才轉身過來。

錦雲翻了個白眼，矜持個什麼，想找安兒說話直說唄，還扭扭捏捏的。

蘇猛其實想找的不是安兒，而是葉連暮，確認父親跟他說的鐵騎副將是不是真的，誰能想到夏侯安兒會過來，他們已經訂過親了，自然要避諱點。

蘇猛故作鎮定地看著錦雲。「出什麼事了？」

「安兒把腳扭了，我們幾個人忙著逛花燈會，沒人送她回去，反正你是她未婚夫，你送吧。」

錦雲說完，給趙玉欣和清容郡主使了個眼色，幾個人便溜走了，就算蘇猛在後面喊，她們也不吭聲。

蘇猛紅著臉看著夏侯安兒。「我二妹妹她有些不著調，妳，我送妳去醫館……」

那邊，清容郡主忍不住道：「會不會不合適？安兒已經和他訂親了，成親以前是不能見面的，會不吉利。」

趙玉欣也看著錦雲，錦雲抖了下眼皮。「沒那麼誇張吧？遲早都是嫁給我二哥，再說她受傷了，不去看大夫肯定不行啊。」

清容郡主想了想，便把這事丟一邊去，逛起花燈會了。

青竹跟在後面道：「少奶奶，皇上也出宮了，少爺陪皇上去了。」

錦雲點點頭，表示她知道了，谷竹忍不住道：「少奶奶，奴婢有件事沒跟妳說，有間錢莊今兒晚上開張……」

錦雲的腳步突地一頓。「今晚開張？」

谷竹點點頭，其實她昨天就知道了，是少爺讓她別說，想給少奶奶一個驚喜，可是沒想到少奶奶會穿這樣的衣裙出門，不然可以換了男裝，去冒充有間錢莊的大老闆。

清容郡主茫然地看著谷竹。「有間錢莊，怎麼這麼怪的名字？錦雲姊姊，妳生氣做什麼？」

錦雲平復過心情，然後道：「妳不知道嗎？有間錢莊放出話了，第一筆存進去的錢享有年息一分，一萬兩銀子一年後就有一千兩的利息，我還打算搶第一。」

一分利，的確不少了。

清容郡主望著錦雲。「妳打算存多少的？」

谷竹便道：「我們少奶奶身上有些錢，又喜歡花錢，打算存十萬兩呢，一年後就是一萬兩，存夠十年就能翻倍，到將來生了小少爺、小小姐，一人給十萬兩……」

清容郡主嘴角猛抽，十萬兩銀子，十年就能翻倍，難怪要著急去搶第一了。

「可是，要怎麼搶啊？」

錦雲聳肩，其實她也不知道，她來自現代，既然要在京都開間地地道道的錢莊，就不插手過問，開張第一筆生意總是特殊些，而錢莊的第一筆生意就是一分利息。

錦雲吩咐谷竹道：「去告訴爺，這第一筆生意我一定要拿到。」

谷竹連著點頭，十年就是十萬兩，怎麼能被別人拿去呢？可是谷竹沒想到的是，沒人會像錦雲這樣一出手就是十萬兩啊。

那廂，葉連暮和葉容痕還有兩位王爺正在猜謎語，其實葉連暮更想跟錦雲一起的，可是沒辦法，錦雲喜歡跟清容郡主她們在一起，他就不好再跟著了。

谷竹走到葉連暮身邊，道：「少爺，少奶奶說了，今晚無論如何也要拿到有間錢莊的第一筆生意。」

葉容頃納悶地看著谷竹。「不就是一間錢莊嗎，為何要做第一筆？」

谷竹回道：「第一筆生意是一分利息，錢放在手裡，少奶奶怕被蟲蛀了，決定放在錢莊裡。」

他們聽到谷竹說這話，險些吐血，怕被蟲蛀，這是多有錢啊？又聽十萬兩在十年翻倍的話，忍不住瞪圓了眼睛。

葉容軒罵道：「這女人太能掙錢了！」

一邊雲暮閣日進斗金，一邊還把錢放進錢莊裡，而且第一筆生意沒有限制，可以隨時取出來。

葉容痕也忍不住抽了下嘴角。「用得著現在就開始存嫁妝嗎？」

葉連暮揉著額頭，生孩子她不急，存嫁妝她比誰都急。「用她的話說，存兒子的聘禮、送女兒的嫁妝，我也只能隨她了。」

葉容軒拍著葉連暮的肩膀。「表哥，將來你女兒嫁給我兒子唄？要麼我女兒嫁給你兒子也行啊……」

葉連暮一巴掌拍掉他的手。「嫁妝不夠十萬，別想娶我女兒。」

葉容頃在一旁嘀咕道：「別說大話喔！能拿得出十萬兩的人簡直就是鳳毛麟角，萬一沒人來娶，豈不是砸手裡了？」

葉容痕憋笑，葉連暮都汗顏了。

葉容軒想了想。「大不了，我從現在起就攢錢，那有間錢莊真靠譜嗎？倒掉的錢莊數不勝數，表嫂不怕錢打了水漂兒嗎？」

葉連暮輕咳一聲，然後道：「有間錢莊借錢年息是五釐，先存十萬兩，再借十萬兩，十年後也能掙五萬兩。」

葉容軒無言。「……」

葉容痕錯愕不已，一旁的葉容頃眼珠子都瞪出來了。「我就說她怎麼這麼奇怪，不拿錢生錢，原來是因為有錢掙！」

葉連暮心想，錢莊都是她的，她怎麼可能虧本？不過，錦雲這麼做，是用來混淆視聽，表現出她跟有間錢莊非親非故，而她把錢存裡面，完全是因為有利可圖。

這麼好的事，怎麼能輪到別人呢，必須爭啊！

「我們也去吧，爭得第一！擺明就是送錢啊，存得多，送得多。」

葉容痕也來了興趣，朝前面的有間錢莊走去。

有間錢莊前面，圍了許多人，射箭打擂，第一名能得五十兩黃金，且能獲得有間錢莊的高額利息，除此之外，還能獲得有間錢莊的青睞，將來若是手頭缺錢了，可以來有間錢莊借貸，無須利息。

其實，大部分人還是為了那五十兩黃金來的，五十兩黃金就是一千兩銀子啊，別人家的錢莊開張也就二十兩，不過通常錢莊開得越大，獎賞的錢就越多，不少人都上去試弓，可惜那是把硬弓，能拉開點就不錯了，何況要把箭射到箭靶上？此外，這箭靶還有些不同，它雖是紅心，上頭卻是銅錢的圓孔，只有射到圓孔才算贏。

葉容軒瞅著那箭靶的距離，再看那靶心，忍不住抹了抹額頭的汗珠，方才幸好沒說去試試，這哪用試啊，走狗屎運也中不了啊！

「難度不小啊！」

葉容頃瞅著那弓，眼睛微微瞇起。「這不是欺負人嗎？能射中幾乎就比得上武狀元了，難怪把賞錢訂的那麼高！」

另外一邊，錦雲和清容郡主三個也擠了進來，看著人家比試用弓，忍不住鼓著嘴。

「人家開錢莊都用對子，怎麼是射箭啊？我還想試試呢！」

清容郡主卻是笑道：「這妳就不知道了，錢莊很特殊，它可以發銀票，背後要是沒有靠山，肯定開不了多久，一般文官做靠山用對子，寫詩作畫告知世人；如果背後的靠山是武官，那就是射箭，而且靠山越大，射箭的難度越大，旁人若是想打錢莊的主意，就要掂量掂量了。」

錦雲聽得眼睛睜圓了，她還從來沒聽過這樣的事。「妳不是糊弄我的吧？」

清容郡主眨巴眼睛。「我沒糊弄妳啊，我父王告訴我的，不管誰做靠山，我們在一旁瞧著就是了，妳還是別想上去試試，我估計妳連弓都拿不起來。」

錦雲滿臉緋紅，看著那銅錢紅心，心想：既然靠山越大，射箭的難度就越大，幹麼不弄成針眼呢？任誰都射不中。

錦雲她們幾個人占了最好的位置，箭射到什麼位置，幾乎一眼就能看到。後面那些人對射箭感興趣，對她們身上穿的衣服也同樣感興趣，不過靠近不了，被青竹幾個丫鬟圍著呢，前面又沒有人。

那頭的葉容痕他們都瞧見了錦雲，也知道錦雲跟清容郡主她們去玩了，只是沒想到她們竟然也來這裡，連穿著打扮都跟平常的婦女略有不同，卻是相當漂亮。

葉容頃瞅著錦雲那身衣裳，問葉連暮道：「表哥，還有什麼是表嫂不會的？」

葉連暮扯了下嘴角。「該會的都會，除了不怎麼會跳舞、不會寫毛筆字之外……」

不怎麼會跳舞，可是篝火舞就跳得很好，不會寫毛筆字，但用她自己發明的怪筆寫出來的字卻不錯，葉容頃都想拜錦雲為師了，雲暮閣什麼東西都是出自她的主意，毫無疑問，這身衣服肯定也是。

葉容頃瞅著自己身上穿的，心想，一會兒一定要她幫著設計兩套漂亮點的。

那邊，錦雲和清容郡主大聲拍手叫好，再看遠處的箭靶上，一枝箭穩穩地插在上面，雖不在中心，但是在靶子上，只要射中靶子了，就有十兩獎勵。

葉容痕把扇子遞給常安後，邁步走了過去，拿起桌子上的弓箭，先是試了一試，喝了一聲。「好弓！」

有間錢莊的掌櫃笑道：「此弓用紫杉木做身，弓弦中加有天蠶絲，沒有三百斤的臂力，絕對拉不開此弓，公子好臂力！」

說完，掌櫃的把箭送上。葉容痕搭弓，瞄準，然後咻的一聲，箭羽飛射出去，眨眼間便正中靶心。

清容郡主立馬拍手道：「漂亮！」

錦雲也拍手叫好，葉容痕把弓扔給掌櫃的，掌櫃的放下後，把五十兩黃金送上。「公子，這是獎金。」

葉容痕微微一愣，他就是試試手而已，沒想過要獎金。

常安看出來了，笑道：「公子不要，就賞賜給奴才了吧？」

說完，常安忙接了托盤，瞧見托盤裡面有根權杖，忍不住問道：「這權杖是？」

掌櫃的回道：「有此權杖，將來公子若是有困難，可以憑此權杖從有間錢莊借貸，三年為期，具體能借多少，還由我們老闆定奪。」

常安瞅著手裡的權杖，皇上會有事要有間錢莊幫忙嗎？

當常安正準備把權杖還回去時，一旁的葉連暮道：「留著吧，或許將來會用到。」

清容郡主拉著錦雲走了過來，忍不住道：「不是說射中了可以存錢嗎？」

錦雲也納悶。「是射中就行了，還是還許別人繼續射箭？」

一般錢莊是賞金被人取走就算結束，不過有間錢莊準備了三份賞金，葉容痕取走了第一份，還有兩份，下面的看客猛鼓掌，有間錢莊夠大氣！

錦雲瞅著葉連暮，葉連暮望著箭靶上的箭，以他臣子的身分是不可以射掉皇上的箭，有取而代之的意思。

葉連暮稍稍一猶豫，出現在花燈會上的莫雲戰已經拿起弓箭了，一氣呵成，直接射掉了葉容痕的箭，然後把弓擱下，回頭看著他。「承讓了。」

射掉人家的箭可比射中要難一倍不止，尤其還是敵國皇子射中的，寓意可不一樣，掌櫃的還是將黃金送上，並奉上權杖，只可惜這根權杖莫雲戰沒要，直接扔給了掌櫃的。對他而言，有間錢莊最多只能借他幾萬兩，若真的需要錢，這幾萬兩無疑是杯水車薪，尤其這錢莊還在大朔京都之中。

人家不要，有間客棧自然也不勉強，錦雲笑道：「既然他不要，不如送給我吧？」

莫雲戰回頭望著錦雲，他一早就瞧見錦雲了，眸底閃過驚豔之色，然後眼睛落在葉連暮身上。

祁國公府大少奶奶可真不給自己夫君面子，她就沒那個自信他能替她贏回去一份？

葉容痕也盯著錦雲，一旁的清容郡主也拉錦雲的衣袖子了。

錦雲嘀咕道：「我和他一人拿一個，省得我還要求他。」

掌櫃的手裡拿著權杖，滿頭黑線。少奶奶真是夠了，錢莊是妳一個人的好不好，上到地契，下到房契，全部都是少奶奶的，少爺也就沒事幫著打理打理，她還要權杖？不過權杖只有三根，少奶奶還真沒有，掌櫃的猶豫了一下，還真的送去。

他怕啊，要是不給，回頭少奶奶生氣了，誰倒楣啊？爺倒楣啊，爺一倒楣回頭肯定把氣撒他頭上啊……

錦雲不客氣地接了權杖，左右瞄瞄，上面畫的東西很奇特，應該可以和什麼東西正好合上，錦雲揣進袖子裡，葉連暮扯著嘴角過去搭弓射箭了。

葉連暮和葉容痕是同一個師父教的武藝，以前葉容痕就打不過葉連暮，更何況，莫雲戰和葉連暮的武藝不相上下，他能射中箭靶，葉連暮肯定也行。

果不其然，拿到了賞金，還有權杖，葉連暮掃了眼錦雲。「妳還要不要？」

錦雲露齒一笑。「你要給我，我自然要了。皇上啊，你的權杖要不？」

清容郡主臉火辣辣的。無恥啊，這麼理直氣壯地要東西，那掌櫃的跟她很熟嗎？陌生人她也要討，她不會也是這樣要了那雲暮閣老闆的荷包吧？清容郡主看了趙玉欣一眼，趙玉欣重重的一點頭，毫無疑問，肯定是啊！

常安瞅著手裡的權杖，然後看著錦雲，回頭看著掌櫃的。「這權杖最多能借多少錢？」

掌櫃的愕然一怔。「應該能借幾十萬兩吧？」

錦雲橫了葉連暮一眼，看他幹的好事，開張差點把有間錢莊全部給搭進去，她還掙什麼啊！

只聽葉容痕吩咐常安道：「給她吧。」

常安抖著臉皮。「幾十萬兩呢。沒準兒就能解燃眉之急……啊，放在大少奶奶那裡收著也挺好的，奴才容易丟三落四的……」

錦雲忍不住罵一聲狐狸，明明是送的，怎麼就成收著了？也就是說將來有個什麼事，還得還回去？

即便知道，錦雲還是拿著了，現在錢莊錢不多，萬一有人拿著權杖要借錢，借個三、五萬也夠嗆啊，還是握在手裡放心些。她想到這些，忍不住就瞪了葉連暮一眼，這是要敗光她的錢莊啊！

掌櫃的命人把箭靶撤下去，然後笑道：「除了比武射箭之外。小鋪還準備了幾副對子，還望各位賞臉。」

掌櫃的接過夥計送上的帖子，那夥計端著托盤站在那裡，托盤裡的錢不等，少的是十兩，多的是一百兩。估計對子的難度從易到難。

錦雲茫然地看著葉連暮。「錢莊都是這樣開的嗎？是不是代表背後除了武官撐腰之外，還有文官撐腰？」

葉容頃聽得一頭霧水。「妳在說什麼啊，射箭比文怎麼跟撐腰有關了？」

葉連暮也望著錦雲。「誰告訴妳的？」

錦雲撇頭望著清容郡主，清容郡主向趙玉欣望去，趙玉欣滿臉通紅。「別看我，又不是我說的，是妳爹溫王啊！」

清容郡主羞愧道：「估計是父王哄我的……」

錦雲黑著一張臉，就聽葉連暮道：「應該沒別的意思，今、明兩日是文武科舉放榜，今晚開張，射箭之後比文，正好。」

葉容軒重重點頭。「敢在京都開錢莊，膽量不小，身後沒準兒真有不小的靠山，會不會是右相？」

葉容頃望著他。「為什麼是右相？」

葉容軒輕咳一聲道：「從來文武不和，這有間錢莊既射箭又比文，別人家可是很少見的，右相是朝中唯一一個文武全才啊！」

錦雲側眼看著葉連暮，這廝不會把水潑到她爹身上了吧？

葉連暮扯著嘴角，這不是他吩咐的好不好，不過就是開張而已，交給底下人做不就成了？

葉連暮望著掌櫃的，掌櫃的很鬱悶，還不是看少爺武功很好，算是武官，而少奶奶對子還不錯，這麼做還不是完全為了迎合她高興嗎？沒做錯啊！

那邊掌櫃的唸出對子，不消片刻就被個書生對上了，贏得了十兩銀子，下一個對子，清容郡主答出來，得了二十兩銀子。

葉容頃瞅著錦雲。「妳那麼喜歡錢，怎麼不去啊？」

錦雲眉頭一皺，她有那麼喜歡錢嗎？她雖然做不到視金錢為糞土，可也沒有鑽錢眼裡去吧！

她翻了個白眼，要是會對的話，早就上去了，還傻站在這裡幹麼！

葉容軒覷著錦雲。「妳不會？」

錦雲輕嗯了一聲，那邊掌櫃的還等著錦雲對對子呢，可惜最後一副，錦雲也沒站出來，掌櫃的有些迷茫了，少奶奶不會對對子嗎？

所有的錢送出去後，有間錢莊正式開張，錢莊與雲暮閣那類的商鋪不同，裡面沒什麼好逛的，所以進去的人不多，頂多是看看錢莊的布局，很大氣，一看就給人信服的感覺；不過今兒這闊綽的出手，三根權杖全部落入葉大少奶奶手裡，也足夠它名揚京都了，連葉大少奶奶都信任有間錢莊，要把錢存裡面，他們還有什麼不信任的？明兒就把錢存進來。

錦雲瞅著手裡三根權杖，每根權杖都有些不同，外人很難模仿，她裝在荷包裡，讓青竹收好。

青竹一臉黑線，這可是近百萬兩的借貸啊，拿在手裡沈甸甸的。「萬一，奴婢不小心丟了怎麼辦？」

錦雲頭也不回地來了一句。「丟了，妳負責給我掙十萬兩回來。」

谷竹悶嘴輕笑，青竹二話不說丟給她一根。「雞蛋不能放在一個籃子裡。」

葉容痕逛了幾步，常安就勸他回去了。

錦雲不愛跟在他們後頭，帶著丫鬟去了別處，那邊有一些在河岸放燈的人，南香替錦雲拿了一個來，錦雲寫了願望，然後小心翼翼地蹲下，把花燈放河裡，撥了撥水，讓花燈漂遠點兒。

錦雲正要站起來，那邊有人衝過來，手裡一把明晃晃的鋼刀，嚇得一群大家閨秀、小家碧玉忙往一旁躲，然後一堆人嘩啦啦地掉進河裡。錦雲也被人推了一把，往水裡倒去，只是那一瞬間，一道身影閃過來，葉連暮把錦雲抱住了，然後輕點水面，最後回到岸上。

那邊的趙章攔住拿刀的婦人，那婦人嚇得面都白了，許多人去河裡撈那些大家閨秀和小家碧玉上岸，各個都狼狽不堪，什麼叫落水的鳳凰不如雞，再加上衣裳穿得不多，一碰到水，就緊緊貼著身子了。

這頭被婦人追殺的男子也被人拎了過來，錦雲仍心有餘悸，清容郡主則嚇得臉色蒼白，幸好她的丫鬟趕著去買花燈，她把位置讓給別的姑娘放花燈了，不然掉水裡的肯定是她。

清容郡主見到那姑娘渾身是水，心裡都忍不住生出一絲的愧疚。沒想到在花燈會，高高興興的日子，竟然會這麼倒楣。

那婦人早沒了之前的強悍，嘴皮都在哆嗦。

沒一會兒，珠雲就打探清楚了，對錦雲道：「那婦人是東街口殺豬的劉老二媳婦，這婦人很厲害，據說殺豬比她夫君還厲害，那男子是她女婿，今天是花燈會，他陪著情人出來逛街，不巧撞上了岳母，他媳婦身懷六甲出不了門……」

錦雲只覺得腦門上全是黑線。「活該被追殺。」

南香嘆道：「要不是趙章大哥攔下了那婦人，那婦人是要剁掉他兩斤肉餵狗呢！」

清容郡主哼道：「那婦人跟狗有仇嗎？」
錦雲無言。「……」
葉連暮道：「離水遠一點兒吧，去那邊玩。」
錦雲點點頭，瞧見葉容軒他們都朝這邊望過來，錦雲便走了過去。
那邊正在對對子，錦雲走過去的時候，正好瞧見雲漪公主穿著一身新裙子來給葉容痕行禮道：「本公主明日便和王兄回北烈了，沒想到今天還買到這麼漂亮的裙子，大朔果然地靈人傑。」
葉容痕打著玉扇笑道：「公主喜歡，朕讓人多送妳幾件。」
雲漪公主笑道：「謝皇上了，不過雲暮閣的裙子全被我買下來了，皇上要送我，估計我還得多住兩天才成。我來大朔許久，想念父皇和母后了，將來有機會，我還想來大朔玩，尤其是葉大少奶奶，本公主一直想跟妳好好比試比試，不過妳這對手很奇怪，老是不跟我交手。」
錦雲輕笑道：「妳下次來，我一定會好好招待妳的。」
雲漪公主噗哧一笑。「本公主只是說笑的，一輩子能來一次，還是我苦求了父皇、母后幾個月，下次再來，我就該嫁人了，本公主不想留遺憾回宮，不如我們比試比試吧，對對子或接詩句？」
錦雲當即苦著張臉。「就不能挑一個我會的嗎？」

雲漪公主張大了嘴巴，臉色帶怒氣。她明天都要回北烈了，她還膽怯？

雲漪公主看著青竹。「妳說，妳們少奶奶都會些什麼？」

她們少奶奶會什麼？貌似什麼都會啊。

青竹直眨巴眼睛，吶吶聲道：「我們少奶奶會的東西很多，有時候很會，有時候很不會，奴婢也不知道。」

雲漪公主險些吐血，這叫什麼回答？

「妳們少奶奶最會的是什麼？」

「給人看病。」

「……還有呢？」

「會做衣裳。」

「……還有呢？」

「會製香、會做菜。」

「……還有呢？說點本公主會的！」雲漪公主暴走了，宮裡有的是太醫，用得著她學醫術嗎？用得著她製香、做衣服、燒飯嗎?!

「……其他的，我們少奶奶有時會，有時不會。」

「詩詞歌賦、琴棋書畫，就沒一個精通的嗎？」雲漪公主怒吼道。

「……我們少奶奶歌唱得不錯，可以比唱歌，畫也不錯，其他的……」青竹咋舌，其他的應該拿不出手。有時候少奶奶煩悶，她拿兩本詩詞給少奶奶打發時間，還被剜了好幾眼，最後換成了遊記，少奶奶寧願看風土人情、地理之類的書，也不願意看詩詞歌賦，青竹想應該是厭惡的。

雲漪公主揉著太陽穴，她怎麼會覺得她很厲害呢，且還覺得她是不屑跟她比試，沒想到丫鬟都說她不會。

雲漪公主第一次認錯了對手，有種尷尬的氣憤。「為什麼妳不會還可以這麼理直氣壯，換了別的大家閨秀都羞愧地掩面跑走了。」

葉容軒和葉容頃也詫異地看著錦雲，他們一直以為錦雲是謙虛，沒道理深奧的會、簡單的不會啊！

錦雲撓著額頭，臉頰緋紅。「做人要實誠，會就是會，不會就是不會，我若是裝會接了公主的戰書，豈不是更丟臉？我才十幾歲，學針線、學醫術，我哪有時間學別的……我的意思是術業有專攻，沒必要跟別人比是不是？」

「可這些不是大家閨秀該學的嗎？妳之前不是要做皇后？大朔皇后要給人看病、燒飯嗎？右相果然跟別的丞相不一樣。我們北烈的相爺，他的女兒琴棋書畫樣樣俱全。」雲漪公主感嘆道。

「我們老爺有好幾個女兒，其他的女兒學習琴棋書畫，我們少奶奶就學習做衣裳，學的不一樣。」青竹忍不住道。

以前青竹覺得相府虧待了她們少奶奶，如今看來，學那些詩詞歌賦又算得了什麼？京都別的不多，大家閨秀是一抓一大把。少奶奶這樣才叫稀罕呢！但她也納悶，少奶奶一直就會做衣裳，沒學過醫術和製香啊，好像突然之間就會了。

雲漪公主徹底熄了跟錦雲比試的心，會的完全不同，如何比試？虧她一直想贏，簡直就是勝之不武。

侍女見雲漪公主一臉失望，忍不住在心底嘆了一口氣，公主的好強性子，總算遇到了個對手。在北烈，何曾有過？

侍女輕聲道：「公主，時辰不早了，我們該回行宮歇息了。」

雲漪公主望著錦雲，忍不住開口道：「妳好好學習詩詞歌賦，有機會我們再比過，用心學，本公主可不想輕易就贏了妳。」

錦雲滿臉黑線地看著雲漪公主跟葉容痕告辭，然後帶著丫鬟走遠，忍不住腹誹地想，為什麼是她學，她自己不能學嗎？學醫術，學做衣裳……錦雲忽然覺得自己有點不思進取。

葉連暮望著錦雲，妖魅的鳳眸裡夾了一絲困惑。「岳父為什麼要妳學醫？」

在場的人都蹙眉了，對啊，右相為什麼要自己的嫡女學醫術？女子學醫的很少，即便是藥香世家，也都是傳男不傳女的居多，右相權傾天下，不該把她教成大家閨秀，然後嫁給貴族子弟，將來好相夫教子嗎？

錦雲兩眼望著人群，幽幽一嘆。「許是因為我娘死得莫名其妙吧，我會些醫術，就能分辨毒藥，不至於被人給害了。」

葉連暮皺眉，岳母不是病死的嗎？難不成裡面還另有隱情？錦雲真怕他們再問，拉著清容郡主走遠了。

那邊有套圈圈的小販，錦雲很有興致，買了一百文錢的木頭圈，興致勃勃地玩起來。

葉容軒想的卻不同，看來右相是真的把錦雲當成皇后在培養，這個世上用到毒藥的地方最多的不就是皇宮嗎？若是她真的嫁進宮，那就是四面楚歌，除了太后希望她死之外，就數王兄了。皇宮重地總不好派人行刺，暗下殺手是最好的選擇了，若是能避開那些毒藥，她能在後宮活得很好，看來右相是用心良苦啊！可惜她之前名聲不怎樣，不然皇后之位肯定是錦雲的。

錦雲和清容郡主還在套圈圈，準頭太差，圈圈又太小，一百文錢砸下去，就是沒贏一回，清容郡主氣悶地看著錦雲。「也太差勁了吧？去年花燈會我還贏了一盞花燈呢，這回一個都沒中，難道是鞋子的原因？」

錦雲瞅了清容郡主的鞋一眼，點頭道：「毫無疑問啊，肯定是鞋的緣故！」

青竹幾個丫鬟面面相覷，扔木圈的是手好不好，怎麼怪到鞋子上去了，好無辜的鞋子，竟然揹黑鍋。

谷竹推搡了青竹一下，青竹便又去買一百文錢的圈圈。錦雲和清容郡主兩人像是比賽似的，一起扔，那準頭差得讓老闆笑得合不攏嘴，他最喜歡的就是這樣的客人了，準頭不行，還特別容易拗。

一刻鐘過去，兩人已經花了五百文錢，錦雲總算贏了個花燈，也累了，便道：「我們換個地方玩吧？」

清容郡主瞅著錦雲手裡的花燈，臉色很難看，好歹她是贏回來的，自己還空著手呢！

清容郡主也是出了名的倔。「不行，我也要贏一回，老闆，給我來一兩銀子的圈圈。」

一個圈圈兩文錢，一兩銀子就是五百個，老闆手裡總共才一百個圈圈，但還是爽快地應了，清容郡主的丫鬟秋玉忙阻止道：「郡主，一兩銀子都能買一打花燈了。」

清容郡主還沒將一兩銀子放在眼裡，她就是想親手套一個回來，沒理會秋玉，她一個個扔，幾乎一個圈還沒落下，手裡另外一個就扔出去了，兩個一起、三個一起的都有，錦雲她們幾個就站在一旁看著。

葉姒瑤也看到了錦雲，當即止住了腳步，像是躲避瘟疫似地到一旁買吃的去了，後頭的葉大夫人和葉二夫人正說著話，突然對面走來一個穿著粗布衣裳的姑娘，走到葉大夫人身邊時，先是福身行禮，把手裡一張紙條遞給了葉大夫人，然後就走遠了。

葉大夫人看著手裡的紙條微微一愣，葉二夫人便問道：「大嫂認識她？」

葉大夫人輕搖頭。「以前從未見過，我也納悶，她怎麼會給我送紙條？」

葉二夫人便催促道：「先看看是什麼吧？」

一打開紙條，看著紙條背面的字，葉大夫人便知道是誰寫的了，再看紙條上面寫的內容，她整個人都懵了，不可置信地道：「怎麼會？」

葉二夫人要湊過來瞄一眼，葉大夫人把紙團一揉，臉上擠出一抹笑。「紙條上沒寫什麼。」

葉二夫人臉色微僵。沒寫什麼，她會一臉跟死了爹一樣嗎？只是她不給看，自己也不好死皮賴臉去搶，只是那字跡怎麼瞧著那麼眼熟？

葉大夫人朝錦雲望去，突然眼睛被一道亮光給晃了下眼，那是一個小廝，手裡正拿著一把刀，抽刀那一剎那正好被她看見了，那刀要殺誰，葉大夫人看得一清二楚。

要殺的是錦雲！

——未完，待續，請看文創風223《花落雲暮間》4完結篇

慧黠有情，智謀見趣／木嬴

冤家配對頭，不打不鬧怎成雙？

花落雲暮間

全套四冊

一道聖旨亂點鴛鴦譜，縱然她有千百個不願意，卻也得奉旨成婚！
不過，既來之則安之，且看她左施陽謀、右行陰謀，不時再來個雙謀齊下，
凡是這家宅不寧、朝政不平等疑難雜症，
到她手裡來，略施小計還不得一一收拾擺平……

文創風 220 1

京都右相府二小姐蘇錦雲，性子膽小木訥、無才無德，
親爹不疼，後娘不愛，平日受其他姊妹欺凌苦待，還意外落水險些喪命……
她才剛穿越過來就面對如此形勢，這日子也實在過得太憋屈了！
偏偏一朝身為權傾天下的右相嫡女，便終生難逃朝廷派系鬥爭的風波。
前頭才謠傳她將登皇后之位，後頭聖旨就賜婚下來，
像她這等大門不出、二門不邁，養在深閨人未識的千金小姐，
竟也能與素未謀面的祁國公嫡孫葉連暮「兩情相悅，情投意合」了？
眼看兩人「私相授受」的傳言是洗不清了……

文創風 221 2

明知她是政敵右相之女，一向形同對頭的相公卻轉了性，
從共同謀議朝政到合夥籌辦鋪子，他都以誠相待、慷慨解囊，
本以為各有立場的兩人將成為一對「有名無實、貌合神離」的夫妻，
哪曉得平日鬥鬥嘴、耍耍性子，甚至鬧和離，越拌嘴越是恩愛……
隨著相處日久，才知這相公的處境同她一樣是不受後娘待見，
明著是國公嫡孫、皇上親表哥；暗裡卻受嬸娘和繼母監視，還曾險遭不測。
所幸來自現代的她身懷絕技，不僅以醫術診治他的味覺失常，
還能運用調香製香技藝在皇家壽宴上盡展鋒頭，為朝廷外交搏回面子！
未料，相公前一回才擺平災民之事，她那老謀深算的爹又留了一手……

文創風 222 3

成親不過數月，眼下雲暮閣的生意是經營得有聲有色、財源滾滾來，
連拓展分鋪、另闢錢莊都有些眉目了，偏偏小倆口的進展停滯不前，
好不容易在他生辰當夜，兩人總算圓房坐實了「夫妻」關係，
可這舒心日子還沒過足癮，文、武舉才開科就傳來了邊關急報。
夫君既要忙著監考科舉兼賣燒餅予應試考生，好用來籌創書社，
還得替那皇上表弟分憂，為外患入侵及籌糧一事而勞費心神……
自從有朝廷借糧的前例，錦雲也懂得適時置身事外、當個甩手掌櫃，
孰不知她沒去惹事，事倒來惹她了！……

文創風 223 4 完

「穿上這龍袍，坐上這御轎，看不完的摺子，上不完的朝……」
她在畫舫上唱一曲皇帝的煩惱歌，豈料，一時戲言釀成巧禍，
一句「佳麗三千沒有一個相好」，代價是「戰馬兩萬非要一支鐵騎」！
為了替君分憂、籌組鐵騎，她只好喬裝成雲暮閣二少爺大肆收購馬匹，
不意這朝廷國庫虧空，橫生波折，竟演變成由她將戰馬全數湊齊。
好不容易一波方平，另一波又起，原是追查內院嬤嬤竊取帳冊一事，
卻連帶揭發了婆婆嬸娘為奪繼承權，不惜謀害國公嫡孫的狠毒惡行，
而這突來的驚爆內幕，反倒讓相公提前數十載承襲國公之位，
她也一躍成為大朔京都中最年輕的國公夫人……

穿越時空／靈魂重生／政治鬥爭／婚姻經營之奇情佳品！

生動靈活、別具巧思／天然宅

年華似錦

全套四冊

多年前死裡逃生，只求平安度過下半輩子；
多年後風口浪尖，不想出頭卻是身不由己。
看她勇於抵抗命運，努力爭取幸福，活出一番錦繡人生！

文創風 199 1

這這這……這到底是穿越重生，還是重新投胎啊?!
丹華意識到自己變成小嬰兒，誕生在一個讓人感到陌生的地方，
在她只會哇哇大哭，還沒能真正弄清楚情況之前，
她的親爹突然抱著一個小男嬰回來，說他是當朝太子的遺孤，
要交換他們兩個人的身分，讓她這個親生女兒代替他去死！
就在丹華絕望地以為這次她真的得跟世界告別之際，
幸得忠君之士不顧危險救了她，並賦予她新身分——沈丹年。
之後沈氏一家借守喪之名遠離皇都，回到家鄉當起農戶，
雖然族人、鄰居不乏好事者，甚至還有人強占他們家的土地，
但她這個靈魂成熟的小女娃可不會讓這些人好過！

文創風 200 2

為了早日掙脫牢籠般的生活，又掛心養父與哥哥的安危，
丹年前去「威脅」親爹與那個太子遺孤，取得援助糧草的承諾，
甚至單槍匹馬前往遙遠的邊境，更深入敵營打探軍情，
遭到軟禁不說，還被挾持著逃命，換來一身傷。
雖然最後大昭打了勝仗，丹年一家也在外面另外找到住處，
然而她內心深處的願望卻落空了——
他們還得繼續待在京城，只因兩國之間的戰爭尚未完全結束，
養父與哥哥隨時都要準備好再上戰場賣命！

文創風 201 3

丹年就知道狗改不了吃屎，壞到骨子裡的人就是學不乖！
當初在家鄉欺負他們的族人，聽她養父與哥哥封了官受了賞，
竟厚著臉皮求她收容，實則想藉機揩油，好在京城橫著走；
而跟她討厭的堂姊一掛的蠢女人，則把腦筋動到她哥哥身上，
妄想藉機獻藝，再求得皇上賜婚，好成全一段「佳話」！
幸虧她明察秋毫，不但粉碎他們的野心，更一雪前恥，
在皇宮內大出風頭，讓眾人眼前一亮，刮目相看。
只可惜，她這麼做還是不足以杜絕某些人的癡心妄想，
看到那個笨蛋太子遺孤呆呆中了迷香，差點被人拉去「快活」，
還一副飄飄然、不明所以的模樣，她就氣得頭發暈！

文創風 202 4 完

就說她跟他一點關係也沒有，怎麼就是沒人相信呢?!
丹年很頭大地發現，古代八卦人士與狗仔隊的功力相當了得，
非但大肆渲染他們交往的「事實」，還把案情形容得很不單純，
不管她怎麼澄清，就是沒有人做出「更正報導」。
這下可好，以前追求過她或對她有意的人全翻了臉不說，
太子遺孤先生更正大光明地以另一半的身分自居，
不僅把她當成所有物，還對她毛手毛腳，簡直色情狂！
偏偏一波未平一波又起，新皇登基後想穩固治理根基也就罷了，
竟還把主意打到丹年這輩子最關心的人身上——
身處遠方的哥哥被陰謀算計，心愛的死對頭更是動輒得咎……

加油 和貓寶貝 狗寶貝 廝守終生(一定要終生喔！)的幸福機會

對人來說，貓寶貝狗寶貝只是生活的一部分，
但妳（你）對牠們來說，卻是生活的全部，領養前請一定要考慮清楚——

▲ 荳荳想要溫暖的家

性　　別：女生
品　　種：米克斯
年　　紀：2~3個月大
個　　性：黏人乖巧
健康狀況：已體內外除蟲除蚤
目前住所：新北市三重區

本期資料來源：愛貓媽媽

第237期推薦寵物情人

『荳荳』的故事：

午後的一場大雷雨，驚到了行經街道上的人們，也嚇壞了疑似跟丟母貓的小貓咪。牠驚慌亂竄在馬路中間，閃躲來往的車輛，但右後腿好像被車子撞到了，走路一跛一跛的……我一見到此景，擔心牠又遭逢危險，不顧大雨淋身，立刻將牠抱離馬路虎口，送到附近獸醫院治療。

然而一送到醫院，我才知道荳荳傷得有多嚴重，對於小小年紀的牠必須承受植鋼釘、縫合手術有點不忍，所幸術後牠並無大礙，但後續必須照看傷口的癒合。由於牠的樂觀堅強，所以在療養期間，身體恢復良好。度過傷痛後的荳荳開始施展暖化人心的魔力，很喜歡向人討摸摸及窩在雙腿撒嬌，尤其牠對新事物好奇，所露出眨巴巴的可愛雙眼，教人忙碌一整天的心瞬間融化。

雖有小貓調皮愛玩性子的荳荳，但猜測牠可能先前經歷過車禍，倒是比其他貓咪還穩重，會照顧自己不教人費心。尤其每當我疲憊回到家時，荳荳總是比其他同伴第一個歡迎我喵喵地叫，並主動窩在我的身邊，讓我感到窩心。然而，因為家裡有養其他寵物，內心雖想撫養荳荳，但因為環境空間有限，忍痛決定送養，希望牠能在良好的生活環境成長。

你被荳荳的可愛模樣吸引了嗎？也因荳荳的遭遇，想疼惜牠嗎？歡迎來信至a5454571@yahoo.com.tw，給懂事、惹人憐愛的荳荳一個溫暖的未來，認養牠回家喔！

認養資格：

1. 認養者須年滿20歲，有獨立經濟能力，並獲得家人與同住室友的同意。
2. 非學生情侶或單獨在外租屋的學生，須能提出絕不棄養的保證。
3. 須同意送養人日後之追蹤探訪。
4. 領養者需有自信對牠們不離不棄，愛護牠們一輩子。

來信請說明：

a. 個人基本資料：姓名、性別、年齡、家庭狀況、職業與經濟來源等。
b. 想認養「荳荳」的理由。
c. 過去養寵物的經驗，及簡介一下您的飼養環境。
d. 若未來有當兵、結婚、懷孕、畢業、出國或搬家等計劃，將如何安置「荳荳」？

花落雲暮間 3

國家圖書館出版品預行編目資料

花落雲暮間 / 木嬴著. --
初版. -- 臺北市 : 狗屋, 民103.09
冊 ; 公分. --（文創風）
ISBN 978-986-328-349-2（第3冊：平裝）. --

857.7 103015424

著作者	木嬴
編輯	黃鈺菁
校對	沈毓萍　王冠之
發行所	狗屋出版社有限公司
地址	台北市104中山區龍江路71巷15號1樓
電話	02-2776-5889～0
發行字號	局版台業字845號
法律顧問	蕭雄淋律師
總經銷	知遠文化事業有限公司
電話	02-2664-8800
初版	103年9月
國際書碼	ISBN-13　978-986-328-349-2
原著書名	**《权相嫡女》**，由起點女生網〈http://www.qdmm.com/〉授權出版

定價250元

狗屋劃撥帳號：19001626

網址：love.doghouse.com.tw　E-mail：love@doghouse.com.tw